CB142766

O DIA EM QUE O RABINO FOI EMBORA

Outros títulos desta série

Bellini e o demônio — Tony Bellotto
Bellini e a esfinge — Tony Bellotto
Bilhete para o cemitério — Lawrence Block
O ladrão que achava que era Bogart — Lawrence Block
Uma longa fila de homens mortos — Lawrence Block
Nó de ratos — Michael Dibdin
Edições perigosas — John Dunning
Impressões e provas — John Dunning
Jogo de sombras — Frances Fyfield
Achados e perdidos — Luiz Alfredo Garcia-Roza
O silêncio da chuva — Luiz Alfredo Garcia-Roza
A noite do professor — Jean-Pierre Gattégno
Neutralidade suspeita — Jean-Pierre Gattégno
Pecado original — P. D. James
Domingo o rabino ficou em casa — Harry Kemelman
Sábado o rabino passou fome — Harry Kemelman
Sexta-feira o rabino acordou tarde — Harry Kemelman
O labirinto grego — Manuel Vázquez Montalbán
Os mares do Sul — Manuel Vázquez Montalbán
O diabo vestia azul — Walter Mosley
Aranhas de ouro — Rex Stout
Clientes demais — Rex Stout
Cozinheiros demais — Rex Stout
Mulheres demais — Rex Stout
Ser canalha — Rex Stout
Casei-me com um morto — Cornell Woolrich

HARRY KEMELMAN

O DIA EM QUE O RABINO FOI EMBORA

Tradução:
ISA MARA LANDO

COMPANHIA DAS LETRAS

Copyright © 1996 by Harry Kemelman
Publicado por acordo com o autor e com Scott Meredith Literary Agency, L. P., 845 Third Avenue, New York, NY 10022

Título original:
That day the rabbi left town

Projeto gráfico da capa:
João Baptista da Costa Aguiar

Capa:
Ettore Bottini
sobre foto de *Heloísa Mesquita*

Preparação:
Francisco José Mendonça Couto

Revisão:
Eliana Antonioli e Ana Maria Alvares

Dados Internacionais de Catalogação na Publicação (CIP)
(Câmara Brasileira do Livro, SP, Brasil)

Kemelman, Harry, 1908–
O dia em que o rabino foi embora / Harry Kemelman ; tradução Isa Mara Lando. — São Paulo : Companhia das Letras, 1998.

Título original: That day the rabbi left town.
ISBN 85-7164-815-8

1. Romance norte-americano I. Título.

98-3573 CDD-813.5

Índices para catálogo sistemático:
1. Romances : Século 20 : Literatura norte-americana 813.5
2. Século 20 : Romances : Literatura norte-americana 813.5

1998

Todos os direitos desta edição reservados à
EDITORA SCHWARCZ LTDA.
Rua Bandeira Paulista, 702, cj. 72
04532-002 — São Paulo — SP
Telefone: (011) 866-0801
Fax: (011) 866-0814
e-mail: coletras@mtecnetsp.com.br

Em memória de
Arthur C. Fields, que me deu o impulso inicial,
e de
Scott Meredith, que me levou pela mão

1

Era um dia excepcionalmente quente para meados de maio, e o rabino David Small, do templo de Barnard's Crossing, se aprontava para uma reunião com o diretor Macomber, do Windermere College, situado em Back Bay, Boston. Apresentou-se então à sua mulher, Miriam, para uma inspeção.

— Você vai desse jeito? Sem gravata?

— O dia está quente.

— Mas você vai a uma entrevista para um emprego — protestou ela.

— E daí? Hoje em dia os professores da universidade dão aula em mangas de camisa e jeans.

— Mas você não vai dar aula. Você vai ter uma reunião com o diretor da faculdade para conversar sobre o seu emprego.

— Está bem, então eu ponho gravata. — Subiu as escadas até seu quarto e abriu o armário.

Ela o acompanhou até o quarto para observar sua escolha. Embora tivesse cinqüenta anos, Miriam parecia uma garota de escola. O cabelo loiro, que só de vez em quando freqüentava o cabeleireiro, era preso num coque no alto da cabeça, como se ela simplesmente quisesse se ver livre dele. Somente o queixo decidido no rostinho em forma de coração e as rugas finas nos cantos dos olhos revelavam sua idade. Já o marido, o rabino, aos cinqüenta e três anos, mostrava muito bem a idade. Seu cabelo castanho-escuro estava cheio de fios brancos. Usava óculos de lentes grossas, que puxava para cima da testa quando se debruçava sobre um livro. Andava com a cabeça e os ombros curvos, numa postura típica de estudioso.

Pegou uma gravata, com o nó feito, do armário. Ia enfiá-la pela cabeça quando ela disse:

— Essa gravata, não. Está manchada.

— Então eu fico com o paletó abotoado.

— Não, você vai se esquecer. Ponha esta.

Mal disfarçando a exasperação, o rabino pegou a gravata que ela lhe oferecia. Assim como a primeira, já trazia o nó feito. Enfiou-a pela cabeça e apertou o nó.

— Satisfeita?

— Assim está muito melhor. Pode afrouxar o nó agora, mas não se esqueça de apertar quando chegar à faculdade. Você tem um pente no bolso do paletó?

— Tenho, sim.

— É porque você vai dirigir com a janela aberta e seu cabelo vai ficar todo despenteado.

— Mais alguma instrução? — perguntou ele, sarcástico.

— Sim. Você vai estar dirigindo com o colarinho desabotoado e a gravata frouxa. Lembre-se: quando chegar lá, antes de sair do carro, abotoe a camisa e aperte o nó da gravata. E penteie o cabelo no espelho retrovisor. Você não vai sentir calor, pois lá dentro tem ar-condicionado.

— Como você sabe que tem ar-condicionado?

— Eles dão cursos de verão, portanto o prédio deve ter ar-condicionado. Você precisa se apresentar com muito boa aparência. É um lugar aonde você nunca foi e onde não conhece ninguém.

— Como assim, não conheço ninguém? Conheço o diretor.

— Quantas vezes você já o viu? Duas? Três vezes?

— E conheço Roger Fine.

— Você nunca mais viu o casal Fine desde que eles se mudaram para Newton, dois anos atrás.

— E conheço aquele rapaz, Mordecai Jacobs, que está noivo da filha dos Lerner. E aposto que há também uma rapaziada daqui mesmo, da nossa congregação, que freqüenta aquela faculdade. Além disso, alguns professores de lá devem morar em Barnard's Crossing e já me viram na rua.

Ela olhou o relógio.

— A que horas é a sua reunião?

— Às duas.

— Então é melhor você ir saindo agora mesmo. Já é meio-dia e meia. Que caminho vai fazer?

— Estou pensando em ir pela estrada de Boston; é mais agradável.

— Mas demora uns quinze ou vinte minutos a mais. É melhor pegar a estrada estadual. A esta hora não deve haver muito trânsito.

— Está bem, vou pela estadual. E depois fico tomando chá de cadeira no escritório dele.

— É melhor do que ele ficar tomando chá de cadeira à sua espera.

— Foi apenas por sorte — disse o diretor Macomber — que fiquei sabendo que o senhor estava disponível, do contrário teria entrado em contato antes. Não me esqueci daquele ano que o senhor passou aqui substituindo o rabino Lamden.

Macomber deu um largo sorriso. Era um homem bem-apessoado, sem rugas apesar do cabelo branco.

— Como já lhe disse ao telefone, estamos interessados em formar um Departamento de Estudos Judaicos. Não queremos apenas lhe pedir que dê o mesmo curso que deu naquela ocasião, quando veio substituir o rabino Lamden. Aquilo foi apenas uma questão de relações públicas.

— Relações públicas?

— Isso mesmo. Quando esta faculdade foi fundada, em meados do século passado, era um seminário de dois anos, só para moças. E chamava-se Windermere Ladies Christian Seminary, não porque fosse uma escola religiosa... bem, elas deviam ir à capela uma vez por semana... mas para garantir aos pais que se tratava de uma instituição séria, sóbria, onde não se tolerava baderna de espécie alguma. Depois passamos a ser uma faculdade de quatro anos, aberta a ambos os sexos. Só que, em termos gerais, éramos uma espécie de refúgio para quem não conseguia entrar em outras faculdades. Assim, começamos a atrair alunos de outros estados, em especial de Nova York e New Jersey, e muitos deles eram judeus. Por esse motivo o diretor anterior achou que seria interessante oferecermos um curso de filosofia judaica, dado por um rabino. Imagino que ao longo dos anos apenas os alunos judeus fizeram esse curso, assim como apenas os alunos negros se matriculam no curso de cultura negra dado pelo reverendo Johnson. Mas não sei se os alunos tiraram muita coisa desse curso além de notas altas. Todo mundo tirava A, ou pelo menos B.

— Pois é, foi o que desconfiei depois de dar uma ou duas aulas — disse o rabino. E continuou, com uma satisfação lúgubre: — Eles logo perceberam que comigo não tinha essa história e que iam ter que estudar de verdade para passar de ano.

Macomber concordou.

— É que o senhor tinha uma atitude um tanto antiquada em relação à educação universitária: achava que o professor devia ensinar. Só que naquela época já havia se difundido a idéia de que a função do professor não é ensinar, mas fazer pesquisas e publicar artigos sobre suas descobertas nas revistas especializadas. Assim, as horas de aula eram cortadas para sobrar mais tempo para a pesquisa, e se o professor tivesse bastante prestígio, praticamente não tinha que dar aulas. Os pouquíssimos cursos que vinham indicados no catálogo anual podiam ser dados pelos assistentes. A faculdade era uma torre de marfim, na qual o aluno se beneficiava pelo simples fato de estar exposto àquela atmosfera, creio... e é por isso que os alunos tinham permissão de fazer qualquer curso que desejassem, sem levar em consideração, em absoluto, o fato de que existe um corpo de conhecimento que eles precisam adquirir. Na gestão anterior, o Windermere College também acompanhou essa onda, era a moda. E é até hoje, em certa medida, acho. Quando cheguei aqui, o Conselho Diretor tinha essa mesma idéia, mas agora tenho um conselho inclinado a acompanhar a minha filosofia: de que os professores devem ensinar e os alunos devem aprender. E quero que nossos alunos compreendam como o raciocínio deles se desenvolveu, que influências o formaram.

"Como historiador, tenho consciência da importância do pensamento judaico na formação da civilização ocidental. Na época dos nossos antepassados era considerado uma grande influência, assim como a Grécia e Roma. Mas após certo tempo o hebraico foi eliminado do currículo, depois o grego, e mais tarde o latim. Hoje, é mais provável uma universidade oferecer um curso de estudos da mulher ou de cultura negra. É prova de que se trata de uma instituição moderna e sem preconceitos. Em geral são cursos rápidos e fáceis, como qualquer curso dado por razões extrínsecas, garantindo assim um bom número de matrículas. Mas quero que nossos alunos tenham alguma compreensão das forças que formaram a nossa civilização atual, e considero o pensamento judaico uma das mais importantes."

— Quer dizer que seria um curso obrigatório?

— Talvez no futuro — disse ele, cauteloso. — No momento estou planejando um currículo básico com os conhecimentos que o aluno deve adquirir, em vez desse sistema de livre opção que temos agora. Hoje um aluno pode tirar o diploma fazendo um certo número de cursos, mesmo que não tenham nenhuma relação uns com os outros, cursos que ele escolhe porque o professor tem fama de dar notas altas, ou porque o horário é conveniente, ou por outro motivo qualquer, mas não porque seja algo que ele deva saber.

— Mas o que o senhor quer que eu faça este ano?

— O que o senhor achar necessário — respondeu prontamente Macomber. — Se quiser, pode dar o mesmo curso que deu a outra vez que lecionou aqui. Ou começar com um seminário para alunos que já tenham algum conhecimento do assunto. Ou até mesmo não dar nenhum curso no primeiro semestre, e usar esse tempo para planejar seu futuro programa. Tudo o que lhe peço é que o senhor fique disponível várias horas por dia, para que possa ser consultado pelos interessados, sejam alunos ou professores, especialmente dos departamentos de História e Filosofia.

— Quando eu começar devo passar a maior parte do dia aqui, mas no inverno talvez eu queira sair um pouco mais cedo para não precisar dirigir à noite.

— O senhor virá de carro todos os dias?

— É o que estou planejando.

— Bem, se achar muito cansativo, tenho certeza que pode encontrar algum colega que mora na sua cidade e vir com ele. Vejamos... Roger Fine, a quem o senhor tanto ajudou quando esteve aqui a outra vez. Com certeza ele terá prazer em lhe dar uma carona todas as manhãs.

— O casal Fine se mudou para Newton. E de qualquer forma eu não pediria a Roger, pois ele se sentiria obrigado.

— Sim, compreendo. — Pensou por um momento e disse: — Posso arranjar uma lista dos professores que moram na parte norte, em Barnard's Crossing, Swampscott ou Salem, e o senhor poderia entrar em contato com eles e talvez conseguir que alguém vá buscá-lo em casa.

— Por favor, não se incomode. Hoje vim dirigindo e foi muito agradável. Naturalmente, se o tempo estiver ruim... — Deu de ombros. — Posso muito bem vir de ônibus, ele pára na minha rua. Demora um pouco mais porque vem pela estrada de Boston. Ou então, se estiver atrasado, posso ir de carro até a estação de Swampscott e tomar o trem.

— Bem, se o senhor mudar de idéia, me avise. — Macomber se levantou, saiu de trás da mesa e acompanhou o rabino até a porta. — Então esperamos o senhor aqui em setembro.

— Virei com prazer — disse o rabino.

No carro, voltando para Barnard's Crossing, pensou na sua experiência anterior em Windermere, na indiferença inicial da classe, depois na hostilidade, e por fim na aceitação entusiástica da sua pessoa. Pensou no prazer especial que o ensino proporciona, na sensação de superioridade que se tem quando se transmite informação, e depois ficou pensando, à toa, se seria essa a razão pela qual as pessoas gostam tanto de fazer fofocas.

Quando chegou em casa, Miriam viu que ele estava satisfeito e feliz, e apenas perguntou:

— OK?

— OK.

2

No início de junho, David Small demitiu-se oficialmente do cargo de rabino do templo de Barnard's Crossing. Na sua carta de demissão, lida pelo secretário na costumeira reunião do conselho que acontece nas manhãs de domingo, o rabino dizia que, depois de servir durante vinte e cinco anos, já podia pedir sua aposentadoria remunerada. Com exceção de Al Bergson, com quem já tinha conversado, os membros não faziam a menor idéia de suas intenções, e a reação deles foi de pasmo e incredulidade.

— Mas por que ele quer ir embora? É um ótimo emprego! Não tem nada para fazer, a não ser dar um sermãozinho de dez ou quinze minutos uma vez por semana, na sexta-feira à noite.

— Ele visita os doentes no hospital.

— Grande coisa! E o que ele faz lá? Dá a bênção?

— E fica no escritório praticamente todos os dias, dando conselhos, ajudando os que têm problemas pessoais.

— Hoje em dia, quem quer conselho procura um advogado, um médico ou um psicanalista. Vamos e venhamos, a maior parte do tempo ele não faz nada.

— Então quem sabe ele esteja cansado de não fazer nada.

— Rapaz, bem que eu gostaria de um emprego desses, em que eu ficasse cansado de não fazer nada.

— Ele vai lecionar — explicou Bergson, que era amigo pessoal do rabino. — Vai ser professor de estudos judaicos no Windermere College, em Boston.

Bergson, dono de uma agência de viagens na cidade de Salem, ali perto, tinha a mesma idade que o rabino mas parecia mais jovem, pois seu cabelo, embora já rareando, não apresentava nenhum fio branco. Era um homem simpático, com um sorriso sempre pronto, e era difícil não gostar dele.

— Ei, ele não deu um curso nessa faculdade alguns anos atrás?

— Mas, escutem, esse é o Windermere Christian College. Por que o rabino iria dar aula numa instituição cristã?

— Não é mais cristã — disse Bergson. — Agora é apenas o Windermere College of Liberal Arts. O nome foi mudado este ano.

Embora Bergson tentasse fazê-los tratar dos outros assuntos em pauta para a reunião, todos continuaram a discutir a decisão do rabino e suas ramificações.

— Escutem, temos que oferecer uma festinha para ele, não?

— Com certeza, temos que fazer alguma coisa. Não podemos apenas dizer "Até logo, rabino, prazer em conhecê-lo", não depois de vinte e cinco anos.

— Então o que fazemos? Damos um grande jantar?

— Também precisamos lhe dar um presente.

— Que presente? Vamos lhe pagar três quartos do seu salário, ano após ano. Para mim esse já é um presentinho muito bom.

— *Nós* não vamos pagar; é a companhia de seguros que vai pagar.

— Eu estava pensando em algo assim como uma taça de prata para o *kiddush*,* com uma inscrição gravada, do tipo: "Com a gratidão da nossa congregação".

— Que tal uma coleção de livros?

— Não, ele já tem uma montanha de livros.

— Escute, pessoal, será que precisamos mesmo dar um jantar? Que tal um almoço?

— Qual é a diferença?

— Ah, um almoço pode ser bem mais leve, talvez apenas com laticínios. Um jantar já vai nos custar muito mais.

— Bem, se você está querendo economizar, que tal um brunch?

— Isso mesmo: um brunch, com *bêigueles*.

— Seja lá o que for, quando seria? Não podemos fazer isso agora, no verão.

— E por que não?

— Porque grande parte da congregação passa o verão fora. Como vocês acham que eles vão se sentir se fizermos alguma coisa e eles não estiverem aqui para participar? Na minha opinião, só podemos fazer isso em setembro, talvez pouco antes das Grandes Festas.

— Ei, é nessa época que vai chegar o novo rabino que vamos ter que contratar para substituir Small, certo? E temos que dar uma festinha de recepção para ele, não é mesmo? Então por que não juntamos as duas coisas e damos uma festa de boas-vindas e despedida ao mesmo tempo?

— Sabe de uma coisa, Berg, até que você tem razão.

— É isso aí, boas-vindas e despedida.

— Mas temos que dar uma resposta à carta dele.

— Claro: "O conselho lamenta ser obrigado a aceitar...".

(*) No final do volume, o leitor encontrará um pequeno glossário de termos relativos à cultura judaica (N. E.)

— "Lamenta profundamente".

— Isso, "lamenta profundamente". E que tal se nós todos assinarmos? Quer dizer, não só o secretário.

— Sim, isso vai mostrar a ele que lamentamos mesmo. Bem, e o que vamos fazer para contratar outro rabino?

— Ah, o Comitê de Ritual vai tratar disso —, disse Bergson. — Vamos avisar o Seminário e...

— E eles vão dar meia dúzia de nomes de jovens formandos para escolhermos um?

— Acho que devemos escolher alguém com experiência.

— Ora — disse Bergson — tenho certeza que o Departamento de Colocação Profissional do Seminário tem os nomes de vários rabinos mais velhos e mais experientes, que desejam mudar de emprego por algum motivo.

— Então o que fazemos? Pedimos ao Seminário que entre em contato conosco?

— Bem, tenho que ir a Nova York na semana que vem — disse Bergson. — Posso dar um pulo até o Seminário e conversar com eles sobre as nossas necessidades. Então eles podem pedir aos interessados que nos enviem um currículo.

— Hoje em dia, quem quer um emprego pode fazer um vídeo de apresentação.

— Isso mesmo. Eles talvez até já tenham alguns vídeos arquivados lá no Departamento Profissional. Se tiverem, posso dar uma olhada.

— E depois, Al, o que fazemos? Pedimos que os candidatos venham até aqui dar um sermão no *Shabat*?

— Só os finalistas — disse Bergson.

— Finalistas?

— Claro. O Comitê de Ritual vai examinar todos os candidatos. Quem sabe podemos também visitar algumas congregações, se não forem muito longe. Depois vamos nos concentrar numa lista de três ou quatro nomes, e convidá-los para vir aqui num *Shabat.* Minha opinião é que assim que todo mundo souber que o rabino se demitiu vamos ter uma enchente de pedidos de emprego, de parentes e amigos de pessoas da nossa congregação.

— Pensando bem, Al, tenho um tio que é rabino lá em Rhode Island e...

— Diga-lhe que se candidate, se estiver interessado.

— Quanto você imagina que vamos pagar?

— O mesmo que estamos pagando para o rabino Small, penso eu.

— Será que não deveríamos começar mais de baixo com o rabino novo, e deixar que seu salário suba até alcançar o de Small? Afinal, Small já está conosco há vinte e cinco anos.

Bergson fez uma careta.

— Não creio. A verdade é que o salário do rabino Small está, digamos, um pouco abaixo do mercado.

— Como assim?

— Bem — disse Bergson baixinho —, creio que é porque ele nunca pediria aumento para si mesmo, e tampouco cultivou uma panelinha que fizesse isso por ele.

— Por que ele nunca pediu aumento, se ele achava que merecia?

— E se recusássemos o aumento, o que significaria? Que só estamos dispostos a tolerá-lo pelo seu salário atual, e nada mais. — Bergson balançou a cabeça com veemência: — Não, não, a única maneira de ele pedir um aumento teria sido na base do "tudo ou nada", quer dizer, "Ou vocês me dão um aumento, ou vou embora". Mas pedir sem demonstrar que estaria disposto a ir embora se o pedido não fosse atendido, isso já seria mendigar.

— Certo. Se um sujeito lhe pede aumento e você recusa... já sabe que ele vai procurar outro emprego.

— E o salário seria bem mais baixo não fosse Howard Magnusson — disse Bergson. — Quando Magnusson assumiu a presidência, uma das primeiras coisas que fez foi verificar os salários do pessoal do templo. Como grande empresário que é, sabe que, se paga pouco, recebe pouco em troca. Não é possível obter um bom serviço pagando um mau salário. E quando ele descobriu que o salário do rabino era baixo, forçou um aumento.

Fez-se um momento de silêncio constrangido, por fim quebrado pelo dr. Ross, que perguntou:

— Já que estamos pagando menos que o mercado, por que alguém viria trabalhar para nós?

— Bem, o sujeito pode estar tendo problemas com a sua congregação — sugeriu Ben Halprin.

— Ou pode ter um filho estudando numa faculdade por aqui. Poderia economizar muito com o filho morando em casa.

— Até parece que um rapaz que está na faculdade quer morar com os pais.

— Bem, talvez queira apenas morar perto da praia.

Miriam estava acabando de lavar a louça quando a campainha tocou. Abriu a porta e viu o delegado Lanigan, cuja amizade com o rabino e com ela datava do primeiro ano da chegada do casal a Barnard's Crossing. Lanigan era um homem atarracado, de rosto quadrado e cabelo branco à escovinha, tão curto que deixava o couro cabeludo à mostra.

— Estava só passando por aqui — disse ele, usando sua fórmula costumeira quando aparecia de improviso.

Dirigiu-se ao rabino:

— Ouvi dizer que o senhor está se aposentando.

— As notícias voam — observou o rabino secamente.

— Sim, quando a gente está de sobreaviso — disse Lanigan. — Numa cidade deste tamanho, com uma força policial pequena, conseguimos estar a par das coisas ficando sempre de orelha em pé. O sargento Phelps escutou alguns membros de sua congregação conversando lá no porto, enquanto colocavam o barco na água. — Tomou o café que Miriam lhe servira. — O senhor está planejando ficar por aqui mesmo ou vai para Boston?

— Para falar a verdade, ainda nem pensei no assunto — disse o rabino. — Não é fácil continuar por aqui quando a gente passa a ser rabino honorário. É como o estepe do carro. Acho que é por isso que há tantos rabinos que se mudam para Israel quando se aposentam. Mas eu gosto de Barnard's Crossing, e por isso espero ficar por aqui, pelo menos mais um pouco. Posso ir de carro até lá todos os dias, como fazia naquela ocasião em que lecionei em Windermere.

Lanigan balançou a cabeça, incrédulo.

— Isso foi há alguns anos. Desde então o tráfego aumentou muito, e esse túnel novo que estão construindo não está ajudando nada.

— É verdade, David — disse Miriam —, a estrada está bem ruinzinha. Fui outro dia com Edith Bergson, e avançamos a passos de tartaruga. Fomos pela ponte porque ela disse que o túnel estava pior ainda. E no inverno, quando neva... — Miriam deixou a frase suspensa, pensando no perigo.

— Aposto que o senhor poderia arranjar uma carona de ida e volta todos os dias — disse Lanigan. — Há muitos alunos daqui que estudam em Windermere, e vários professores de lá moram aqui. O professor Miller mora em Evans Road. Eu poderia pedir a ele, em seu nome.

— Que tal eu esperar para ver como ficam as coisas? Se o tempo piorar, posso ir de ônibus.

— O ônibus vai pela velha estrada de Boston, e demora uma hora e vinte. Além disso, o ponto final é em Haymarket; dali o senhor teria que tomar o bonde — observou Lanigan.

— Bem, eu poderia ir de carro até a estação de Swampscott, e pegar o trem lá. São apenas vinte e três ou vinte e cinco minutos de trem — disse o rabino.

— Sim, é verdade — reconheceu Lanigan. — Quando chega o novo rabino?

— Imagino que antes das Grandes Festas, que este ano vão cair em setembro.

— Como é que ele é escolhido? Existe um rabino-chefe que escolhe alguém para vocês?

— Existe um assim na Inglaterra, e também na França, e dois ou três em Israel, mas aqui nos Estados Unidos não é assim. Aqui, cada templo ou sinagoga é autônomo. É a diretoria do templo, por intermédio do Comitê de Ritual, que seleciona um dos candidatos disponíveis. Por vezes eles pedem que um candidato venha celebrar um *Shabat*, para que toda a congregação possa julgá-lo.

— Maneira estranha de escolher um líder espiritual — observou Lanigan, balançando a cabeça.

— Ah, mas ele não é um líder espiritual — disse o rabino. — Nada de tão grandioso. Basicamente, supõe-se que ele conheça a lei o suficiente para participar de um julgamento, embora aqui nos Estados Unidos quase nunca chegue a fazer isso. Mas faz outras coisas: pode ser o representante da congregação em suas relações com o restante da comunidade; preside os casamentos e os enterros; prega o sermão durante o serviço de *Shabat*, seguindo o exemplo do clero cristão. — Deu uma risadinha: — E sobretudo, numa congregação como esta, supõe-se que ele seja o único judeu praticante.

— Nesse caso, quando esse novo sujeito chegar, vou fazer questão de conhecê-lo — disse Lanigan.

— Espero que não seja da mesma maneira como o senhor ficou me conhecendo — disse o rabino, lembrando-se do seu primeiro ano, quando o corpo de uma jovem foi encontrado no terreno do templo.

Lanigan deu um sorriso amargo.

3

Foi depois da reunião de departamento, no início do verão, que Mordecai Jacobs foi informado pelo professor Sugrue, chefe do Departamento de Inglês, que tinha sido promovido de professor assistente a adjunto, com o respectivo aumento de salário. Assim, achou que já podia propor casamento a Clara Lerner.

Mais tarde, na cantina dos professores, Jacobs viu o professor Roger Fine, o outro judeu do Departamento de Inglês, e lhe deu a boa notícia.

— Imagino que Thorvald Miller também tenha sido promovido — acrescentou Mordecai.

Roger Fine balançou a cabeça:

— Não, não creio.

— Por que não? Ele chegou aqui mais ou menos na mesma época que eu.

— Antes era assim: se você fosse contratado no terceiro ano, conseguia estabilidade. Hoje, tudo depende da excelência acadêmica e dos trabalhos publicados. Você já publicou alguns artigos...

— Três.

— Certo, três. Até que está muito bom, e todos foram publicados num jornal de prestígio, o *PMLA*, nada menos que o *Publications of the Modern Language Association of America*, não nesses jornaizinhos fajutos que apareceram nos últimos anos. Além disso, sua área é inglês antigo, o que praticamente pressupõe a excelência acadêmica, ao passo que a área dele é literatura moderna. As pessoas lêem poesia e romance moderno por prazer, mas ninguém vai ler *Beowulf* por prazer. Thorvald Miller é um bom rapaz, mas ninguém dá um emprego fixo a alguém só porque é um bom rapaz.

Curiosamente, quando Mordecai Jacobs contou a Thorvald Miller sobre sua boa sorte, Miller deu a mesma opinião que Roger Fine, e não manifestou nem inveja de Jacobs nem ressentimento por ter sido ignorado na promoção.

— Ora, Mord, é claro que você ia conseguir. É muito estudioso, e eles não querem perder você. Quanto a mim, não passo de um aluno médio. Quem sabe eu também consiga uma promoção no futuro, se agüentar ficar por aqui.

Os dois eram amigos e costumavam fazer exercícios juntos na academia de ginástica quase todas as tardes, depois das aulas. Jacobs tinha aparência de estudioso. Aos vinte e nove anos, de estatura média, tinha a pele cor de oliva, cabelo castanho-escuro e a testa alta. Usava sempre uma calça cinza, que raramente estava bem passada. Podia-se imaginar que os remendos de couro das mangas do seu paletó de tweed estavam de fato cobrindo buracos nos cotovelos. Era magro e ágil, e jogava squash muito bem.

Miller, de trinta e um anos, era bem mais alto — um metro e oitenta —, pesado e musculoso. Era loiro, e tinha a testa proeminente e o rosto largo. Estava sempre bem vestido. Sua mãe, que morava com ele, cuidava dele e da casa. Miller em geral usava terno, sempre bem passado. Só usava camisas brancas com gravata-borboleta, e também meias brancas, que achava mais saudáveis. O efeito final era de um garoto do campo todo arrumado para uma visita à cidade.

Embora os dois não tivessem interesses em comum além da faculdade, em geral almoçavam juntos, e sempre que Jacobs ia visitar sua noiva, Clara Lerner, em Barnard's Crossing, Miller o levava de carro até lá e o deixava na porta da casa dela, indo só depois para sua própria casa, que ficava em outra parte da cidade. Se Jacobs dormisse por lá, Miller o apanhava na manhã seguinte para levá-lo a Boston.

Apesar de Jacobs ter vindo de uma cidadezinha da Pensilvânia para estudar em Harvard, qualquer temor que tivesse de Cambridge ou Boston já se dissipara muito tempo antes, quando fizera seu doutorado. Para ele, Boston era apenas a cidade vizinha a Cambridge, e não via nenhum prestígio em lecionar no Windermere College.

Fizera a opção de trabalhar ali e não em outros lugares que lhe foram oferecidos porque teria acesso fácil tanto à Biblioteca Widener de Harvard como à Biblioteca Pública de Boston, e também porque sua noiva morava em Barnard's Crossing e trabalhava em Boston.

Para Miller, por outro lado, Boston ainda era a Atenas da América, e o fato de ter conseguido uma posição de professor numa faculdade de Boston era para ele motivo de permanente auto-satisfação. Viera de uma cidadezinha rural em Dakota do Sul, e fizera seu doutorado numa universidade estadual pouco destacada. Assim, estava encantado com aquela grande cidade e suas instituições célebres: a mundialmente famosa Sinfônica de Boston, o Hospital Geral de Massachusetts, o Museu de Belas-Artes, assim como as grandes universidades — Harvard, MIT, Tufts e a Universidade de Boston. Estava encantado com as boas maneiras e o sotaque. E com a idéia de que ele mesmo agora fazia parte de tudo aquilo.

Resolvera morar em Barnard's Crossing em parte porque achava que o ar do mar seria bom para a asma de sua mãe, mas também porque ficava na área ao norte de Boston, com seus numerosos iate clubes, onde a elite de Boston passava o verão desde os tempos coloniais. Não que ele conhecesse algum desses elementos da elite, nem de vista, mas sentia que a atmosfera local era absolutamente perfeita.

Preferiria ter um amigo íntimo cujo nome fosse menos judaico do que Jacobs, mas os dois se davam bem. Durante o período escolar ambos davam aula às três horas, assim iam para o ginásio pouco depois das quatro e faziam exercícios por uma hora todos os dias, exceto às quartas-feiras, quando Miller tinha um encontro misterioso em algum outro lugar.

Certa ocasião Jacobs lhe perguntou:

— Ei, Thor, aonde você vai às quartas-feiras?

Miller deu um largo sorriso.

— Às quartas-feiras visito uma garota e rolo com ela no feno. — E depois, num tom sério: — Sabe, Mord, quando você não é casado e está dando aulas numa escola cheia de alunas, acho melhor não ficar em atraso com a sua vida sexual, senão é capaz de se enrabichar com alguma aluna só porque ela mostra as coxas quando cruza as pernas, e aí pode se meter numa bela encrenca.

4

O membro mais idoso do Departamento de Inglês, e na verdade de todo o corpo docente do Windermere College, era Malcolm Kent. A idade oficial de aposentadoria era sessenta e sete anos, e ele já tinha setenta. Não era por suas qualidades acadêmicas, que eram no máximo medíocres, nem por sua popularidade entre os professores e alunos, que era desprezível, mas porque se casara com Matilda Clark, já falecida, a última descendente de Ezra Clark, um dos fundadores da instituição, o qual doara a mansão revestida de pedras da rua Clark que abrigara a escola nos primeiros anos. À medida que a escola cresceu, foi adquirindo uma por uma as outras casas da rua, isto é, todas exceto a mansão da esquina, a residência dos Clark, onde Matilda morara.

Matilda doara esse imóvel à faculdade em testamento, com a condição de que ela e seu marido continuassem a viver lá, e que a manutenção da casa corresse por conta da instituição.

O professor Kent era um tipo almofadinha, que gostava de usar ternos cinza-escuros e camisas de colarinho engomado. Tinha total consciência de sua posição estratégica como marido da falecida Matilda Clark, e não hesitava em usar e abusar dessa posição. Quando fez sessenta e sete anos e lhe sugeriram que se aposentasse, respondeu: “E o que vou fazer? Não, vou ficar por aqui um pouco mais”.

O assunto surgiu e foi discutido numa reunião trimestral do Conselho Diretor. Charles Dobson, dono de uma agência Cadillac na cidade, disse:

— Escutem, mesmo ao preço atual do mercado, a casa dos Clark vale no mínimo dois milhões de dólares. Se ele ficasse aborrecido conosco...

— O que poderia fazer? A casa nos foi legada em testamento.

— Sim, mas como viúvo ele tem direitos.

— Achei que já tivessem abolido esse direito de viúvo aqui no nosso estado.

— E ele também tem poder para vender a casa — disse George McKittrick, que viera de Bangor, no Maine, para assistir à reunião. — Se ele decidisse vender a casa para alguém, poderíamos processá-lo, é claro, mas meu advogado disse que provavelmente perderíamos a causa.

— Ele só leciona em um ou dois cursos — disse Dobson —, e que mal faz se continuar dando esses cursos por mais um ano ou algo assim?

— Sim, mas o problema é que ele fica zanzando pelo Departamento de Inglês o dia todo — disse Nelson Ridgeway.

— E daí?

— E daí que ele é uma praga. Cada vez que chega uma pessoa para conversar com alguém do departamento, ele se mete na conversa. Tenho uma certa amizade com Sugrue, o chefe do departamento. Ele me disse que, certa vez, Kent simplesmente foi entrando na sala e interrompendo a aula para falar com ele.

— O problema é que ele é velho e não tem amigos.

Por fim concluíram que a importância da casa era muito maior do que os aborrecimentos que Kent causava, e votaram por sua permanência ali.

E assim ele foi ficando, dando um curso de clássicos da literatura inglesa e passando o resto do dia lendo jornais e revistas, e batendo papo furado com qualquer um que estivesse livre, em geral falando sobre pessoas importantes que conhecera. Ocasionalmente pedia que alguém fosse pegar um livro na biblioteca da faculdade, explicando que não podia ir porque havia torcido o tornozelo e seria dolorido subir e descer as escadas. Em geral seu pedido era feito a Sarah McBride. A fórmula usual era: "Sarah, meu amor, você me faria um favorzinho?".

Ela em geral concordava, pois, como explicou a Mordecai Jacobs: "Ele é um peso-pesado por aqui, e, como não tenho doutoramento e fui a última a ser nomeada, sou a mais vulnerável. Ele vive pegando no meu braço ou no meu ombro quando me pede alguma coisa. Como ele também dá aula às três horas na sala vizinha à minha, quando voltamos juntos para a sala do Departamento de Inglês ele sempre passa a mão na minha cintura. Diz que isso o ajuda a se firmar para descer as escadas. Contei tudo ao Lew, e ele queria vir aqui mandá-lo parar com essa história, mas não deixei, pois isso poderia me causar todo o tipo de problemas".

Graças aos seus laços com a família Clark, às vezes o professor Kent era convidado para recepções dadas por instituições filantrópicas que recebiam contribuições de Ezra Clark. Depois passava os dias seguintes contando tudo o que dissera ao chefe do Hospital Geral de Massachusetts ou ao senador que havia sido o orador convidado.

Certa vez, pouco antes do feriado de Quatro de Julho, Kent apareceu à tarde na sala do departamento de smoking e sapatos de verniz mas com a gravata-borboleta ainda solta no colarinho, e perguntou:

— Será que alguém aqui sabe dar nó numa gravata-borboleta? Estou com tendinite, não consigo levantar os braços.

— Não é a mesma coisa que amarrar o cadarço dos sapatos? — disse Jacobs.

— Por que você não usa essas gravatas que já vêm com o nó feito, é só prender com um ganchinho? — perguntou Roger Fine.

— Ah, impossível. Seria o mesmo que usar gravata de poliéster com fecho de metal.

Nesse momento entrou Thorvald Miller. Os olhos de Kent brilharam. Apontou para a gravata de Miller.

— Você sabe dar um bom nó numa gravata-borboleta.

— Claro.

— Então quer fazer o favor de amarrar a minha?

— Claro, vire de costas.

Ele se virou, e, quando Miller passou os braços pelos seus ombros, Kent murmurou:

— Quando minha mulher amarrava minha gravata, também me mandava virar de costas.

— É a única maneira de dar esse nó — disse Miller. — Pronto.

Kent apalpou o nó no colarinho e foi até o espelhinho na parede.

— Ótimo! — declarou. — Vamos à minha casa tomar uns drinques.

— Bem, eu estava indo malhar na academia.

— Eu insisto. Além disso, tenho algo para lhe mostrar.

Miller olhou para Jacobs e deu de ombros:

— OK.

Quando em seguida Jacobs perguntou a Miller se pretendia ir à academia, ele respondeu:

— Não, Mord, vou tomar chá com o professor Kent.

Jacobs ficou com a impressão de que Miller estava orgulhoso de tomar chá à tarde, o que ele provavelmente considerava um costume elegante de Boston.

No dia seguinte, quando Jacobs sugeriu que fossem à cantina almoçar, Miller disse:

— Vou com Kent. — E explicou: — Escute, Mord, Kent é um sujeito poderoso por aqui, e estou chegando à conclusão de que a única maneira de conseguir estabilidade como professor é ter o apoio dele.

— Compreendo, Thor.

Nas tardes de sexta-feira, quando Jacobs costumava ir a Barnard's Crossing passar o fim de semana com a família Lerner, seus futuros sogros, em geral podia contar com uma carona de Miller, mas nessa sexta-feira Miller lhe disse:

— Escute, Mord, não vou poder lhe dar carona hoje. Kent vai sair no fim de semana, e vou dirigir o carro dele.

— Claro, compreendo.

— Sabe como é, a casa onde estou morando foi construída pela família dele, ou melhor, pela família da mulher dele. Eram donos de todas as terras por aqui, desde a antiga estrada de Boston até a enseada, e ele disse que gostaria de rever tudo isso.

Daí em diante, Miller e Kent estavam sempre juntos. Roger Fine passou a chamá-los de Estranho Casal, e o apelido pegou. Kent não deixou de zanzar pelo Departamento de Inglês; agora ficava mais em casa, e Miller ia visitá-lo quando tinha tempo.

Kent começou a passar quase todos os fins de semana em Barnard's Crossing com a família Miller, e era sempre convidado pela mãe de Thorvald para jantar nas quartas-feiras e lhe fazer companhia até o filho chegar em casa. Às vezes ele tomava o ônibus que passava pela velha estrada de Boston, e seguia a pé por uma estradinha particular que ia dar na Evans Road e na casa dos Miller.

No final do verão, Thorvald Miller foi promovido a professor adjunto e obteve sua estabilidade.

5

O Comitê de Ritual trabalhou conscienciosamente durante todo o verão. Ouviu várias fitas gravadas com sermões feitos por candidatos ao cargo. Dois ou três mandaram videoteipes que — nem é necessário dizer — mostravam o candidato vestido com os trajes mais solenes: manto negro, longo xale de orações, e na cabeça um solidéu alto como os que usam os cantores sacros. Visitaram também diversas sinagogas para observar o candidato em seu próprio terreno, e convidaram alguns, os mais prováveis, para virem a Barnard's Crossing celebrar um *Shabat.* A prova consistia em conduzir o serviço de sexta-feira à noite, inclusive um pequeno sermão, o serviço de sábado de manhã, que exigia um sermão um tanto mais longo e mais formal, e a noite de sábado, no serviço da *havdalá.* E, como havia um lanche com chá ou café e bolo, oferecido pelas senhoras da comunidade após o serviço de sexta-feira, e em geral também um *kiddush* com vinho e uísque após o serviço de sábado de manhã, acompanhando as bolachas com arenque ou peixe defumado, a freqüência era bastante alta em ambos os serviços, e havia muitas oportunidades para a congregação conversar com o candidato.

O Comitê de Ritual não conseguiu chegar a um acordo unânime quanto a um único candidato, mas acabou fazendo uma lista de três finalistas, e em agosto o Conselho Diretor se reuniu para selecionar um deles. Apenas cerca de quinze membros do conselho assistiam às reuniões regularmente, semana após semana, alguns porque tinham filhos na Escola Dominical e, como traziam as crianças às nove horas, achavam mais conveniente assistir à reunião do conselho em vez de ir para casa e voltar para buscar os filhos ao meio-dia. Outros só compareciam ocasionalmente. Nesse domingo, porém, quase todos vieram, pois tinham sido avisados de que o objetivo da reunião era escolher o novo rabino.

Al Bergson, o presidente do conselho, bateu na mesa pedindo silêncio e disse:

— Muito bem, o espetáculo vai começar. Sugiro dispensarmos as formalidades de praxe e discutirmos apenas o assunto rabino. Alguma objeção?

— Não, vamos logo com isso.

— Claro, para que perder tempo?

Várias outras exclamações parecidas mostraram que o conselho concordava calorosamente.

— Muito bem. O Comitê de Ritual examinou vinte e três candidatos, dos quais oito são recém-formados pelo Seminário. Alguns já tiveram um emprego temporário...

— Os outros já têm congregação fixa?

— Quer dizer que todos esses querem sair do emprego que têm? Ora, o que há de errado com eles? Ou o que há de errado com o emprego?

— Será que estamos oferecendo um salário mais alto que as outras congregações? — perguntou o dr. Marcus.

— Como já expliquei quando esse assunto surgiu — disse Bergson — estamos na faixa mais baixa de salários do mercado. Na verdade, dois ou três candidatos teriam que aceitar um bom corte de salário para vir trabalhar aqui.

— Nesse caso, por que...

— Porque estamos a apenas a trinta e cinco quilômetros de Boston, um dos grandes centros culturais do mundo, com orquestra sinfônica, museu, universidades e um dos maiores centros médicos que existem.

— Questão de ordem. — Era Ira Schwarz, que gostava de cumprir metodicamente os regulamentos.

Bergson deu um suspiro:

— Sim, Ira, qual é a sua questão de ordem?

— Parece que você vai apresentar o relatório do comitê na qualidade de presidente.

— E qual é o problema?

— Ora, é que apresentar um relatório do comitê é como propor uma moção. Portanto, acho que você deveria passar o martelo para o vice-presidente. Daí, depois que ele o autorizar oficialmente como porta-voz, você pode fazer seu relatório.

— Mas eu não tenho martelo — disse Bergson com um sorriso. — Apenas bato na mesa com os nós dos dedos. Você quer que eu dê minha mão para o vice-presidente segurar e bater na mesa com ela enquanto eu faço o relatório?

Todos riram, mas Ira Schwarz era obstinado.

— Você sabe o que eu quero dizer. Pode conduzir esta reunião de acordo com as regras ou sem regra nenhuma, e aí qualquer pessoa vai poder falar a qualquer momento sobre tudo o que lhe vier à cabeça, casos velhos ou casos novos, ou ... ou sobre absolutamente nada.

— Tem razão, Ira. Portanto, peço agora ao vice-presidente que tome a palavra. Senhor vice-presidente, estou autorizado a apresentar o relatório do comitê sobre a seleção do novo rabino?

— Sim, senhor Bergson.

— Obrigado. Muito bem. Então, como eu ia dizendo, não estamos longe de Boston, e além disso estamos à beira-mar, o que significa que este aqui é um lugarzinho até que muito bom para se passar um verão quente, e...

— OK, OK — disse o dr. Marcus, que era dentista e portanto não estava acostumado a ouvir respostas longas. — Já entendi.

— Pois bem — continuou Bergson —, chegamos a três finalistas. Cada um desses três foi considerado o melhor por um ou mais membros do comitê. Todos vieram até aqui para celebrar um *Shabat*, o que permitiu que vocês todos dessem uma boa olhada neles. Vejamos: primeiro temos o rabino Alan Joseph, de Paterson, New Jersey. É o favorito de Archie. Ele é...

— É aquele que usou uma porção de palavras compridas — disse Joe Brickner. — Nem entendi bem o que ele estava falando... uma história de metempsicose, sei lá. Precisei procurar as palavras no dicionário quando voltei para casa.

— Isso mesmo. Minha mulher também o achou um pouco profundo demais — disse outro. — Ela também não entendeu nada daquela conversa fiada sobre Kierkegaard e Martin Buber.

— Esse é o problema! Nós, judeus, somos assim: quando não entendemos algo, dizemos que é profundo.

— E você, Archie, entendeu sobre o que ele estava falando?

— Ora, pessoal, a gente sabe reconhecer uma pessoa de classe — retorquiu Archie, mas não tentou argumentar sobre o assunto.

— É isso aí, Archie.

— Dá-lhe, Archie!

— Tudo bem, rapazes, calma. Depois temos o rabino Benjamin Cohen, do Templo Beit Emet, de New Britain, Connecticut. Tem trinta e oito anos. Vem de uma família ortodoxa e foi judeu praticante a vida toda. Foi o primeiro da classe no Seminário e é um verdadeiro estudioso do Talmude. O sermão dele, se vocês se lembram, foi uma verdadeira *drushá*, uma dissertação, que é o que deve ser o sermão de um rabino.

— Uma das coisas que me incomoda nesse Cohen — disse Joe Brickner — é que com esse nome, Cohen, ele deve ser coanita, certo? E que eu saiba eles não podem ir ao cemitério nem ficar na presença de uma pessoa morta. Então, o que vai acontecer no dia em que, Deus nos livre, morrer alguém? Será que ele fará o serviço do enterro, ou terá que arranjar um substituto?

— Ora, o fato de ele ser coanita não iria interferir no serviço fúnebre — disse Bergson. — Significa apenas que ele não deve fazer o *duhán* durante um ano, ou seja, unir-se aos outros sacerdotes para abençoar a congregação no final do serviço. Mas nós já abolimos essa bênção dos sacerdotes; só os ortodoxos fazem isso. Portanto, isso não nos afetaria.

— Como assim, os sacerdotes abençoam a congregação no final do serviço? Quer dizer que todos os que têm sobrenome Cohen se levantam e abençoam a congregação?

— Ora, você nunca viu os coanitas realizarem esse ritual? — Bob Kahn não conseguia acreditar. — Você nunca ia à sinagoga quando era criança?

— Nós íamos ao Templo Israel, de Boston, que é reformista. É por isso que nunca vi. O que é que eles fazem?

— Sim, eu também nunca vi.

— Sim, sim, o que acontece?

— Bem — explicou Kahn —, no final do serviço, mas apenas nos dias festivos, os coanitas, isto é, os sacerdotes, os descendentes de Aarão, deixam o santuário e vão encontrar os levitas, que lavam as mãos deles.

— Todos esses sacerdotes têm sobrenome Cohen?

— Ou Kahn, Kane, Katz, Kagan, ou qualquer outro sobrenome, mas supõe-se que todos sejam descendentes de Aarão.

— E todos os levitas têm sobrenome Levi?

— Sim, ou Levine, ou Segal, ou seja lá o que for, mas supõe-se que sejam da tribo de Levi. Bem, depois que os levitas lavam as mãos dos coanitas, estes tiram os sapatos e se postam na frente da Arca da Torá. Daí cobrem a cabeça e os braços erguidos com seu xale de orações, voltam-se para a congregação e pronunciam a bênção dos sacerdotes, repetindo-a depois do cantor, uma palavra por vez: "Que o Senhor vos abençoe e vos guarde. Que faça brilhar Seu rosto sobre vós...".

— Ei, isso aí é cristão! Já ouvi isso numa igreja.

— Sem dúvida, eles pegaram isso de nós.

— Ah, é? E você também é coanita, Bob?

— Hã-hã.

— E você alguma vez já abençoou a congregação?

— Não, mas meu velho sempre fazia isso.

— Ah, ele era muito religioso?

— Nada de especial. Comia comida *kasher*, naturalmente, pois estava acostumado, mas trabalhava no sábado. Lembro que certa vez alguém lhe perguntou por que ele fazia o *duhán*, já que não guardava o sábado, e ele disse que fazia para que o rabino não precisasse fazer.

— Como assim?

Kahn deu de ombros, mas Bergson procurou explicar:

— Acho que ele pensava assim: se os coanitas, que são apenas membros comuns da congregação, não fizessem aquilo, o rabino teria que fazer, e as pessoas começariam a pensar que ele era um carola, do tipo santinho do pau oco... Ou talvez algo semelhante a um ministro protestante ou padre católico, e não é isso que ele deve ser. Isso já aconteceu em alguns templos reformistas, e em alguns conservadores também.

— Não estou preocupado em saber se o rabino Cohen vai ou não ao cemitério — disse Henry Myers —, mas temos que pensar no aspecto das relações públicas. Numa cidadezinha tão americana como Barnard's Crossing, a típica cidade ianque, as relações públicas de um rabino podem ser muito importantes.

— Ele fez um sermão até que muito bom na sexta-feira em que esteve aqui, mas não pude deixar de achar que esse rabino Cohen não impressiona muito fisicamente. É baixinho, gordinho, careca e estava suando muito.

— Pois é, também notei. A careca dele estava reluzente de suor, e a mim também isso incomodou. Por outro lado, o rabino Dana Selig... esse, sim, dá uma ótima impressão. É alto, é o tipo do rapaz que minha filha acha charmoso. E mais: pelo currículo dele, até jogava futebol na faculdade. Acreditem, isso não vai fazer mal nenhum ao nosso relacionamento com a comunidade não judaica.

— Joe e Ira foram a favor dele — disse Bergson. — E acho que ele de fato causou uma boa impressão quando veio celebrar o *Shabat* aqui, mas o currículo dele não é lá grande coisa.

— Como assim? Ele não é formado pelo Seminário?

— Sim, claro, mas os pais dele são reformistas, e nem são judeus praticantes, portanto ele só conhece aquilo que aprendeu no Seminário. Vocês sabem muito bem que não é a mesma coisa que uma pessoa que foi criada numa casa judaica, no meio da coisa toda. — Deu uma olhada em volta, procurando expressões de compreensão. Como não houve resposta, continuou: — E também temos que levar em consideração a esposa dele.

Isso provocou uma reação:

— Qual é o problema com ela? É uma mulher muito atraente.

— Bem, na primeira entrevista com o comitê ele deixou bem claro que sua esposa não faria parte do trato: que nós não deveríamos esperar que ela representasse o papel tradicional de *rebbitzin,* pois ela tem seus próprios interesses.

— Ela é advogada, não é? — perguntou o dr. Marcus.

— Isso mesmo.

— Bem, hoje em dia isso é de se esperar — disse Marcus. — Todas as mulheres podem ter seus próprios interesses, independentemente do marido. Minha mulher, por exemplo, é arquiteta. Talvez há trinta ou quarenta anos, quando as profissões não estavam abertas para as mulheres, elas tivessem que compartilhar os interesses dos maridos. Minha mulher, Sybil, por exemplo, poderia ser recepcionista no meu consultório, ou talvez fazer algum curso e tornar-se higienista dentária. Mas hoje em dia... — Ele ergueu os ombros e os deixou cair num gesto resignado.

À medida que a discussão prosseguia, foi ficando claro que a grande maioria era a favor do rabino Selig. Mas as críticas continuavam; isso era normal nas reuniões do conselho. Alguém objetou que o rabino Selig usava barba.

— Mas é uma barba aparada, não uma barba hippie. E aliás, estritamente falando, um rabino deve ter barba.

Outro levantou a questão do nome:

— Mas que raio de nome é esse, Dana? Isso lá é nome de rabino?

— O nome dele em hebraico é Daniel — disse Bergson — ou seja, nós o chamaríamos por esse nome para ler a Torá.

— Claro. Dana é apenas um nome americano, assim como... hum... Kevin ou Hilary.

— Vocês viram as meias dele?

— E a gravata, então? Também achei muito extravagante para um rabino.

Contudo, quando o relógio na parede deu meio-dia, a hora costumeira de debandar, Bergson bateu na mesa pedindo silêncio e disse:

— OK, pessoal, então vamos pôr os nomes em votação.

6

O jantar de boas-vindas e despedida, que já fora reduzido a almoço, foi por fim rebaixado a um brunch, e acabou sendo muito mais de boas-vindas que de despedida. Alguns poucos se aproximaram do rabino Small para dizer que lamentavam sua partida e lhe desejar boa sorte no novo emprego. E alguns vieram falar com ele a respeito do Windermere College, pois tinham um filho ou uma filha estudando lá, ou querendo entrar lá agora; mas, como era de se esperar, a maioria das atenções foi dirigida ao novo rabino, um homem alto, muito bem-apessoado, com um bigode aparado cuidadosamente e uma barba curta cobrindo apenas o queixo.

Os dois rabinos tiveram pouca chance de conversar, porém Selig conseguiu dizer que ele e sua esposa gostariam de ir à casa dos Small uma daquelas tardes, para prestar seus respeitos, e o rabino Small aceitou. "Peça para a sua senhora combinar com a minha. Mas, em vez de vir à tarde, por que vocês não vêm jantar?"

Poucos dias depois, o casal Selig veio jantar. Eles estavam morando num hotel na cidade de Salem, ali perto, enquanto procuravam uma casa, por isso Miriam perguntou:

— Já encontraram casa para morar?

O rabino Selig deu um largo sorriso:

— Amanhã vamos assinar um contrato de um ano, com opção para compra. Está mobiliada, mas eles vão tirar tudo se decidirmos comprar. É uma propriedade com muita terra, mais de um acre, pelo que nos disseram.

— Aparar um gramado desse tamanho é um trabalho e tanto — observou o rabino Small.

Selig riu.

— Não é gramado; só tem pedras. Aqui e ali há uns trechos de terra, com alguns arbustos e um pouco de grama. Só para esses pedacinhos gramados, a casa tem um daqueles cortadores de grama manuais, antigos. Mas fica bem perto da praia, da nossa janela de trás se vê o mar, e, exceto por alguns metros de areia logo à beira-mar, toda aquela área é de pedra. A estrada de Boston passa logo ali. Na verdade, há um ponto de ônibus bem na frente da casa, o que imagino seria bem conveniente se quiséssemos ir a Boston sem a preocupação de encontrar vaga para estacionar. A entrada de carros é bastante íngreme. A casa fica numa espécie de plataforma plana na encosta da colina, e a entrada de carros termina formando um terraço lateral, na entrada da garagem. Tudo isso é asfaltado, e acho que vou ter que manter tudo limpo no inverno, pois subir aquela ladeira de carro deve ser difícil com muita neve no chão. Mas na casa há também uma máquina de limpar neve, assim é um serviço que não deve demorar muito.

— Dana está ansioso pela primeira neve. Não vê a hora de experimentar essa máquina — observou sua mulher com carinho.

O rabino Selig deu um largo sorriso:

— Pois é, eu gosto mesmo de mexer com máquinas e ferramentas.

— Ah, acho que sei onde fica essa casa — disse Miriam. — Fica bem no limite entre Barnard's Crossing e Swampscott. Ali há uma grande placa: "Você está entrando em Barnard's Crossing".

— Isso mesmo — disse Selig. — Fica logo depois da nossa entrada, para quem chega de Boston, mas ali já estamos em Barnard's Crossing. Disseram-me que essa placa foi colocada depois da nossa entrada porque o nosso lado é todo de pedra. Era mais fácil fincar a placa depois da nossa casa do que no verdadeiro limite, onde eles teriam que dinamitar a pedra do chão. Vejam, não é uma dessas placas comuns do Departamento Rodoviário; é um grande outdoor colocado pela Câmara de Comércio, que diz também quando a cidade foi fundada e anuncia que este é o berço da marinha americana.

— E há uma cerca viva ao longo da lateral, não é mesmo? — perguntou Miriam.

— Isso mesmo. E há também uma maquininha elétrica para aparar essa cerca viva. E isso significa o quê? Só uma ou duas horas por semana durante o verão.

— Essa cerca viva é o limite da propriedade de vocês? — perguntou Miriam.

— Na verdade, ela se estende um ou dois metros para além da cerca viva. Para lá, o terreno é plano e gramado, o que significa que há um desnível de cerca de quatro metros, quase vertical, do lado oposto à casa. Aliás, creio que foi por isso que essa cerca viva foi plantada. Esse terraço ao lado da casa tem uma rede de badminton, ou seja, se alguém correr de costas para pegar a peteca, pode sofrer uma queda gravíssima.

Susan Selig, morena alta de trinta e quatro anos, com um coque na nuca, era um ou dois anos mais velha que o marido. Quando terminaram de jantar, ela insistiu em ajudar Miriam a lavar a louça, e depois ficou na cozinha com ela, onde poderiam conversar com mais liberdade do que na presença dos homens. Na sala de estar, os dois se reclinaram em suas poltronas.

— Sabe, acho que vou gostar desta congregação — disse Selig.

— Você não gostava daquela onde estava trabalhando?

— Ah, sim, gostava bastante, mas não estava me sentindo realmente bem. Era uma congregação de gente mais velha e... — Selig hesitou e, num tom mais sincero, prosseguiu: — Veja, rabino, há uma diferença entre saber alguma coisa por meio dos livros e saber porque você foi criado dentro daquilo tudo. Meus pais não eram religiosos, de maneira nenhuma. Nunca iam a um templo ou sinagoga, nem mesmo nas Grandes Festas. Eu nem sequer freqüentei um curso de religião em criança. Fiz um curso de história da religião no último ano da faculdade porque... bem, porque parecia ser um curso fácil. E era, mas o resultado é que ganhei um interesse tremendo pelo judaísmo. Quando me formei, prestei exames para o Seminário. Levei sete anos para me formar, mas mesmo assim, ao lidar com a minha congregação, ainda me sentia como alguém que fez um curso de idiomas na Berlitz e tem que conversar com um nativo daquela língua. Entende o que eu quero dizer?

— E aqui?

— Bem, esta congregação é muito mais jovem, e tenho a impressão de que muitos deles têm a mesma formação que eu. Pelo menos foi a sensação que tive no meu encontro com o conselho.

— É mesmo? Pelo que eles disseram, ou...

Selig deu uma risadinha.

— Mais pela maneira como reagiram ao que eu disse. Por exemplo, faço jogging, gosto de correr duas ou três vezes por semana. Bem, na minha antiga congregação, muitas pessoas ficavam abaladas ao me ver correndo de short e suéter. Aqui, mencionei para o conselho que gosto de correr, e logo dois ou três disseram que também gostam e que talvez possamos correr juntos.

— Devem ser Bob Kruger e Henry Myers — disse o rabino Small.

— Não sei dizer. Fui apresentado a todos eles, naturalmente, mas não me lembro de todos os nomes. Bem, esse foi apenas um aspecto. Houve várias outras indicações de que esta congregação é diferente da outra. Por exemplo, no primeiro contato que tiveram comigo, eu lhes disse que, caso me contratassem, estariam contratando apenas a mim, e não minha esposa. Ela não faria aquele papel tradicional de *rebbitzin,* isso de comparecer às reuniões da Hadassah, etc. Ela tem sua própria carreira. É advogada. Isso causou um pouco de discussão na minha antiga congregação, mas aqui todos logo concordaram, como se fosse algo de se esperar, totalmente normal.

— E ela vai exercer a profissão aqui? — perguntou o rabino Small. — Já entrou em contato com algum escritório de advocacia?

— Ainda não. Ela ainda tem que passar no exame da Ordem de Massachusetts para poder exercer a advocacia aqui. O que ela está planejando é fazer um cursinho de revisão para se preparar para esse exame.

— Desejo a ela toda a sorte.

Mais tarde, depois que os Selig se foram, Miriam perguntou:

— O que você achou dele, David?

— Acho que a congregação vai gostar dele. É bem o que eles querem. É alto, bonito, vai fazer sucesso com as mulheres. E também é jovem, por isso os mais jovens, que são a maioria, vão aceitá-lo bem. Sim, acho que ele vai se dar bem por aqui. Provavelmente muito melhor do que eu.

Alguns dias depois, quando os dois rabinos se encontraram no serviço na sinagoga, o rabino perguntou:

— E então, que tal a sua casa nova?

— É ótima. Ontem fez aquele dia quente, nós sentamos na varanda, estava fresco, uma delícia. Ah, e aconteceu uma coisa engraçada. Enquanto estávamos ali na varanda, um homem veio subindo pela nossa entrada de carro. Achei que ele viesse me ver, mas passou direto. Daí eu o chamei, mas como não respondeu, gritei: "Proibida a passagem, é propriedade particular". Ele nem parou. Só gritou: "Passagem pública!", e continuou direto. Daí liguei para o corretor que nos alugou a casa, e ele me disse que de fato talvez haja uma passagem pública até a praia, que iria verificar.

— Isso incomoda vocês?

— Bem, se há uma passagem pública até a praia, não vai ser muito usada agora que o verão praticamente já acabou. Mas eu não compraria uma casa por onde as pessoas podem vir passando com a filharada, o guarda-sol e a cesta de piquenique.

— Realmente isso pode ser um problema, sobretudo se você estiver com visitas, ao ar livre. O seu corretor acha que pode haver referência a uma passagem pública em algum documento anterior?

— Acho que sim, mas minha esposa disse que, se for uma passagem pública e se esse direito, tradicionalmente, sempre tiver sido exercido, talvez isso não esteja mencionado em nenhum documento.

— Eu poderia perguntar a Hugh Lanigan. Se alguém sabe a resposta, é ele.

— Hugh Lanigan? Quem é?

— É o delegado, e viveu aqui a vida inteira.

— Puxa, eu ficaria muito grato se você pudesse descobrir a resposta, seja lá qual for.

— Sem dúvida, vou perguntar.

E como ocorreu ao rabino Small que se de fato houvesse uma passagem pública legalizada com certeza seria usada num sábado, e em conseqüência o *Shabat* do rabino Selig seria perturbado, fez questão de ir até o centro da cidade para fazer a pergunta pessoalmente a Lanigan.

— Aquela casa é parte da antiga propriedade dos Clark — disse Lanigan. — Ezra Clark era dono de uma grande imobiliária em Boston. Ele comprou essa terra, que ia da antiga estrada de Boston até a enseada Gardner, lá embaixo, na praia. E comprou por um preço baixíssimo, porque a maior parte era pura pedra. Daí construiu uma casa, no lugar em que hoje é a Evans Road. Hoje quem mora lá é um tal de Miller, professor Miller, acho. Ele leciona no Windermere College; é um daqueles a quem eu ia perguntar sobre uma carona para o senhor. Naquela época não havia ainda nem rua por ali, mas Clark escolheu esse lugar porque há um trecho de terra onde poderia plantar um gramado. Depois, quando os filhos dele cresceram e começaram a convidar os amigos, ele construiu outra casa no alto da colina, aquela onde o novo rabino de vocês está morando. Ambas as casas não passavam de cabanas de verão, mas depois que a cidade abriu a nova rua, isto é, a Evans Road, Clark mandou instalar aquecimento nelas, porque planejava vendê-las, acho. Sabe como é, os filhos já estavam grandes, passavam o verão na Europa, coisa assim, e não estavam usando muito a casa. Bem, naturalmente ele ainda pensava naquela área como um terreno só, apesar de uma das casas agora ficar na Evans Road e a outra na antiga estrada de Boston. E assim, quando queria tomar o ônibus para Boston, ou quando vinha de Boston, bastava atravessar a pé um trechinho, que agora fazia parte da casa da colina. E também os filhos e os amigos dos filhos costumavam atravessar esse terreno para descer até a praia. Quando ele vendeu uma das casas, para um sujeito chamado Willoughby, ficou acertado que continuaria tendo acesso à praia. Assim,

Willoughby lhe deu acesso até o ponto de ônibus, em frente à entrada de carros. E apesar de ambas as casas já terem mudado de mãos duas ou três vezes, as coisas sempre foram assim, desde aquela época.

A caminho da cidade, o rabino fizera uma volta para dar uma olhada na casa do rabino Selig, por isso agora perguntou:

— Aquela cerca viva ao lado da entrada de carros é o limite do terreno do rabino Selig?

— Não, o limite fica mais ou menos um metro além dessa cerca, bem no lugar onde começa o declive. Por uma espécie de acordo geral, essa faixinha de um metro ou um metro e meio se tornou passagem pública. Mas não foi por isso que a cerca viva foi plantada; foi porque um dos filhos de Willoughby estava brincando um dia, andando de patins, se não me engano, naquele terraço asfaltado no final da entrada de carros, e levou um tombo. Caiu no declive e quebrou a perna, lembro muito bem. Essa faixa de terra plana era originalmente parte da propriedade, mas é muito estreita para se construir, segundo o código de zoneamento. Assim, Willoughby a cedeu para a cidade, o que lhe deu um pequeno desconto nos impostos; e com isso também deixou a cargo da cidade a manutenção do terreno: cortar a grama, plantar flores, esse tipo de coisa. Mas se o seu novo rabino está com medo de guarda-sóis e crianças com baldinhos atravessando o seu terreno para ir à praia, diga-lhe que não se preocupe. Esse caminho só leva até a enseada Gardner, que tem mais pedras do que areia e costuma estar coberta de algas.

— Tenho certeza que ele vai ficar contente de saber disso. Estava muito preocupado.

— E o senhor estava preocupado por ele?

— Por ele e por todos. A última coisa que nossa congregação precisa é que o rabino entre em conflito com os vizinhos.

7

O rabino Selig já havia dado umas voltas de carro por Barnard's Crossing, não só para se familiarizar com a localização dos edifícios mais importantes — a prefeitura, o correio, a biblioteca, as diversas igrejas —, mas também para estudar o melhor caminho para suas corridas matinais. Buscara cuidadosamente uma rota plana mas sem ruas muito movimentadas em que pudesse ser reconhecido e cumprimentado, e talvez precisasse parar para conversar. Acabou escolhendo um trecho de três quilômetros e meio, da rua que corria ao longo da praia até o ancoradouro. Era paralela à Abbot Road, a via principal, e se conectava a ela em diversos pontos por ruazinhas transversais.

Na manhã de segunda-feira, Selig saiu para testar sua rota. Foi de carro até um local que escolheu como ponto de partida, a uns duzentos metros de sua casa. Ali estacionou, e começou a correr num passo calmo, pensando em aumentar a velocidade aos poucos. A distância total, ida e volta, seria de apenas seis quilômetros, medida no odômetro de seu carro, e constituiria, na opinião dele, um bom exercício para aquele dia.

O tempo estava quente, mas soprava uma leve brisa do mar para refrescá-lo. Num determinado ponto, passou por uma grande propriedade fechada por uma grade de ferro que ia até a altura dos seus ombros, atrás da qual um pequeno terrier branco começou a latir e correr histericamente até ele se afastar.

Quando por fim chegou ao ancoradouro, o ponto final da sua rota, estava transpirando bastante, e não quis parar com medo de resfriar-se. Mas um barco de pesca de lagosta acabava de aportar, e ele não pôde deixar de observar os homens descarregando os peixes.

Uma voz atrás dele disse:

— Quem sabe com isso não cai o preço da lagosta nos restaurantes da cidade.

Selig se virou e viu um homem mais ou menos da sua idade, também usando short de corrida. Era alto, moreno, de olhos astutos e queixo pontudo. O rabino não queria iniciar uma conversa, mas por uma simples questão de educação achou que devia fazê-lo:

— Boa pesca, não?

— Sem dúvida. Veja quantas lagostas vêm de cada vez. Naturalmente, algumas são muito pequenas e serão jogadas de volta no mar, mas há muitas grandes, e isso baixa os preços nos mercados de peixe e nos restaurantes. Mas creio que esse assunto, particularmente, não seja do seu interesse. O senhor é o novo rabino, não é? Alguém me disse outro dia.

— Sim — disse o rabino Selig —, e de fato o preço da lagosta não é da minha conta.

— Bem, quanto a mim, em geral como comida *kasher*, porque meus pais eram praticantes. Nada de carne de porco, nada de manteiga num sanduíche de carne, porque, como o senhor sabe, o estômago da gente não pode deixar de refletir o hábito da infância, mesmo que a gente já tenha superado os motivos que havia para tudo isso. Mas em algum ponto da minha vida passei a gostar de lagosta, e como de vez em quando, mas só quando vou jantar fora.

— O senhor é membro da minha congregação, senhor...?

— Baumgold — disse o outro, estendendo a mão.

Apertaram-se as mãos.

— Não, não sou membro de nenhum templo nem sinagoga. Meus pais eram membros do templo de Salem, e eu freqüentava o curso de religião quando era garoto, mas ficava chateado por ter de ir ao curso depois da aula, enquanto os outros garotos iam brincar na rua. Fiquei até meu *Bar Mitzvá* e depois abandonei aquilo tudo por completo. — Deu uma risadinha: — Minha mulher não é judia, mas tem muito mais interesse pelo judaísmo do que eu. Leciona no Windermere College, em Boston, e está planejando freqüentar como ouvinte um curso sobre judaísmo ali. Aliás, é o seu antecessor que vai dar esse curso. — Deu mais uma risadinha. — Quem sabe ela não me converte?

O rabino Selig conseguiu dar um sorriso.

— Coisas mais estranhas já aconteceram. — Depois concluiu: — Tenho que ir voltando.

— Por onde o senhor vai? Pela rua da praia? Poderíamos correr juntos até um trecho. Eu corto pela rua Endicott.

O rabino Selig passou a correr todos os dias, quando o tempo permitia. Saía pouco depois das seis, voltava para casa em geral às quinze para as sete, tomava banho e ia até a sinagoga, chegando a tempo para o serviço matinal. Como esse serviço durava apenas uns vinte minutos, mesmo quando ele parava depois para conversar com alguém da congregação, conseguia estar de volta em casa às sete e meia, e só então tomava seu café.

Com alguma freqüência, Baumgold o encontrava na rua Endicott, e os dois corriam lado a lado até o ancoradouro. Aí paravam por um ou dois minutos, para tirar uma pedrinha do sapato, ou amarrar o cadarço, ou apenas para olhar o porto;

Selig, mais consciencioso, em geral continuava correndo sem sair do lugar; mas os dois sempre acabavam trocando algumas palavras antes de iniciar o caminho de volta. Ao saber que Baumgold era advogado e tinha escritório em Salem, o rabino observou que sua esposa também era advogada.

— É mesmo? E ela trabalha em alguma firma aqui na cidade, ou em Boston?

— Ela estava trabalhando numa firma grande em Connecticut, mas aqui em Massachusetts precisa primeiro passar no exame da Ordem, para depois poder exercer a profissão. Ela está pensando em fazer um cursinho para esse exame.

— É mesmo? E já se matriculou em algum? É que eu conheço um sujeito que dá um curso desses em Salem, e é bom. Aula na própria casa e só pega dez ou doze alunos de cada vez. Se ela se interessar...

— Vou falar com ela.

De fato, Selig falou com a esposa, que disse:

— É uma idéia. Já andei perguntando por aí, e todo mundo disse que esse cursinho só existe em Boston. Se eu conseguisse estudar em Salem, seria muito mais fácil. Por que você não o convida para passar aqui e dar os detalhes? Eu também gostaria de perguntar a ele sobre essa história da passagem proibida e da passagem pública.

— OK, vou convidá-lo a próxima vez que o vir. Mas, escute, esse assunto afinal de contas é uma questão de direito, não é? Será que você mesma não poderia...

— Ah, eu só conheço a lei de modo geral. O problema são as práticas locais. Pode acontecer que a lei seja contra, mas que a prática comum a ignore. E se nós formos contra a prática comum, argumentando que há uma lei contra ela, podemos ficar numa situação péssima com o pessoal da cidade, e isso não seria bom para nós, nem para a congregação.

8

O rabino Selig ficou um pouco surpreso ao descobrir que precisava explicar a Baumgold como chegar até sua casa quando o convidou para tomar um café à tarde.

— Fica na estrada de Boston — falou —, bem no limite entre Barnard's Crossing e Swampscott.

— Bem, quase nunca ando por aí. Pego a nova estrada estadual quando volto de Boston.

— O ônibus de Boston passa pela nossa rua — observou Selig. — Há um ponto de ônibus bem na nossa entrada de carros.

— Provavelmente para evitar o trânsito e os faróis — disse Baumgold.

— Bem, seja como for, não há como errar. Você vai ver um outdoor logo depois da nossa casa que diz "Bem-vindo a Barnard's Crossing".

— Mas, se esse outdoor fica depois da sua casa, vocês na verdade estão morando em Swampscott, não em Barnard's Crossing.

— Não, estamos em Barnard's Crossing. Acho que puseram esse cartaz depois do nosso terreno só porque ali o chão é de terra e dava para bater as estacas para o outdoor. Antes da nossa entrada o chão é de pedra; teriam que dinamitá-lo ou perfurá-lo com máquinas. Nossa casa fica numa colina, e a maior parte do terreno é de pedra. Há trechos de terra aqui e ali, mas a maior parte é de pedra.

— Nesse caso, por que construíram uma casa?

— Para ir à praia, suponho. Há uma pequena baía...

— A enseada Gardner, não? Já fui correr por ali.

— Isso.

— Agora entendi onde é a casa. Mas pensei que nessa área só houvesse chalés de verão.

— Acho que é isso mesmo — disse Selig —, mas o proprietário atual, que nos alugou a casa, disse que a nossa recebeu calefação e aquecimento para o inverno. Em alguns dias frios que já tivemos, estava bem confortável.

O dia estava agradável e ensolarado quando Baumgold parou o carro em frente à casa dos Selig. O rabino Selig saiu para recebê-lo. Os dois ficaram na porta da casa enquanto Baumgold olhava em volta.

— Seu terreno chega até essa cerca viva? — perguntou.

— Chega, e vai até por volta de um metro além dela — disse Selig. — Ali há um desnível, uma queda de quatro metros, assim acho que essa cerca foi plantada para evitar que alguém despenque lá para baixo à noite. Pelo que entendi, o homem que construiu esta casa originalmente possuía toda esta terra, desde a estrada de Boston até a praia, inclusive aquele terreno plano depois do desnível. E ele não construiu apenas esta, mas também aquela outra ali, do outro lado da estrada. Está vendo? Para um filho ou filha casada, pelo que entendi. Acho que esta casa era pequena para o casal, os filhos e os amigos dos filhos. Naturalmente, naquela época não havia nenhuma estrada entre as casas. Isso veio depois.

— Quer dizer que ele cortou vocês da praia, hein?

— Na verdade, não. Pelo menos, não acho — disse Selig. — O homem que está nos alugando a casa disse que temos direito de passagem. Digamos que seja verdade; será que isso quer dizer que as pessoas daquele outro chalé também têm direito de passar através da nossa propriedade, até o ponto de ônibus?

— Ora, acho que não. Tudo depende do que está na escritura. Você teria que verificar no cartório. Alguém andou passando pela sua propriedade?

— Não, mas outro dia um sujeito veio caminhando ao longo da nossa cerca viva, não do lado de fora, entende, mas do lado de cá. Acho que estava indo visitar o pessoal daquele outro chalé. Eu o chamei, e, como ele não respondesse, gritei que ele estava invadindo propriedade particular. Sem nem sequer parar, o sujeito gritou de volta para mim: "Passagem pública!".

Baumgold deu de ombros.

— Que posso lhe dizer? Mas vocês estão alugando por apenas um ano, não é?

— Sim, mas estamos pensando em comprar a casa. Aliás, o proprietário estava muito mais interessado em vender do que em alugar. A casa é muito agradável, e tem uma ótima localização. A janela do nosso quarto tem vista para o mar. E, como fica bem em frente à estrada de Boston, é muito conveniente, especialmente se a minha mulher começar a ir a Boston fazer o cursinho de revisão. Talvez seja mais fácil tomar o ônibus do que ir de carro e procurar vaga para estacionar.

— Sem dúvida. Mas se ela fizesse esse cursinho em Salem...

— É sobre isso que ela quer lhe perguntar. Vamos entrar pelos fundos, pela garagem.

Selig o conduziu pela espaçosa porta da garagem, que dava para dois carros. Lá dentro, Baumgold admirou-se: — Sim, senhor! — Apontou para a bancada de trabalho junto à parede e para o quadro logo acima, onde algumas ferramentas estavam penduradas.

— São suas ferramentas? — perguntou.

— Não, são da casa. As minhas ficaram lá em Connecticut, guardadas junto com a minha mobília.

— E esse limpador de neve aqui no canto?

— Também é da casa.

— O senhor pode precisar dele, se tivermos muita neve no inverno. É difícil subir de carro até aqui, mesmo com correntes nos pneus. Essa entrada é muito íngreme.

— Eu sei. Isso me ocorreu no primeiro dia em que visitamos a casa, mas o proprietário disse que com essa máquina eu poderia limpar toda a neve da entrada em quinze ou vinte minutos.

Quando o rabino Selig disse isso, eles já estavam entrando na cozinha, onde Susan Selig colocava numa bandeja xícaras e pires, e num prato bolo e bolachinhas.

— Ele está morrendo de vontade de experimentar essa máquina — disse ela, alegre. — Por que vocês dois não vão sentar na sala? Já vou levar o café.

— Por que não tomamos café aqui mesmo? — sugeriu o rabino.

— Tudo bem.

Assim, sentaram-se à mesa da cozinha enquanto Baumgold dava detalhes sobre o cursinho de revisão em Salem.

— O professor dá aulas em casa mesmo. É porque a esposa dele não está muito bem, não sei direito qual é o problema, mas ela quer que ele fique em casa o tempo todo. Assim, ele praticamente teve que abandonar o escritório de advocacia. Mas é um professor nato, todos os que já estudaram com ele garantem isso. É um esquema informal: por exemplo, quando eles terminam uma seção, digamos delitos civis, ou contratos, ou jurisprudência, ou seja lá o que for, comemoram com um lanche na casa dele ou na casa de algum aluno.

— Parece interessante — disse a sra. Selig.

— Se a senhora quiser, posso dar a ele seu nome, e ele vai lhe telefonar ou lhe mandar uns folhetos.

— Ótimo, faça isso. Já tenho um folheto de uma escola em Boston, mas não vou me decidir enquanto não receber as informações dele.

9

A reunião do corpo docente na segunda-feira, véspera da matrícula, estava programada para as onze. Como o aviso dizia: "Pedimos a todos os professores que compareçam", o rabino percebeu que o comparecimento não era, na verdade, obrigatório. Contudo, no pé da página havia uma nota escrita à mão: "Seria possível conversarmos antes da reunião? Estou livre depois das dez". Estava assinada pelo dr. Cardleigh, o reitor da faculdade.

Ocorreu ao rabino que se saísse um pouco antes das nove não pegaria o trânsito intenso da manhã e chegaria a tempo para a reunião com o reitor. Decidiu ir pela velha estrada de Boston, que seguia ao longo da praia. Notou com satisfação que conseguiu chegar à faculdade um pouco antes das dez, e, como as aulas ainda não haviam começado, não foi difícil encontrar uma vaga para estacionar.

O dr. Cardleigh, homem alto, de ombros largos, parecia estar tentando ficar mais baixo, de tal modo escorregava na cadeira. Remexeu-se em busca de uma posição confortável e por fim acabou se apoiando bem na base da coluna, com uma perna sobre o braço da cadeira; assim, expunha a perna da calça mal passada e um sapato velho e empoeirado.

Seu cabelo ralo e grisalho encimava a testa alta, e, embora não usasse barba, as proeminentes maçãs do rosto exibiam uma penugem que ele evidentemente não se preocupara em alcançar com o barbeador. Sob o nariz bulboso, o grosso lábio superior era coberto por um bigode eriçado. Evidentemente tratava-se de um homem nem um pouco preocupado com a aparência, e por algum motivo o rabino se sentiu à vontade com ele.

— Pois é, rabino — disse ele —, eu estava de folga, no meu ano sabático, quando o senhor lecionou aqui, mas quando voltei soube de tudo a seu respeito por intermédio do diretor Macomber e de alguns outros. Eles me ofereceram o cargo de reitor depois da... hã.... partida do reitor Hanbury. — Deu uma risadinha. — Ainda bem, porque eu praticamente já não tinha alunos. Sabe como é, eu estava no Departamento de Letras Clássicas, e no meu último ano tive só dois alunos de latim e nenhum de grego. Tirei o ano sabático porque no ano seguinte, quando o senhor veio, ninguém se matriculou em nenhum dos meus cursos.

— E naquele ano o senhor fez pesquisas?

— Não, apenas viajei um pouco. Quando voltei, dei um curso de literatura grega para os formandos de inglês. Mesmo assim estive bem ocupado. Aquele ano tivemos um péssimo inverno, e os professores viviam me procurando com gripes e resfriados terríveis. — Em resposta ao olhar inquisidor do rabino, explicou: — Meu doutorado é em medicina. Não sou diplomado em línguas, sou médico.

— Como assim? O senhor ainda pratica?

— Não, não. Não gosto. Só estudei medicina por causa da pressão da família. Meu avô era médico, meu pai era médico; portanto, para eles, eu também teria que ser médico.

Tirou um cachimbo do bolso, encheu-o com fumo de uma bolsinha guardada na gaveta da escrivaninha e acendeu um fósforo.

— A fumaça o incomoda, rabino? — perguntou, tirando umas baforadas.

— Não, eu mesmo costumava fumar cachimbo — disse o rabino —, mas precisei parar.

— Recomendação médica?

— Não, só que achei muito difícil fumar durante a semana e não poder fumar no sábado. É que acender fogo é considerado trabalho, e portanto é proibido fumar no sábado. Mas fico um pouco surpreso ao ver que o senhor fuma.

— Por quê?

— Bem, sua profissão, a profissão de médico...

— Bem, a profissão médica de vez em quando inicia uma cruzada, e as opiniões extremistas costumam prevalecer. Também há o puritanismo, a que nós, americanos, temos tendência. Sabe, diz-se que os primeiros colonizadores, os puritanos, censuravam aquele antigo esporte bárbaro de atiçar os ursos, não porque fosse cruel com o urso, mas porque dava prazer aos espectadores. Na fraternidade médica acontece a mesma coisa. Eles nos mandam evitar o açúcar, a gordura, o sal, qualquer coisa que dê um gosto bom à comida. Nós já não comemos a comida, ingerimos produtos químicos: potássio, zinco, ferro. Já não bebemos leite nem comemos queijo; só elevamos nossa dose de cálcio.

"Fumar é tabu porque causa toda uma quantidade de doenças. Suponho que o cigarro realmente faça mal porque a gente tende a tragar a fumaça, mas não se traga quando se fuma cachimbo, então eles vieram com essa história de que faz mal aos outros, não-fumantes, que estiverem no mesmo ambiente.

"Só que há algo na psique humana que exige algum tipo de... relaxamento, algum vício prazeroso. Todas as sociedades conhecidas têm algum. Suponho que é porque nossa mente trabalha o tempo todo, e, se não pudéssemos interromper esse fluxo constante de mentalização, todos nós ficaríamos loucos. Se você pára com um vício relaxante, acaba adquirindo outro."

— Por isso parar de fumar levou a...

— Às drogas e ao sexo — respondeu prontamente Cardleigh. — Drogas, sexo, violência, e... jogging, levantamento de pesos e exercícios naquelas máquinas malucas.

Sentou-se ereto na cadeira e disse:

— Bem, rabino, vamos aos fatos. Pelo que entendi, o senhor vai ser chefe de um novo departamento, mas tudo o que tenho para lhe oferecer é o curso de pensamento judaico, que foi dado pelo rabino Lamden até ele se aposentar. Foi esse o curso que o senhor deu naquele ano em que o substituiu, certo? Eu mal tive tempo de trocar o nome dele pelo seu no catálogo antes de mandar para a gráfica. Há alguma coisa mais? O senhor está planejando dar outros cursos?

O rabino assentiu com a cabeça.

— Sim, mais tarde. Mas acho melhor esperar até poder avaliar a reação dos alunos e também a dos professores. Quem sabe no ano que vem eu possa dar um curso adiantado para os que já têm algum conhecimento do assunto.

— Bem, no momento estou preocupado com a distribuição das salas de aula e do espaço no departamento. — Tirou um quadro grande da gaveta de cima e abriu-o em cima da mesa. — Vejamos, seu curso são três horas por semana, às segundas, quartas e sextas.

— Isso mesmo. Às onze horas, se possível.

— Nenhum problema com o horário. Tem idéia de quantos alunos irão se matricular?

O rabino deu de ombros.

— Não tenho como saber.

— Pelo que o diretor Macomber disse, deduzi que o senhor concordou em ficar aqui algumas horas por dia, à disposição de qualquer aluno ou professor que queira consultá-lo. Sendo assim, o senhor vai precisar de uma sala de tamanho decente. Não podemos enfiá-lo numa salinha minúscula durante três ou quatro horas por dia. A propósito, os professores de inglês do primeiro ano estão se mudando para o segundo andar, o que vai deixar vaga a sala deles no primeiro. É relativamente grande, e, se o senhor tiver só dez ou doze alunos, pode dar aula ali mesmo, em vez de ocupar uma sala de aula normal. Posso mandar colocar algumas cadeiras e um quadro-negro, e retirar as mesas extras que estão ali agora, e talvez lhe dar uma mesa grande, para o senhor dar aulas do tipo seminário. Naturalmente, se o seu curso atrair mais alunos, poderemos lhe arranjar uma sala de palestras que esteja vaga.

— Vou precisar de uma estante de livros.

— A sala já tem uma. Se não for adequada, me avise, pois com certeza posso lhe conseguir outra. — Lançou um olhar inquisitivo ao visitante. — O senhor vai fazer pesquisas, suponho.

— Não é o que eu estava planejando. Se o senhor tem em mente aquele tipo de pesquisa, que consiste em juntar fragmentos de pergaminhos dos Manuscritos do Mar Morto, sinto muito, mas não é o tipo de coisa que eu faço. Já escrevi alguns artigos para revistas, mas foram basicamente trabalhos de crítica, não de pesquisa.

O dr. Cardleigh concordou.

— O senhor já conversou sobre isso com Macomber?

O rabino balançou a cabeça.

— Não, esse assunto não surgiu na nossa conversa.

— Ah, ele provavelmente já conhecia sua atitude desde sua última temporada aqui.

— Que atitude? Não estou entendendo.

Cardleigh se recostou na cadeira e começou a falar num tom de quem busca suas reminiscências:

— Houve uma época em que nesta faculdade os professores se empenhavam basicamente, ou mesmo unicamente, em ensinar. No tempo livre, faziam o que todo mundo faz. De vez em quando um deles ficava interessado em algum problema específico da sua área e passava a trabalhar nisso. E se lhe parecesse que valia a pena, podia escrever sobre a questão e enviar o artigo a alguma revista especializada, para benefício dos interessados.

"Entretanto, num determinado momento da década de 20 ocorreu uma mudança. Se um professor descobria algo novo, ou desenvolvia uma teoria que atraía a atenção da imprensa, então o tal Kibosh não era mais o Kibosh College of Liberal Arts, mas o Kibosh do Sujeito que Descobriu o Novo Planeta, ou a Cura do Câncer. E de repente todo mundo que tinha ligação com essa instituição adquiria uma nova importância.

"Os administradores logo perceberam que o poder e o prestígio, e também as verbas e as doações, não vinham propriamente do ensino, e sim da pesquisa, e o resultado foi que a nomeação de um professor não dependia mais da capacidade dele nem do seu desejo de transmitir conhecimentos aos alunos, mas da sua capacidade de pesquisa, comprovada pelos artigos que já tivesse publicado nas revistas especializadas. 'Publicar ou perecer.'

"Não seria tão mau se a pesquisa resultasse na descoberta de coisas valiosas. Mas quando a pessoa faz pesquisa só porque precisa, acaba produzindo algo que só pode ser publicado numa revista especializada — e note que o número dessas publicações vem crescendo enormemente —, algo que ninguém vai ler. Assim como as dissertações de doutorado, essas pesquisas têm que ser originais, e isso significa que, pelo menos na área das ciências humanas, hoje você tem que escrever sobre pessoas e coisas que nenhuma geração anterior de estudiosos considerou dignas de estudo. Todos os assuntos importantes e valiosos já foram esgotados. Imagine passar dois, três anos da sua vida, ou até mais, pesquisando a vida e a obra de algum poeta de quinta categoria que conseguiu publicar um livrinho de poesia só porque o sogro tinha uma editora ou uma gráfica." Balançou a cabeça, incrédulo, tirando baforadas do cachimbo.

— Já ouviu falar de Simeon Suggs? — perguntou, tirando o cachimbo da boca e sentando-se mais ereto na cadeira.

— Simeon Suggs? — perguntou o rabino, educadamente. — Não, acho que não.

— Nem eu — disse Cardleigh —, e sempre achei que tinha um bom conhecimento da literatura inglesa. Bem, um dos nossos professores escreveu sua tese de doutoramento sobre ele.

Sugou o cachimbo mas não conseguiu tirar nenhuma fumaça.

— Apagou — disse. — O cachimbo é assim, a gente não consegue conversar e mantê-lo aceso ao mesmo tempo. Talvez essa seja uma das vantagens de fumar cachimbo. Se o cachimbo fosse obrigatório para os nossos parlamentares, teríamos um governo mais eficiente. Bem, rabino, tenha um ótimo ano, e se precisar de alguma coisa venha me procurar.

Olhou o relógio e disse:

— Ora, já são quase onze horas. O senhor estava pretendendo assistir à reunião dos professores, não estava? Pois venha, então.

Saiu de trás da mesa e se aproximou do rabino, que já estava em pé. Passou o braço pelo ombro dele e o levou até a porta.

* * *

A reunião estava em curso num grande salão do primeiro andar. O rabino logo percebeu que nem todos os professores estavam presentes. Olhou em volta procurando algum conhecido; uma ou duas pessoas pareciam vagamente familiares, mas não deram sinal de reconhecê-lo, assim ele não se aproximou, refletindo que deveria ter visto aqueles rostos pelos corredores, ou talvez na cantina, aonde ia vez por outra tomar café em sua temporada anterior em Windermere, anos atrás. Procurou Roger Fine, o único membro do corpo docente que conhecia, mas pelo jeito Fine decidira não comparecer.

Alguns já haviam sentado, mas a maioria estava em pé, reunida em pequenos grupos, batendo papo sobre o que tinha feito no verão, ou sobre as conferências a que havia assistido. Quando o dr. Cardleigh subiu à plataforma dos oradores, muitos dos que estavam em pé tomaram seus assentos. Chegando-se à frente até o atril, Cardleigh disse:

— Muito bem, senhoras e senhores, queiram sentar-se, por favor, para podermos começar. Pedi que pusessem um exemplar do catálogo em cada assento, mas tenho também uma pilha aqui comigo, caso alguém não tenha recebido. Os novos catálogos só vão sair daqui a pelo menos uma semana, e por isso é importante para as matrículas de amanhã que vocês estejam informados sobre as mudanças que foram feitas. Se abrirem o catálogo na página 11, verão que o curso de inglês I não é mais obrigatório para todos os alunos do primeiro ano. Os que tirarem média A ou B no último ano do colegial estarão dispensados.

— Mas podem fazer o curso, se quiserem?

— Sim.

— Valendo créditos?

— Sem dúvida. Mais alguma... pergunta?

O rabino percebeu que o dr. Cardleigh estava quase dizendo: "Mais alguma pergunta cretina?". Um senhor de cabelos brancos que se encostava na primeira fila levantou-se e ergueu a mão.

— Sim, professor Kent?

— Creio, doutor Cardleigh, que, sendo essa mudança um desvio tão radical em relação à tradição e à prática universitária, deveríamos ter uma explicação lógica para ela. Dessa vez estou preparado para...

— Sim, claro, professor, mas infelizmente não temos tempo para isso agora — disse Cardleigh. — Isto é, se quisermos almoçar no horário de costume. Quem tiver objeções à mudança pode procurar o professor Kent ou o professor Sugrue, o chefe do departamento.

— Muito bem — disse Kent, com ar obstinado.

Ouviram-se algumas risadinhas, e atrás do rabino alguém cochichou para o vizinho:

— Cardleigh é o único que enfrenta o velho.

— Agora, se vocês abrirem na página 15 — continuou o reitor —, por favor, observem que o professor Haynes estará tirando seu ano sabático. O curso será dado pelo professor Blanchard.

E assim continuou, repassando o catálogo inteiro. Depois disso, Cardleigh leu a lista dos professores eliminados, que incluía dois auxiliares de ensino de inglês I, não mais necessários, já que o curso não seria mais obrigatório.

Anunciou então os novos membros do corpo docente, e cada um se levantou e recebeu algumas palmas dispersas. Quando chegou a vez do rabino Small, Cardleigh disse:

— O rabino Small já lecionou aqui alguns anos atrás, e está de volta para chefiar o novo Departamento de Estudos Judaicos. Neste semestre ele dará um curso de filosofia judaica, às segundas, quartas e sextas, às onze horas. Também ficará em sua sala, que é a antiga sala do inglês I, durante algumas horas por dia, à disposição dos que desejarem consultá-lo. E uma palavra de advertência para os orientadores que terão de aprovar o plano de estudos dos alunos: o curso do rabino Small não será do tipo "canja" nem "rápido e rasteiro". Como ele já demonstrou a outra vez que lecionou aqui, para passar os seus alunos têm que estudar, e muito.

Logo depois a reunião terminou, e foram todos para a cantina. O rabino, porém, preferiu ir para casa, pois tinha certeza de que pouco haveria ali que ele pudesse comer. Dessa vez resolveu voltar pela estrada estadual e levou apenas uma hora. Decidiu então que daí por diante pegaria a velha estrada de Boston, embora levasse mais tempo. Era uma estrada mais agradável, e o trânsito era bem menos intenso.

10

A manhã de quarta-feira encontrou o rabino Small na plataforma da estação de Swampscott, pronto para tomar o trem das 8h02 para a Estação Norte, de Boston, de onde pegaria o metrô até Windermere, para o seu primeiro dia de aula. É verdade que a sua aula só começava às onze, mas nesse primeiro dia achou que era conveniente, ou mesmo obrigatório, chegar à faculdade logo no início do expediente.

Nas poucas ocasiões em que fora a Boston de trem, saíra perto da hora do almoço, jamais na hora do rush. Assim, ficou surpreso com a multidão na plataforma, e, quando o trem chegou, ficou ainda mais surpreso ao ver que todos os lugares já estavam ocupados, pois a maioria dos passageiros tomara o trem em Salem, a parada anterior. Logo percebeu que teria que ficar em pé. Quando o trem parou, ele se encontrava bem diante dos degraus do vagão, portanto estava entre os primeiros a subir; porém, os que se achavam atrás o empurraram para a frente, até que ficou prensado no meio do vagão.

O cobrador ia passando lentamente, abrindo caminho entre os passageiros amontoados. Era baixo e gordo, e de vez em quando tirava o boné para enxugar o suor da testa com a manga do paletó, o que tornava seu avanço ainda mais lento. Na outra ponta do vagão, o outro cobrador parara para falar com um passageiro, e assim, quando o trem finalmente chegou à Estação Norte, às 8h27, seu bilhete ainda não fora recolhido. O cobrador agora estava na plataforma, e quando o rabino se aproximou dele para lhe entregar o bilhete, ele passou reto e foi ajudar uma senhora idosa a descer. O rabino decidiu acompanhar o fluxo dos pedestres. Ficou um pouco perturbado por não ter pago a passagem, mas refletiu que essa talvez fosse a recompensa pela viagem desconfortável. Na Estação Norte, pegou o metrô até a praça Kenmore.

Na saída do metrô da praça Kenmore, foi chamado por um rapaz que parecia vagamente familiar.

— O senhor não deve se lembrar de mim, rabino. Fomos apresentados num serviço de sexta-feira à noite pelo senhor Lerner, que...

— Sim, sim, você é...

— Mordecai Jacobs.

— Claro, você vai se casar com Clara Lerner, e o seu futuro sogro me convenceu a realizar a cerimônia. Tentei dissuadi-lo, mas...

— E por que o senhor quis dissuadi-lo?

— Bem, para começar, ele me convidou porque fui eu que oficiei o casamento dele com a senhora Lerner, e como foi um casamento bem-sucedido...

— É, talvez isso seja uma tolice.

— Mas sobretudo porque o casamento será em Barnard's Crossing, e uma vez que já estou saindo de lá e há outro rabino no meu lugar, eu estaria invadindo a seara alheia, por assim dizer.

— Ah, entendo.

O rabino sorriu.

— Mas agora, que somos colegas no Windermere College, tenho uma razão mais legítima para realizar a cerimônia, e tenho certeza que o rabino Selig irá compreender.

— Ótimo. O senhor vai continuar morando em Barnard's Crossing? Eu o vi saindo do metrô, então imagino que hoje o senhor veio de trem ou de ônibus. São esses os seus planos? Utilizar transporte público todos os dias?

— Não, estava pensando em vir de carro a maioria das vezes; mas hoje decidi tomar o trem para evitar o trânsito da hora do rush. Nos outros dias não vou chegar tão cedo; minha aula só começa às onze. É que, como hoje é meu primeiro dia de aula, quis chegar logo no início do dia. Não fazia idéia de que o trem estaria tão lotado. O cobrador nem conseguiu recolher meu bilhete.

— Sim, isso já me aconteceu duas ou três vezes. Sabe, costumo passar os fins de semana na casa dos Lerner, e tenho que tomar o trem na segunda-feira de manhã. É muito chato. O senhor deveria arranjar um lugarzinho para ficar aqui em Boston, para os dias de mau tempo durante o inverno.

— Acho que...

— Olhe, rabino, moro em Brookline, na rua Beacon. É um prédio grande, nada luxuoso, mas confortável. Muita gente que mora lá vai passar o inverno na Flórida, e alguns moradores alugam os apartamentos durante os meses de inverno. Fica bem na esquina da rua Harvard, onde há uma sinagoga e um açougue *kasher*, e do outro lado da rua há um estacionamento. Em geral o aluguel não é muito alto, pois quem sai de férias não gosta de deixar o apartamento abandonado. A pessoa que aluga o apartamento fica sendo uma espécie de zeladora. Outro dia mesmo eu estava conversando com um inquilino e...

— É uma idéia que vale a pena considerar.

— Olhe, se o senhor quiser, fico atento e lhe digo se souber de alguma coisa.

O rabino sorriu.

— Muito bem, eu lhe agradeço.

11

A sala que antes fora ocupada por meia dúzia de auxiliares de ensino de inglês I era ampla, em relação à média das salas da faculdade. Tinha quatro escrivaninhas e duas mesas, todas velhas e cheias das cicatrizes de muitos anos de uso. O rabino inspecionou a sala e a mobília, e escolheu para si a escrivaninha perto da janela, a que tinha a cadeira mais confortável. Era uma grande cadeira giratória de couro, com as costas estofadas que se reclinavam para trás. Notou com satisfação que as gavetas estavam vazias e relativamente limpas.

A porta se abriu, e uma jovem de menos de trinta anos entrou. Era miúda e magra, de rosto sardento e cabelo loiro-arruivado.

— Ah, desculpe — disse —, não sabia que havia gente na sala, senão teria batido na porta.

— Tudo bem, não se preocupe.

— O senhor deve ser o rabino que vai dirigir o novo Departamento de Estudos Judaicos.

— Sou o rabino David Small.

— Devo chamá-lo de rabino Small ou de professor Small?

— Respondo de qualquer modo — disse ele sorrindo.

— Meu nome é Sarah McBride, do Departamento de Inglês. — Apontou para uma escrivaninha no lado oposto da sala. — No ano passado eu usava aquela mesa. Deixei alguns papéis na gaveta de cima, quem sabe ainda estão lá.

— Acho que tudo foi levado para cima, para o Departamento de Inglês, mas pode dar uma olhada.

Ela foi até a mesa e abriu a gaveta.

— Nada. Sumiu tudo. Deve estar lá em cima, como o senhor disse. — Apoiou-se na mesa de frente para ele. — O senhor vai ser chefe de um departamento grande?

O rabino deu de ombros.

— Depende do interesse que houver. Por enquanto, o corpo docente sou só eu. Vou dar um curso este ano, e espero que a classe seja pequena e possa se reunir aqui mesmo nesta sala, em volta da mesa, estilo seminário, talvez. Será um curso introdutório...

— E qual é o horário das aulas?

— Estão programadas para as segundas, quartas e sextas-feiras às onze horas.

— Às onze horas estou livre. O senhor se incomodaria se freqüentasse seu curso como ouvinte?

— De modo nenhum. Ficaria feliz com isso. Sarah McBride. — Saboreou o nome e sorriu: — Suponho que não seja judia.

Ela sorriu.

— Não, não sou judia. Talvez bem o contrário.

— Como assim? Qual é o contrário de ser judia? — perguntou o rabino, intrigado.

— Anti-semita — disse ela, com um sorriso malicioso.

— E você quer freqüentar o meu curso...

— Para descobrir por quê — respondeu ela prontamente.

— Não estou entendendo.

— É que me casei com um judeu.

— Você se casou com um judeu?

— Hã-hã.

— E agora está separada? Divorciada?

Ela balançou a cabeça.

— Não, meu casamento continua feliz.

— Quem celebrou seu casamento? Um rabino? Um padre? Um ministro?

— Nada disso, apenas um juiz de paz. Pelo que Lew me disse, nenhum rabino realizaria nosso casamento a menos que eu me convertesse, e um padre com certeza também faria todo tipo de exigências, assim...

— Isso a aborreceu?

— Francamente, não. Veja, nós já estávamos tendo um relacionamento informal.

— Estavam vivendo juntos?

— Hã-hã.

— Sem a bênção do clero.

Ela deu uma risadinha.

— Que expressão antiquada!

— Sim, creio que é mesmo — disse ele com um suspiro. — E depois de um tempo vocês resolveram se casar?

— Pois é. Como já estávamos morando juntos fazia mais ou menos um ano e tudo estava indo bem, resolvemos nos casar. Mas não é a mesma coisa. Num relacionamento informal, ambas as partes são livres. Nenhum dos dois acha que tem direitos sobre o outro, e cada um procura ter consideração para com o parceiro. Mas quando a gente se casa passa realmente a ter direitos, e quando eles são exercidos, muitas vezes a outra pessoa se sente magoada.

— Não estou entendendo.

— Bem, veja, por exemplo, a questão da moradia. Lew é advogado e trabalha em Salem, onde nasceu e foi criado. Mas mora na sua cidade, Barnard's Crossing. Comprou uma casa ali. Eu tenho um estúdio aqui em Boston, um pequeno apartamento de onde posso vir a pé para a faculdade. Quando éramos apenas namorados, às vezes eu ia a Barnard's Crossing, em geral nos fins de semana e, claro, no verão. E duas vezes por semana ele vinha a Boston para jantarmos e irmos ao cinema. Nesses dias ele ficava comigo no meu apartamento, claro. E se eu estivesse muito ocupada, por exemplo em época de exames, ficávamos sem nos ver durante dois ou três dias. Quer dizer, cada vez que nos encontrávamos era como se nos apaixonássemos de novo. Mas depois que nos casamos ele achou que devíamos ficar juntos o tempo todo. Ele quer que eu abandone o meu apartamento e vá viver em Barnard's Crossing.

— É uma cidade muito boa de se morar — observou o rabino.

— Claro, mas a coisa deixa de ser divertida; vira apenas hábito e conveniência.

— E você prefere algo inconveniente?

— Bem, para mim, morar lá não é tão conveniente. Eu teria que levantar uma hora mais cedo para vir à faculdade. Já tentamos fazer isso durante um período, mas no fim acabamos passando muito tempo juntos, e quando duas pessoas passam muito tempo juntas, acabam dando nos nervos uma da outra.

— E ele começou a lhe dar nos nervos.

— Houve também outro fator: a diferença entre as nossas famílias e a maneira como cada um foi criado. Veja, quando estávamos só namorando, eu tinha consciência de que estava cometendo um pecado e, quando ia me confessar, falava sobre isso e fazia penitência. Mas o casamento é algo diferente. A outra situação poderia ser considerada um impulso momentâneo, apenas um desvio da linha reta. Mas casar com Lew significava um verdadeiro compromisso. Isso me incomodou, e parei de ir me confessar. Era como se, ao optar por um casamento leigo, eu tivesse virado as costas para a Igreja.

— E você acha que ele sentiu a mesma coisa?

— De modo nenhum. Aliás, eu me sentiria melhor se fosse assim. Mas, no máximo, ele ficou meio incomodado com o que alguns parentes dele poderiam achar. E essa atitude assim... indiferente... da parte dele me deixava furiosa. Quando eu tinha um pensamento maldoso ou perverso, sentia que tinha pecado; já ele, não. Ele só sentia que tinha pecado se tivesse realmente feito alguma coisa errada. Disse que é nisso que os judeus acreditam. É isso mesmo?

O rabino concordou com um lento e judicioso balançar de cabeça.

— Sim, acho que é isso mesmo. Nós julgamos que a mente tem vontade própria. Quando ela não está focalizada numa determinada idéia, sai vagando em todas as direções. Isso é um dado da condição humana, e não vamos bater a cabeça contra a realidade. Nós não tentamos censurar os pensamentos, assim como não tentamos censurar os livros. Essa era a única diferença entre vocês?

— Ah, não, havia todo tipo de coisas, até a comida. Veja bem, ele não era judeu praticante, nada disso. Não seguia essa história de comida *kasher*, de ter dois conjuntos de pratos separados; mas havia coisas que ele nunca havia comido. Quando saíamos para jantar e eu pedia ostras como aperitivo, ele desviava os olhos; não podia nem me ver comendo aquilo. E depois que nos casamos, se eu fazia costeleta de porco para o jantar, ele não conseguia comer. Dizia que não estava com fome.

— É difícil superar os hábitos alimentares que adquirimos na infância, acho eu — disse o rabino.

— Sim, mas o curioso é que ele gosta de lagosta. Mas só no restaurante; ele não me deixa comprar e fazer em casa.

— E daí, o que aconteceu?

— Daí eu conservei meu apartamento, e durante a semana fico lá, às vezes com Lew, às vezes sozinha.

— Certo. E como você às vezes não se entende bem com seu marido, você se tornou anti-semita?

Ela riu.

— Ah, eu estava só tentando mexer com o senhor. Achei que o senhor ia ficar todo eriçado se eu o provocasse assim.

— Sei. E se eu tivesse reagido dessa maneira, você não ia mais querer freqüentar o meu curso?

— Ah, acho que ia, sim. O que eu realmente quero saber é o que os fez ser como são.

— Como assim, o que nos faz ser como somos?

— É, o que os faz diferentes. Talvez seja porque vocês não acreditam em certas coisas, e nós acreditamos.

— Acho que não estou entendendo.

— Por exemplo, a gente aprende a acreditar em Papai Noel quando é criança, e só abandona isso lá pelos quatro ou cinco anos de idade. Vocês têm algo assim?

— Não, creio que não — respondeu o rabino, divertido, os olhos brilhando.

— Pois é. Depois a gente aprende aquela história de Adão e Eva, que eles pecaram ao comer a maçã, e por isso todas as gerações da humanidade nascem em pecado, e se não forem batizadas vão arder no inferno para sempre quando morrerem. Em geral a gente já está no fim da adolescência quando começa a pensar que tudo isso é mais simbólico do que real, e alguns de nós continuam acreditando em tudo isso... pelo menos aos domingos. Isso dá a vocês, logo de saída, uma grande vantagem sobre nós: vocês não precisam acreditar em nada que não tenha sentido. Para vocês a vida é fácil... não precisam se preocupar o tempo todo com o inferno. Houve um santo da Idade Média que nunca riu. Ele dizia: "O Senhor meu Deus foi crucificado, e eu hei de rir?". Bem, nós temos essa sensação, de que a alegria, qualquer coisa que nos dê prazer, pode ser pecaminosa e levar ao inferno. Não seria tão mau se o judaísmo fosse uma dessas religiões orientais, como o budismo, por exemplo; mas a nossa religião deriva da sua, e os seus profetas também são os nossos. Só que vocês podem desfrutar da vida, ao passo que nós não podemos. Assim, nós temos inveja de vocês. Talvez seja essa a causa do anti-semitismo.

Ele sorriu.

— E você acha que freqüentando o meu curso pode aprender a desacreditar?

— O senhor está rindo de mim — disse ela —, mas o que eu acho é que com o seu curso talvez eu possa conhecer Lew melhor.

12

Três das quatro escrivaninhas e várias mesas tinham sido retiradas, e em seu lugar havia agora uma grande mesa oblonga. Em volta dela tinha sido posta uma dúzia de cadeiras, e o rabino trouxe a sua cadeira giratória. Num canto fora colocado um quadro-negro; nele o rabino escreveu seu nome e anunciou:

— Sou o rabino David Small.

Correu os olhos pela lista de chamada e disse:

— Pelo que vejo nos nomes da minha lista, suponho que todos vocês sejam judeus. — Sorriu: — Sendo assim, temos aqui um *minian*?

Alguém objetou:

— Somos apenas nove.

— Eu completo os dez necessários — disse o rabino. — Infelizmente, parece que ser o décimo homem do *minian* passou a ser uma função básica dos rabinos americanos.

— Mas duas pessoas do grupo são mulheres — objetou o mesmo aluno.

— É verdade, mas isso é plenamente aceitável no judaísmo liberal — disse o rabino. — E quem for ortodoxo não tem motivo para desaprovar, pois não estamos aqui para rezar, mas para estudar.

Nesse ponto a porta se abriu, e Sarah McBride entrou ofegante:

— Desculpe, tive um imprevisto.

— Tudo bem — disse o rabino. — Esta é a senhora McBride; alguns de vocês já a conhecem do Departamento de Inglês. Ela irá freqüentar o nosso curso como ouvinte. E agora vou ler o nome de vocês. Por favor, quem for chamado levante a mão.

Observou que alguns dos que tinham prenomes judaicos não haviam americanizado o nome. Moshé não se tornara Morris nem Maurice, como acontecia na geração passada, nem Moses, como ocorria várias gerações antes; e Itzhák não se tornara Isaac nem Isadore nem Irwin. Achou que isso poderia demonstrar um interesse maior pelo judaísmo, mas lhe ocorreu que os hispânicos também costumavam permanecer José, e não mudar para Joseph, e entre os italianos, Mario ainda era preferível a Mark.

— Pedi que trouxessem esse quadro-negro, pois quero fazer algumas anotações para vocês copiarem. Em geral são nomes de livros e de autores. Mas no momento é melhor não tomarem notas. Gostaria que cada um escrevesse um pequeno relato da sua educação religiosa. Mencionem as aulas de religião que por acaso freqüentaram, durante quanto tempo, e que matéria aprenderam.

— E quem não foi a nenhuma escola religiosa? — perguntou alguém.

— Diga isso então, naturalmente. Mas talvez vocês tenham recebido instrução religiosa em casa. Gostaria que me contassem sobre isso.

— Quantas páginas?

— Quando devemos entregar?

— Escutem — disse o rabino —, não vamos fazer disso um cavalo de batalha. Gostaria que entregassem na nossa próxima aula. Pode ser do tamanho que vocês quiserem: doze páginas, ou uma página só, ou até mesmo um parágrafo. Não estou pedindo um ensaio sobre sua religião pessoal, mas apenas uma indicação da sua formação judaica. E falando nisso, não há necessidade de levantar a mão quando quiserem fazer alguma pergunta. Nós aqui somos como uma reunião de comitê, e assim a cortesia, que naturalmente seria a norma em qualquer grupo pequeno, já deve nos bastar. Agora me deixem explicar o que tenho em mente para este curso. Pretendo delinear as idéias judaicas básicas, que em geral são seguidas pelos judeus bem informados, não necessariamente eruditos. Vejam: bem informados, e não eruditos. Essa distinção é importante.

"Somos um povo antigo, com uma história contínua que abrange milhares de anos, e como nunca desencorajamos, muito menos proibimos, a discussão e o desacordo, é inevitável que existam muitas, muitíssimas visões diferentes daquilo em que um judeu deve acreditar. Mas as nossas crenças básicas são as mesmas.

"Nossa religião começa com o capítulo vinte do Êxodo, e..."

— Ora, não começa com o Gênese, com Adão e Eva?

O rabino sorriu.

— Não, esses são mitos e fábulas que tentam explicar a nossa origem na Terra. Todos os povos se questionam sobre duas coisas: como foi que apareceram por aqui, isto é, como a humanidade chegou aqui na terra, e como surgiu o mal. Por exemplo, os gregos antigos atribuíam a origem do homem a Prometeu e explicavam a presença do mal pela lenda da caixa de Pandora. Tipicamente, talvez, nós a explicamos pela desobediência à ordem de Deus. Porém, as histórias de Abraão, Isaac e Jacó, e mais tarde a de José, têm provavelmente alguma validade histórica. E digo isso porque todas têm falhas. Se elas fossem puramente lendárias, inventadas, creio que não teríamos incluído suas falhas.

"De qualquer forma, acreditamos que descendemos deles, dos chamados Pais do nosso povo, assim como acreditamos que fomos escolhidos por Deus para sermos uma luz para as nações."

— O senhor acredita nisso?

O rabino deu de ombros.

— É uma crença muito comum. Cada nação acredita que tem uma missão especial em relação ao resto do mundo. Os gregos achavam que só eles eram civilizados e todos os outros povos eram bárbaros ou selvagens. Os romanos achavam que era seu dever espalhar os benefícios da lei e da ordem romanas pelo resto do mundo. Os espanhóis achavam que sua função era propagar o catolicismo, e os ingleses pensavam que estavam concedendo os benefícios da Inglaterra vitoriana à Índia e à África. Nosso próprio país, os Estados Unidos, sente que tem a missão de difundir a democracia, assim como, até bem pouco tempo, os russos achavam que era sua função difundir o comunismo. E há ainda o islã, que também acha que tem uma missão especial. A grande diferença é que nós fomos instados a fazê-lo pela força do exemplo, e não pela espada. Vocês podem achar ridícula a idéia de que um Deus Todo-Poderoso haveria de escolher um grupo de pessoas em meio a todas as demais, mas o fato é que esse grupo acreditou nisso, e agiu mais ou menos de acordo com isso.

Um aluno arriscou:

— Essa é a visão oficial?

— Como assim, oficial? — perguntou o rabino.

— Bem, sabe como é, a versão aceita pela igreja judaica, ou sinagoga, ou seja lá como for que vocês a chamam.

— Se você está pensando num credo oficial — disse o rabino —, nós não temos. Cada sinagoga é autônoma. E cada judeu interpreta a Lei como lhe aprouver, da maneira como ela se aplica a ele mesmo. Temos leis que governam nossos tratos com os outros, mas somos livres para usar a mente sem restrição nem censura. Outra pessoa, seja um rabino ou qualquer outro judeu, pode achar minha interpretação inteiramente inaceitável, mas não iria me recusar o direito de ter minha própria opinião.

— E as mulheres, elas também têm direito de interpretar a Lei? — perguntou uma das alunas.

— Na verdade, essa não é uma pergunta, não é mesmo, senhora Goldman? Isto é, a pergunta não foi feita em busca de uma resposta definida. Foi feita para apontar a discriminação contra as mulheres no judaísmo, não é isso? Discriminação que pode se referir a coisas como a separação dos sexos na sinagoga...

— As mulheres têm que sentar num balcão, e ainda por cima atrás de uma cortina! — disse a sra. Goldman, indignada.

— Só nas sinagogas ortodoxas — notou o rabino —, e mesmo assim nas mais antiquadas. A idéia é que ver as mulheres pode distrair os homens em suas orações. Pode-se argumentar que isso é um elogio às mulheres. Não faz tanto tempo que praticamente todas as universidades eram só para homens ou só para mulheres; apenas as estaduais eram mistas.

— Meu avô disse que as escolas públicas também eram segregadas por sexo — disse um aluno. — As meninas sentavam num lado da sala e os meninos no outro.

— Sim, vimos uma foto no livro que usamos no ano passado no curso de educação — disse outro.

O rabino concordou.

— Isso explica melhor as coisas, senhora Goldman? Se examinar o assunto com maior profundidade, acho que vai descobrir que as mulheres têm uma posição que muitos consideram privilegiada no judaísmo. O centro da nossa religião não é a sinagoga, mas a casa, e ali é óbvio que a mulher está no comando. E há também o problema da *ketubá*. O que é uma *ketubá*, alguém sabe?

— É o contrato de casamento, não é? — disse um aluno.

— Isso mesmo, senhor...

— Asher Ritter.

— Isso mesmo, senhor Ritter. Mas é um contrato de mão única. Cita os deveres do noivo e suas promessas à noiva, mas não há nenhuma lista correspondente de obrigações da noiva e suas promessas ao noivo.

— Mas ele pode se divorciar dela, se quiser — disse a outra aluna.

— Só se ela aceitar a carta de divórcio, senhora Sachs — disse o rabino. — Isso acontece desde o decreto do rabino Guershom, no século XI. Originalmente, éramos uma sociedade polígama, assim como todas as sociedades naquela época. Porém, fizemos mudanças nas nossas regras, ou as reinterpretamos, para adaptá-las às linhas de pensamento mais modernas. E essas mudanças nos dão uma visão da atitude geral de nosso povo.

"A ênfase deste curso não será na leitura nem na pesquisa, e sim no pensamento. Muito do que conhecemos, ou achamos que conhecemos, baseia-se em algo que lemos ou ouvimos. Creio que esse é o problema do estudo moderno nas universidades, mesmo no nível de doutorado. Vou pedir a vocês que pensem sobre o material com que estaremos lidando em vez de decorar o que alguém disse a respeito dele. Portanto, prefiro que não tomem notas nesta aula. Ouçam e pensem sobre aquilo que digo ou que os colegas dizem. E não tenham medo de discordar de mim. Vou considerar um elogio se pensarem sobre algo e chegarem a uma conclusão diferente da minha."

Fez uma pausa e olhou em volta para ver se tinham compreendido.

— E para lhes dar um pouco de prática, sua tarefa para a próxima aula...

— O senhor já nos deu uma tarefa para a próxima aula.

— Na verdade, não foi uma tarefa; apenas uma chance de vocês se apresentarem a mim. Mas tudo bem, vamos deixar esta aqui para segunda-feira, quase uma semana a partir de hoje. Vai lhes dar um pouquinho de prática em tudo isso que discutimos até agora. Segundo Isaías, Israel deveria ser uma luz para as nações. E será que temos sido? Quero que pensem sobre isso e se preparem para fazer um relatório detalhado no nosso encontro de segunda-feira.

Saindo juntos da sala, os alunos foram fazendo comentários sobre a aula e sobre o rabino.

— O que você acha? Será que ele vai fazer a gente dar duro?

— Bem, o meu orientador, que assinou meu plano de curso, disse que não ia ser nenhuma moleza.

— Escute, este é um curso elementar. Qualquer um que freqüentou uma escola hebraica... Você freqüentou, não?... o que ele pode lhe ensinar que você já não saiba?

— Nesse caso, para que fazer o curso?

— Quem sabe ele não apresenta uma abordagem nova? Além disso, meu velho vai ficar contente.

— Aí você tem razão. Quando eu falar com minha mãe, vou contar para ela, e ela vai poder se pavonear para as parceiras do bridge.

13

Sarah McBride foi ficando para trás, a fim de se desculpar.

— Desculpe-me por ter chegado tarde, rabino, mas a sala do Departamento de Inglês vira um pandemônio no primeiro dia de aula. Imagino que as outras salas também virem. Mas é que o professor Kent disse que precisava de um livro, um catálogo ou algo assim, e, como eu estava livre naquele momento, precisei ir buscar.

— Muito ocupado, ele?

— Não, só autoritário. Em geral ele manda o professor Miller fazer os servicinhos para ele, mas Miller agora é orientador dos alunos, da letra L à P, acho. Sabe como é, tem que checar o plano de curso de cada aluno para ver se ele já cumpriu os pré-requisitos para os cursos que escolheu. Por isso não podia ir.

— O professor Kent é chefe do seu departamento?

— Não, o chefe é Bob Sugrue. O professor Kent é... bem, é um sujeito importante, nem sei direito por quê. Quer dizer, ainda sou nova por aqui, mas sei que ele é importante pela maneira como age e como os outros agem em relação a ele.

— E o professor Miller é assistente dele?

— Não creio que seja nada oficial, mas os dois estão sempre juntos. — Deu uma olhada para o relógio. — Preciso ir almoçar. Tenho aula à uma hora. E o senhor, vai até a cantina?

— Infelizmente não. Não posso comer...

— Ah, o senhor precisa comer *kasher*. Bem, eles têm também saladas e sopas. Essa coisa o senhor pode comer, não?

— Provavelmente, mas hoje vou comer o sanduíche que minha mulher fez.

— Bem, nesse caso já vou indo. — Parou na porta. — Ah, o professor Fine ouviu dizer que eu ia freqüentar o seu curso, e me pediu que mandasse lembranças ao senhor e lhe dissesse que vai dar uma passada aqui na primeira oportunidade. Ele também é orientador. O senhor o conhece, não?

— Ele se casou com uma moça de Barnard's Crossing, e eu celebrei o casamento.

Já tinha terminado seu sanduíche quando o professor Roger Fine enfiou a cabeça ruiva pela porta e exclamou:

— Olá, rabino, somos colegas de novo! Vejo que o senhor acabou de almoçar. — Enquanto isso, o rabino amassava o saquinho de plástico do sanduíche. — Que tal descer até a cantina e tomar um café?

O rabino levantou-se.

— Tudo bem.

E enquanto se dirigiam para a porta:

— Não precisa mais da sua bengala?

— Só se tiver que andar muito. Uso-a quando venho para cá e quando volto para casa, mas aqui dentro não preciso dela. Deus sabe o quanto necessito de um café. Temos uma cafeteira elétrica lá em cima, no Departamento de Inglês, mas as xícaras nunca são bem lavadas, só enxaguadas, e de qualquer forma quero levantar um pouco da minha mesa. Sou orientador de todos os alunos cujos nomes se iniciam por A a E. Os mais adiantados já sabem das coisas, claro, mas os primeiranistas realmente acham que estou lá para lhes dar conselhos. "Quero estudar ecologia; devo fazer francês ou espanhol?" Hoje em dia todos eles estão preocupados com o meio ambiente, as baleias, os golfinhos, as corujas.

— Acho que cada geração precisa ter sua própria causa. Na minha época eram os negros, os direitos civis — observou o rabino.

Quando chegaram, a cantina estava quase vazia.

— Pouca gente aqui. Será a comida? — comentou o rabino.

— Não, não. É a hora. Ao meio-dia o senhor teria problemas para encontrar uma mesa. Mas à uma da tarde já fica assim, praticamente vazia. Começa a encher de novo por volta das três, e fica bem cheia até as sete, quando começam as aulas do fim da tarde e as da noite.

— Aulas do fim da tarde? Um grupo especial?

— Isso mesmo. Cursos de extensão. Em geral para professores. Sabe como é, eles obtêm créditos extras e aumento de salário quando fazem cursos, e como estamos situados num lugar de acesso fácil, perto do metrô, vamos indo muito bem nesse setor. Naturalmente, também recebemos muitos alunos que não são professores... aposentados, sabe como é.

Foram até o balcão, pegaram suas xícaras de café e sentaram a uma mesinha no centro do salão. Duas pessoas entraram, e Fine murmurou:

— Ah, o Estranho Casal.

O rabino levantou a vista.

— Estranho Casal?

— Sim, Miller e Kent. É assim que a gente chama esses dois. Estão sempre juntos.

O professor Kent fez-lhes apenas um aceno com a cabeça, mas seu companheiro mais jovem, o professor Miller, acenou com a mão e cumprimentou:

— Oi, Roger.

Porém, em vez de se juntar a eles, o professor Kent marchou com determinação até uma mesa no canto oposto do salão, enquanto Miller ia até o balcão buscar café para os dois.

— Estranho por causa da diferença de idade?

— Também por isso. Mas é que Kent está sempre se gabando das pessoas importantes que conhece, porque é casado com a última descendente da família Clark, e Miller é um joão-ninguém vindo lá de Dakota do Norte ou Nebraska. E, como nenhum dos dois é um grande estudioso, não podem estar fazendo pesquisa juntos. Mas eu entendo Miller. Como Kent mora naquele casarão na esquina e era casado com Matilda Clark, Miller acha que ele é um aristocrata. E acha também que foi Kent que conseguiu para ele a efetivação no cargo, e por isso se sente grato.

— E será que ele conseguiu de fato a efetivação por meio da influência de Kent?

Fine deu de ombros.

— Não sei. Segundo Bob Sugrue, chefe do nosso departamento, que é amigo de um dos membros do conselho, a universidade trata Kent com luvas de pelica por causa daquela mansão onde ele mora. A esposa dele doou a casa em testamento para a instituição, mas Kent é capaz de jogar tudo isso para o alto apelando para um tal direito de viúvo ou algo do gênero. Assim, eles o deixam ficar no departamento, apesar de ele já ter passado da idade de se aposentar. E quando uma professora do departamento se queixou de assédio sexual, porque esse Kent é um velho safado, ela teve que ir embora. Tínhamos três mulheres no departamento, e agora temos apenas uma, Sarah McBride. E já estou imaginando o dia em que o marido dela, Lew Baumgold, virá procurar o professor Kent e lhe dizer que vai quebrar seu braço se ele não parar de mexer com a mulher dele.

14

Quando a Escola Internacional por Correspondência, com sede em Saint Louis, na Louisiana, decidiu abrir um escritório em Londres, com a vaga idéia de talvez vir a estabelecer essa filial como a sucursal, pois Londres lhe traria mais prestígio do que Saint Louis, Michael Canty, que trabalhava nessa companhia desde que se formara no secundário, cinco anos antes, conseguiu fazer parte da pequena equipe que seria enviada. Começara na firma como office-boy e agora era um dos encarregados da correspondência da escola, sem grande aumento de salário. Mas enquanto antes ficava fazendo servicinhos de rua, arquivando documentos, espanando os móveis e saindo para tomar café, agora corrigia documentos e escrevia cartas. Não eram necessários conhecimentos especiais para nenhuma das duas funções: as respostas que os alunos enviavam eram comparadas com as respostas padrão, e as respostas que ele escrevia consistiam em parágrafos pré-escritos, que ele devia apenas selecionar e ordenar, formando uma carta de incentivo ou aprovação.

Em Londres, Canty alugou um quarto numa pensão não muito longe do escritório da companhia. Havia um aquecedor de comida no quarto, e até algumas panelas e pratos, mas exceto por um ocasional bule de chá, ele sempre comia em um dos muitos bares ou restaurantes baratos das redondezas. À noite costumava buscar alguma diversão grátis: ia a uma palestra, a um serviço na igreja, ou assistir a um debate na

Câmara dos Comuns quando havia sessão no Parlamento. Com seu salário, não podia se dar ao luxo de um teatro ou de uma boate. Às vezes ficava conhecendo uma garota e, se desse sorte, conseguia convencê-la a passar a noite com ele.

Recebia um ou outro aumento de salário, mas eram aumentos pequenos, pois a firma não prosperava. Quando, no final de sete anos, a escola decidiu fechar o escritório de Londres, Mike Canty ainda morava na mesma pensão.

Ele próprio, contudo, havia passado por uma certa mudança. Aos poucos foi perdendo seu sotaque do Meio-Oeste americano, primeiro inconscientemente e depois conscientemente, ao perceber que na Inglaterra o sotaque tinha significado social. Ficava incomodado sobretudo pelo seu nome, Michael, ou mais comumente Mike Canty. Sentia que esse nome indicava uma classe social baixa. Experimentou Canté ou Cantay, e por fim acabou mudando para Malcolm Kent.

Poderia ter voltado para Saint Louis, e tinha plena certeza de que, se voltasse, receberia uma oferta de trabalho no escritório central. Mas já estava na firma havia mais de dez anos, e o que conseguira? Por outro lado, que esperança podia ter ele, um americano, de conseguir emprego numa firma inglesa? Não, era melhor voltar para os Estados Unidos, mas não para Saint Louis; iria para a costa leste: Nova York, Boston ou Filadélfia. Afinal, decidiu-se por Boston, porque havia um vôo direto para lá do Aeroporto de Heathrow, e porque ouvira dizer que Boston se parecia um pouco com uma cidade inglesa.

Encontrou um quarto para morar em Beacon Hill e andou alguns dias passeando pela cidade. Era fim de agosto, e o tempo estava delicioso. Armado com um mapa da cidade, visitou os Jardins Públicos, a Esplanada e também o parque, onde sempre havia alguém, em seu púlpito portátil, fazendo discurso para os passantes sobre o marxismo, o cristianismo militante ou a doutrina geográfica da terra plana, exatamente como no Hyde Park de Londres.

Logo, porém, resolveu procurar um emprego. Passou a examinar os anúncios de jornal e a visitar cada uma das agências de empregos relacionadas nas páginas amarelas da lista telefônica. Ficou em filas e preencheu formulários.

No entanto, Kent não tinha profissão, não sabia fazer nada de especial. Para os serviços de escritório, dava-se preferência às mulheres. Quanto aos trabalhos que exigiam força ou energia, não tinha o físico adequado para eles. Era um homem baixo — um metro e sessenta e cinco —, magrinho e miúdo. Seu rosto fino, de olhos fundos, nariz curto e reto, e queixo pontudo, era atraente, até mesmo bonito, mas não vendável no mercado.

Muitos anúncios pediam vendedores, mas a maioria pagava apenas a comissão e exigia automóvel.

No jornal de domingo, notou um anúncio pequeno e discreto: "Agência de Professores Williams, Ada Williams, gerente". Não dava nenhuma indicação de que havia vagas, e ele desconfiou que era preciso pagar uma taxa para registrar-se. Mas certo dia, encontrando-se na rua School, onde se localizava a agência, decidiu entrar e perguntar. Afinal, já trabalhara no ramo do ensino, não é mesmo?

A agência era um conjunto de duas salas: na da frente havia uma escrivaninha e várias cadeiras de madeira, e devia ser ocupada por uma secretária, que no momento estaria almoçando, pois era meio-dia. A porta para a sala interna estava aberta, e lá dentro uma mulher alta, vistosa, sentada atrás de uma escrivaninha de mogno, convidou-o a entrar e sentar-se.

Kent explicou que já trabalhara numa escola por correspondência em Londres mas que nunca havia lecionado de fato numa sala de aula. Deu a entender, sem dizer explicitamente, que na tal escola por correspondência ele elaborava aulas e exames, embora, na verdade, seu emprego tivesse sido pura rotina de escritório.

— Foi na área de inglês?

— Sim, língua e literatura.

— O senhor já fez algum curso de educação?

— Educação?

Ela sorriu.

— Estou vendo que não fez. Sinto muito, mas creio que o senhor não pode lecionar numa escola pública, pelo menos não aqui no nosso estado, se não tiver cursado educação. — Ele pareceu tão decepcionado que ela acrescentou: — O senhor pode fazer um curso de extensão em alguma faculdade, ou um curso de verão.

— Mas nesse caso eu só poderia me candidatar no ano que vem — protestou ele.

— Bem, naturalmente, as universidades não exigem o curso de educação, nem as escolas particulares. Porém, as universidades costumam exigir pós-graduação.

— E as escolas particulares?

— Infelizmente, não pagam muito.

— Não tem importância. Seria um começo para mim, e com essa experiência eu poderia depois tentar outro emprego. O fato é que quero começar logo, de qualquer jeito.

Ela concordou, simpatizando com ele; era um jovem tão ansioso, tão cheio de vontade de trabalhar...

— O período escolar já começou, e não tenho nenhuma proposta de trabalho neste momento. Claro que sempre pode aparecer algo no último minuto. Algum professor fica doente ou pede demissão para assumir outro emprego. — Ela hesitou um momento, e depois, balançando a cabeça decididamente, como se rejeitasse um pensamento que havia lhe ocorrido, disse: — Mas as chances de aparecer um emprego que o senhor poderia assumir são tão remotas que acho que nem vale a pena se registrar. A taxa é de dez dólares, mas não creio que...

— Não mesmo, já que é tão improvável. — Kent levantou-se. — Bem, obrigado pelo seu tempo.

— Estou aqui para isso.

Já estava na porta quando ela chamou:

— Ah, senhor Kent, acabo de me lembrar de uma coisa.

Ele se virou, na expectativa.

— Estive numa conferência há cerca de duas semanas e encontrei a reitora do Windermere College, Millicent Hanbury. Ela mencionou que as matrículas estavam muito numerosas e que talvez precisassem contratar outro professor assistente para inglês I. O Windermere College não é meu cliente, e ela na verdade não me pediu que encontrasse alguém. Aliás, nem estou bem certa se ela sabe que eu tenho uma agência de professores. Mas há uma chance. Windermere era uma instituição para moças, uma espécie de faculdade de licenciatura curta, de dois anos apenas, com um corpo docente pequeno. Os cursos em geral eram dados por professores secundários, que iam até lá dar uma ou duas aulas e depois voltavam para suas escolas. Depois acabou se tornando uma faculdade de quatro anos, só para moças, e creio que o padrão de qualidade aumentou. Daí passou a aceitar rapazes também, e as matrículas começaram a subir. Fica no centro da cidade, na rua Clark, perto da praça Kenmore.

— Devo telefonar primeiro, marcando uma entrevista?

— Se o senhor ligar, é quase certo que a secretária vai dispensá-lo. Por que não tenta simplesmente aparecer por lá?

— Muito bem, é o que vou fazer.

— Ah, e se o senhor conseguir emprego, professor Kent, nossa comissão é dez por cento do salário do primeiro ano.

— Terei prazer em pagá-la.

— E, naturalmente, haverá também a taxa de registro, de dez dólares.

A possibilidade, menos do que a probabilidade, de conseguir o emprego, raciocinou ele, era remota; do contrário, Ada Williams teria lhe pedido que se registrasse e pagasse a tal taxa de dez dólares. Mas como o dia estava quente e agradável, ele achou que poderia muito bem dar uma caminhada até a Kenmore; não tinha mais nada para fazer.

Enquanto caminhava, pensava na futura entrevista. Se houvesse uma vaga, e se ele tivesse alguma chance, sem dúvida lhe perguntariam sobre seus estudos universitários e seus diplomas. Disso não havia dúvida, mesmo porque essas credenciais precisariam constar ao lado do nome dele no futuro catálogo. Sendo assim, decidiu mentir.

Achou que não corria grande perigo. Se lhe perguntassem pelo diploma ou certificado de graduação, diria que estavam no seu baú, que seria enviado da Inglaterra. Será que eles iriam telefonar ou mandar um telegrama para a universidade? Pouco provável, mas poderiam escrever perguntando. A carta demoraria uma semana para chegar à Inglaterra; depois ainda se passariam semanas, ou meses, até a universidade responder. Mesmo assim, se tivesse que se confrontar com uma negativa da universidade, explicaria que mudara seu nome de Michael Canty para Malcolm Kent, e que o diploma estava em nome do primeiro. Mais cartas se seguiriam, e, quando tudo terminasse, o semestre já estaria avançado e eles não teriam coragem de mandá-lo embora.

A rua Clark era uma ruazinha pequena, toda arborizada, com uma fileira de casarões de três andares com belas fachadas de pedra em cada lado. Todas eram do mesmo tamanho, exceto a da esquina, que parecia duas vezes maior. Mas foi o edifício com a placa "Administração", algumas portas mais adiante, que chamou a atenção de Kent e para onde ele se dirigiu.

Percebeu de imediato que Millicent Hanbury achou atraente o seu sotaque britânico.

— A senhorita Eastland é chefe do Departamento de Inglês — disse ela —, e normalmente sua entrevista seria com ela, mas ela está viajando, só vai voltar no início do semestre. E me pediu que selecionasse um auxiliar de ensino. É só para lecionar no curso de inglês I, e, naturalmente não há estabilidade no cargo.

— Aceito, sem problemas — disse ele.

— E o seu diploma é da...?

— Escola Politécnica de Londres.

— Ah. Bacharel em ciências ou artes?

— Em artes, mas meu mestrado é da Universidade de Liverpool — acrescentou, para complicar as coisas.

Os auxiliares de ensino de inglês I — não havia nenhum professor titular — ocupavam uma sala à parte dos demais professores de inglês, pois o curso incluía reuniões com os alunos sobre seus temas, cuja redação era a função principal do curso. Havia bastante camaradagem entre os auxiliares de ensino, já que todos compartilhavam a mesma sala. Conversavam muito sobre suas respectivas escolas e professores, e sobre os requisitos para a pós-graduação.

Kent, porém, costumava ficar afastado dos colegas. Quando lhe faziam uma pergunta direta, respondia com um monossílabo. E nunca ficava na sala, a não ser que estivesse esperando um aluno. Costumava ir à biblioteca da faculdade para ler, ou só passear entre as estantes de livros, pegando algum que lhe parecesse interessante. Seus colegas atribuíam sua falta de simpatia e sociabilidade ao fato de ele ser um tanto mais velho — eles todos eram recém-formados — ou talvez ao fato de ser inglês. Alguns achavam que era um rabugento nato; outros acreditavam que passava tanto tempo na biblioteca porque estava fazendo pesquisas. Seu motivo real, porém, para não participar do bate-papo geral era o medo de dizer algo que o traísse, indicando que ele jamais estudara numa universidade. Isso tudo era difícil para Kent, pois ele era de natureza sociável e falante. Assim, fazia como já fizera em Londres: ia a palestras, concertos e serviços em igrejas.

Depois de alguns anos, foi promovido de auxiliar de ensino a professor assistente. Agora, como professor Kent, passara a lecionar literatura inglesa, além da parte que lhe cabia no curso de inglês I.

Ao longo dos anos, o status da escola foi melhorando lenta mas continuamente. O doutorado passou a ser obrigatório para os candidatos ao corpo docente; após algum tempo, vários departamentos também exigiam a publicação de artigos em revistas especializadas como prova de excelência acadêmica. O status da escola, antes igual ao das faculdades de licenciatura curta, de dois anos, agora era considerado igual ao das estaduais, de quatro anos.

Foi então que o presidente, Allen Treadwell Chisholm, se aposentou, e Donald Macomber, um historiador de boa reputação, entrou no seu lugar. Embora ainda fosse considerada uma segunda opção em relação às prestigiosas universidades tradicionais da área de Boston, a chamada Ivy League, a instituição também estava atraindo alunos como primeira opção, em parte porque as mensalidades eram consideravelmente mais baixas que as das universidades da Ivy League, e em parte porque os padrões de admissão eram mais liberais.

No entanto, à medida que o status da faculdade aumentava, diminuía o status do próprio Kent junto a seus colegas. Na época em que entrou ali, seu nível acadêmico era considerado igual ao dos outros professores, que lecionavam no secundário ou em faculdades locais. Não havia nenhum doutor no Departamento de Inglês: o diretor fora diretor de uma escola secundária e a reitora, Millicent Hanbury, chefe do Departamento de Educação Física.

Agora, porém, quase todos os professores tinham doutorado, e a maioria já publicara artigos nas revistas especializadas. Havia até mesmo alguns muito estimados por seus colegas em outras faculdades. E o professor Kent? Ele continuava por ali só porque não havia motivo para mandá-lo embora.

E foi então que ele conheceu Matilda Clark. Era bisneta de Ezra Clark, que construíra aquela fileira de casas de pedra na rua que agora trazia seu nome, e que fora não só um dos fundadores do Windermere College mas também o doador de uma das casas da rua Clark, o primeiro edifício da faculdade. Matilda era uma solteirona de cinqüenta anos, cinco ou seis anos mais velha que ele, e morava na grande mansão da esquina, onde, aliás, havia nascido.

Num dia de inverno em que sopravam rajadas frias, quando Kent caminhava pela rua Clark, todo curvado para se defender do vento, avistou Matilda subindo a escada da frente da casa, apoiada no corrimão. Apressou-se até ela e perguntou se podia ajudá-la. Ela aceitou, grata, e ele a ajudou a subir. Ela então lhe deu a chave e Kent abriu a porta. Depois que entraram, ela, grata, ofereceu-lhe um chá.

— Às vezes fico meio sem fôlego — explicou, levando-o a uma saleta logo na entrada.

Ele a tranqüilizou:

— Isso acontece com todo mundo.

— Ah, é mesmo? Esta saleta era meu escritório quando eu estudava — disse ela —, e gosto de comer aqui porque fica perto da cozinha. Espere um momentinho e já trago o chá. Não demoro.

Quando ela saiu, ele olhou em torno. Havia algumas cadeiras e uma mesa, decerto aquela em que ela estudava quando moça. Havia também uma pequena estante de livros na parede, e ele foi até lá para examiná-los. Eram os livros que ela utilizara no primário, e talvez no ginásio. Pegou um exemplar de *Macbeth* e estava folheando-o, tentando ler as anotações a lápis nas margens, quando ela voltou trazendo uma bandeja com um pratinho de biscoitos e duas xícaras, cada uma com um saquinho de chá.

— Você não usa bule? — perguntou ele.

— Dá muito trabalho.

— Não tem ninguém que a ajude?

— Não. Gosto de fazer as coisas sozinha. Se não cozinhar e cuidar da casa, o que vou fazer o dia todo? — Notou o livro na mão dele e disse: — É Shakespeare. Quer levar emprestado?

Ocorreu a ele que pegando o livro teria uma desculpa para voltar e devolvê-lo, então disse:

— Sim. Não conheço esta edição.

— Leve, então.

— Devolvo amanhã.

— Tudo bem.

— Escute, minha aula termina às quatro horas. Quem sabe não venho aqui depois e faço um chá para você? Um chá inglês de verdade, feito no bule e servido com leite.

— Ah, seria ótimo.

Enquanto conversavam durante o chá, Kent percebeu que ela não era lá muito brilhante, e começou a vislumbrar as enormes possibilidades que a simplicidade dela oferecia.

Logo no dia seguinte, pouco depois das quatro, ele tocou a campainha da mansão dos Clark, trazendo debaixo do braço o livro emprestado, e numa sacola uma lata de chá inglês e um bule de cerâmica. Quando ela abriu a porta, ele disse:

— Vim devolver seu livro e lhe fazer uma xícara de chá inglês de verdade. Você tem leite em casa?

— Tenho, sim. Entre.

Ficou ao lado dele na cozinha enquanto ele explicava:

— A água tem que estar fervendo furiosamente. Isso é importante. Depois o chá deve descansar por sete minutos. Daí você acrescenta apenas um pouquinho de leite à xícara. É para absorver o tanino, compreende? Bem, se quiser ir até sua saleta, eu lhe sirvo seu chá.

Cautelosa, ela sorveu em pequenos goles a xícara que ele lhe apresentou. Depois exclamou:

— Que gostoso!

— É assim que se faz chá — disse ele.

Enquanto tomavam o chá, ela tagarelou sobre suas amigas de infância e o que cada uma estava fazendo agora. Falou também sobre as várias instituições de caridade para as quais contribuía, assim como seu pai e seu avô sempre haviam contribuído. E ele ouvia, de vez em quando fazendo um comentário para incentivá-la a continuar. Ficou até quase as seis horas, e então saiu para um jantar leve. Depois foi a um bar de solteiros e ali convenceu uma mulher a ir com ele para casa.

Passou a vir quase todos os dias e às vezes ficava para o jantar. Ela esperava vê-lo todos os dias, e certa ocasião, quando ele explicou que não poderia vir tomar chá porque tinha uma importante reunião do departamento, ela disse:

— Então venha almoçar. Vou esperá-lo.

Foi quando estava almoçando que ele ouviu o carteiro enfiar a correspondência por baixo da porta. Foi até lá e apanhou as cartas do chão, trazendo-as para a mesa. Eram sobretudo anúncios, claro, mas havia também um envelope que parecia importante e lhe chamou a atenção.

Ela abriu e disse:

— É um convite. Recebo muitos.

— E costuma ir?

— Às vezes. Ah, este aqui é dos Sloan. Ele era sócio do meu pai. É um convite para a noite do dia 24.

— E você vai?

— Ele acaba de ser nomeado diretor da Comissão de Artes. Não gosto de ir sozinha, especialmente à noite.

— Eu poderia acompanhá-la.

— É um evento formal.

— Bem, eu tenho um smoking.

— Ótimo, mas não sei se você vai gostar. Nós éramos muito próximos dos Sloan. Vou rever muita gente que conheço, mas para você pode ser uma noitada aborrecida. Vai haver muitos discursos.

— Não me importo, se você acha que vai gostar.

Embora fizesse suas visitas à mansão Clark depois que a maioria dos professores já fora embora, já tinha sido observado, e alguns que davam aula no fim da tarde o viram saindo de lá. Curiosamente, Kent sentiu que isso lhe dera uma nova importância. Quando falava sobre certas pessoas que havia conhecido — uma vez que após a festa dos Sloan já acompanhara Matilda Clark a vários outros eventos —, seus colegas se inclinavam a ouvir. Por exemplo, quando os jornais falaram das mudanças que Harvey Challenger estava planejando para as bibliotecas públicas, e seus colegas do Departamento de Inglês começaram a discutir essas mudanças, ele pôde dizer:

— Esse homem é um idiota.

— Você o conhece?

— Eu o conheci numa festa.

Mas não era só isso. Sua nova importância não vinha dos figurões que ele conhecia por intermédio de Matilda Clark, e sim da sua amizade com ela. Ocorreu-lhe que talvez Matilda tivesse influência sobre o conselho da faculdade, e decidiu testar.

No seu encontro seguinte, comentou que recebera uma proposta de trabalho no Meio-Oeste e que estava pensando em aceitá-la.

— Ah, não faça isso. Você não deve deixar o Windermere.

— Acontece que não estou indo muito bem por aqui. Sou apenas professor assistente, e não tenho nem sequer estabilidade no cargo, depois de todos esses anos de magistério.

— Ora, mas isso é terrível! Pois sabe de uma coisa? Vou falar com Charlie Dobson.

— Charlie Dobson? Quem é?

— É o dono daquela grande agência Cadillac, na Commonwealth, e é membro do conselho. — Refletiu um momento e disse: — A próxima reunião trimestral do conselho é daqui a cerca de duas semanas, por isso vou vê-lo amanhã. Ele vai precisar de um tempinho para contatar os outros, sabe como é.

Entre os anúncios feitos na reunião seguinte do Conselho Diretor, um aviso dizia que o professor assistente Malcolm Kent fora promovido a professor adjunto e adquirira estabilidade no cargo.

Com a promoção e a estabilidade, Kent parou de se preocupar de que sua falta de formação acadêmica fosse descoberta. Mesmo que, por algum acaso, se ficasse sabendo que ele não tinha diploma universitário, a escola não ousaria reconhecer esse fato, depois que ele já lecionava lá fazia tantos anos e era agora professor adjunto... Isso se refletiria também na situação acadêmica de todos os alunos que haviam passado por suas mãos.

Como agora lecionava também revisão de literatura, conseguiu mudar-se para a sala do Departamento de Inglês, embora conservasse uma mesa na sala reservada aos professores do primeiro ano. Na nova sala, seus colegas eram mais velhos, quase da sua idade, e passou a ficar um tempo considerável ali, participando da conversa.

Os novos colegas o consideravam um chato, pois vivia falando das pessoas importantes que conhecia; entretanto, tinham o cuidado de não demonstrar sua antipatia, pois acreditavam que Kent tinha influência sobre o conselho, e uma palavra crítica da parte dele poderia prejudicar as chances de promoção dos demais. Pensavam que sua influência se devia à amizade com Matilda Clark, que nenhum deles conhecia pessoalmente; porém todos tinham consciência de que ela detinha considerável poder.

Depois de conseguir sua promoção, ele próprio não teve mais dúvidas sobre isso, e cuidou de manter a amizade viva. Era raro o dia em que ele não a via, sempre dava um jeito, mesmo que por apenas alguns minutos, para lhe dar uma revista ou um recorte de jornal que talvez pudesse interessá-la. E ela parecia igualmente ansiosa para vê-lo. Era alguém com quem podia tagarelar ou, mesmo em silêncio, assistir a um vídeo.

Certa vez, enquanto tomavam chá e conversavam sobre uma recepção a que tinham ido na véspera, ele lhe perguntou:

— Esses seus amigos nunca perguntam sobre mim?

— Claro que perguntam.

— E o que você diz?

Ela deu uma risadinha.

— Digo que você é meu noivo.

— E o que eles dizem então?

— Ah, eles acham maravilhoso e perguntam quando vamos nos casar.

— Bem, e o que você acha?

— Como assim, o que eu acho de casar? Bem, até que poderia ser bom; você ficaria sempre aqui em casa. Mas acho que eu não conseguiria suportar... sabe como é... aquelas coisas feias.

— Coisas feias?

— Sabe como é, na cama.

Se ele sentisse a mínima atração física por ela, tentaria convencê-la de que o que acontece na cama não é feio. Mas, em vez disso, concordou, balançando a cabeça com um gesto grave, e disse:

— Sinto o mesmo que você. Isso é bom para os jovens que querem ter filhos.

No final do ano escolar, quando ele tinha quarenta e oito anos e ela cinqüenta e quatro, realizou-se o casamento, oficiado por um juiz da Suprema Corte de Massachusetts. Aparentemente como presente de casamento da faculdade, Kent foi promovido a professor titular. E como era mais ou menos de se esperar, foram passar a lua-de-mel na baía de Penobscot, no Maine. Quando subiram para o quarto depois do jantar, ele não ficou surpreso ao ver que ela pedira ao gerente do hotel que substituísse a cama de casal por duas de solteiro. E quando voltaram para Boston e ele se mudou para a mansão Clark, não achou nada desagradável ver que os dois ocupariam quartos separados.

— Você gosta de ler à noite — explicou ela —, e a luz não me deixa dormir.

— Certo. Também acho que assim é melhor.

O casamento nunca foi consumado. Era menos um casamento que uma parceria comercial. Ele tomava o café da manhã e almoçava na cantina dos professores, mas voltava para casa no fim da tarde para tomar chá com ela. Daí ficava lendo ou preparando aulas na privacidade do seu quarto, enquanto ela se ocupava do jantar. Quando ele sugeriu que contratassem uma criada ou governanta, ela disse: "E eu, o que vou fazer? Gosto de cuidar da casa. É algo que me ocupa, me dá algo para fazer".

Ocasionalmente os dois comiam fora e depois iam a um cinema ou teatro.

Ele imaginara, no início do relacionamento, que ela devia ter uma renda correspondente à grandiosidade da mansão onde morava. Mas, à medida que crescia a amizade entre os dois, ela passou a confiar mais nele, e Kent descobriu que tudo o que restava da fortuna dos Clark era uma renda modesta.

— Papai doou todos os seus bens para a faculdade... tudo exceto esta casa. Eles me mandam um cheque todo mês; é o que chamam de anuidade. Meu pai deve ter achado que, se me deixasse suas ações da bolsa e coisas assim, eu não seria capaz de administrá-las. Não saberia o que vender e o que conservar caso os preços caíssem. Havia alguém que fazia isso para ele, uma companhia financeira, mas ele não confiava que essas pessoas fossem fazer o mesmo por mim. Estava sempre trocando idéias com essa companhia financeira, mas eu, naturalmente, não seria capaz de fazer isso.

Embora decepcionante, o cheque mensal era considerável. Sem dúvida, boa parte dele era usada para contribuir com as instituições que seu pai e seu avô sempre haviam sustentado; era uma espécie de obrigação familiar. Mesmo assim, sobrava o bastante, junto com o salário de Kent e o fato de que ele não precisava mais pagar aluguel, para mantê-lo num padrão de vida muito confortável. Na verdade, ele passou a sentir-se realmente rico. Por exemplo, como era metido a janota, passou a ampliar seu guarda-roupa de maneira considerável.

Foi então que a barbearia que ele freqüentava contratou uma nova manicure. Era uma moça miúda e meiga, de cabelo loiro curto, penteado para trás. Calculava que ela tivesse menos de trinta anos. E era dada a flertar com os clientes, especialmente os que davam boas gorjetas. Ele passou a fazer as unhas sempre que ia cortar o cabelo, e lhe dava régias gorjetas.

Assim como a maioria das barbearias, esta fechava às segundas-feiras, pois funcionava o dia todo aos sábados, e Kent achou muito interessante o fato de a manicure ter o dia inteiro livre às segundas-feiras. Em pouco tempo, de cliente ele se transformou em amigo e, em vez de lhe dar gorjeta, começou a lhe dar presentinhos: um broche, um par de brincos, que passava discretamente para ela, fazendo-os deslizar em cima da mesa. E agora estavam se tratando pelos nomes de batismo, Malcolm e Lorraine.

Certa vez, numa segunda-feira, ele a convidou para almoçar e, como ela concordasse, disse que ia buscá-la em casa. Chegou ao apartamento dela pouco antes das nove, encontrando-a ainda de camisola, com um roupão por cima, vestido às pressas.

— Que horas são? Ainda nem tomei café. Ora, você não disse que vinha me buscar para almoçar?

— Ah, falei almoçar? Estava pensando num brunch. E trouxe tudo comigo; você não precisa preparar nada — disse ele alegre.

E passou a tirar as compras que havia trazido: pão preto em fatias finas, pãezinhos frescos, salmão defumado, vários tipos de queijo e uma garrafa de vinho. Ligou para o Departamento de Inglês e pediu que avisassem aos alunos que não iria dar a aula das dez horas. Depois ligou de novo, avisando que também não daria a aula da tarde. Os dois não saíram para almoçar; prepararam um brunch com o que ele trouxera e com o que havia na geladeira, e ela acabou nem precisando se vestir.

Quando ele voltou para casa, pouco depois das quatro, parecia cansado, e sua esposa perguntou se tivera um dia difícil. Ele balançou a cabeça com tristeza e disse:

— Passei o dia inteiro na Biblioteca Widener. Há um assunto que preciso mesmo pesquisar.

Embora ele considerasse a segunda-feira o Dia de Lorraine, e fizesse questão de vê-la sempre, as coisas não eram mais como a primeira vez. Afinal, ele já tinha cinqüenta e poucos anos, e ela menos de trinta; as exigências dela estavam acima da capacidade dele. Assim, agora, quando ele combinava um almoço, chegava lá pelo meio-dia. E em vez de ligar para o Departamento de Inglês para cancelar a aula da tarde, usava a aula como motivo para ir embora. Ficavam sentados no apartamento dela, ou no restaurante, quando iam almoçar fora, e ela falava sobre seus fregueses e as coisas que haviam acontecido na barbearia, sobre os barbeiros, seus ciúmes e invejas, sobre o que diziam quando um cliente dava uma gorjeta pequena demais.

Ele achava tudo isso interessante, e criou uma afeição genuína por ela, que não tinha nada a ver com a cama. Ela se tornou como uma filha ou uma irmã mais nova. Não ficou nem um pouco perturbado nem aborrecido e nem sequer desapontado, quando certo dia, numa segunda-feira de manhã, ela ligou para o Departamento de Inglês e lhe pediu que não fosse. Imaginou que ela tivesse alguma coisa para fazer, compras talvez. Na sexta-feira seguinte ele foi à barbearia, e, enquanto lhe fazia as unhas, ela disse:

— Escute, Malcolm, não vou poder me encontrar com você na próxima segunda-feira. Você se importa?

— Não. Também estou cheio de trabalho.

Na segunda-feira seguinte ela lhe pediu que fosse encontrá-la no restaurante que freqüentavam em vez de ir buscá-la em casa.

— Preciso ir àquele bairro logo de manhã. No mesmo quarteirão há uma costureira que está reformando um vestido que comprei.

Durante todo o almoço, ela tagarelou como de costume. Quando o café foi servido ele perguntou:

— Você se encontrou com alguém segunda-feira passada?

Ela se calou por um momento. Depois assentiu com a cabeça.

— E segunda-feira retrasada?

— Também. Com Tony.

— Tony? Quem é Tony?

— Tony Donofrio, o barbeiro da cadeira do meio. Ele quer casar comigo.

— E você, quer casar com ele?

— Vou ter um bebê.

— É meu ou dele?

— Não sei — respondeu ela num lamento.

Ele ficou tamborilando na mesa e perguntou:

— E esse tal de Tony sabe de nós dois?

Curiosamente, não sentia o menor ciúme. Desconfiou que ela já estivesse se encontrando com esse Tony havia bastante tempo. Talvez até com outros. Afinal, a vida dela não se limitava às segundas-feiras.

— Ele acha que nós somos parentes, que você é primo da minha mãe.

— Ótimo — disse ele.

E lhe ocorreu que era ótimo mesmo. Do contrário, a coisa podia ficar embaraçosa. Ela poderia começar a telefonar para a sua casa, ou mesmo aparecer por lá; poderia até procurar Matilda para convencê-la a se divorciar dele.

— Daqui a pouco você não vai mais poder trabalhar. Ele pode sustentá-la?

— Bem, Tony acha que devemos abrir um negócio juntos. Ele seria cabeleireiro. Ele sabe cortar cabelo de mulher; aliás, fez cursos. E eu ficaria como manicure. Um amigo dele tem um salão de cabeleireiro em Lynn. Na verdade, é um amigo do pai dele, que já está velho e quer se aposentar e ir para a Flórida. O salão fica pertinho da estação de trem, e ele está disposto a vendê-lo só pelo preço do equipamento. Tem duas cadeiras, e Tony diz que estão em boas condições, praticamente novas.

— Mas perto da estação de trem? É uma boa localização para um salão de cabeleireiro?

— Aí é que está a beleza da coisa, segundo Tony. Veja, havia uma fábrica de sapatos bem no quarteirão ao lado que está sendo transformada num prédio de apartamentos; não vão ser muito caros e devem se encher de gente logo mais. Assim, vamos ter uns duzentos fregueses logo virando a esquina, e não há problema de vaga para estacionar. Tony está negociando com o dono, esse velho. Ele quer um pouco mais do que temos e não aceita uma promissória pela diferença. Quer tudo em dinheiro vivo. Mas assim que conseguirmos fechar negócio, vamos nos casar.

— Quanto falta para vocês?

— Uns mil dólares. Se a gente conseguir alguma coisa no banco...

— Você vai mudar para Lynn?

— Vou, é lá que Tony mora. O pai dele trabalha na prefeitura, no Departamento de Estradas de Rodagem, e conhece muita gente lá. Ele acha que talvez a gente consiga pedir dinheiro emprestado ao pai, ou aos amigos do pai.

— Eu empresto o dinheiro para você.

— Mesmo? Puxa, Malcolm, que maravilha! Amanhã vou contar a Tony. Ele vai ficar entusiasmado.

— E não vou cobrar juros. — Pensou por um instante e disse: —Você assina uma promissória... você e esse Tony, como é o sobrenome dele?

— Donofrio.

— Você e Tony Donofrio. Se vocês não conseguirem pagar em seis meses, eu amplio o prazo. Só quero ter certeza que tudo vai correr de acordo com os planos de vocês.

— Maravilha! Você vem ao nosso casamento, não vem?

— Vou tentar.

— E a... hã... senhora Kent?

Ele balançou a cabeça devagar.

— Não creio. Ela não está bem. Câncer.

— Ah, que pena...

Matilda levou um ano para morrer, e a universidade cuidou dela durante toda a doença. Quando ela viu que não conseguia mais fazer o trabalho doméstico, eles lhe arranjaram uma governanta, uma certa sra. Bell, que vinha todos os dias arrumar a casa e cozinhar. Nos períodos críticos, contrataram enfermeiras para cuidar dela. Quando morreu, aos sessenta anos, as bandeiras da universidade foram baixadas a meio-pau.

Com a morte dela cessou a anuidade, mas isso não foi uma grande perda para Kent. A maior parte do dinheiro acabava sendo doada para as instituições que o pai e o avô sempre sustentaram, e o resto ela gastava consigo mesma. Financeiramente ele estava numa situação bem confortável, uma vez que agora recebia o salário de professor titular, e não precisava pagar aluguel. A faculdade continuava pagando à sra. Bell para vir todos os dias, durante cerca de uma hora, limpar a casa e às vezes lhe preparar a comida.

Depois que sua mulher se foi, Kent sentiu-se estranhamente só. Não tinha grande amor por Matilda, mas havia se acostumado a ela, e agora sentia sua falta da mesma maneira como, talvez, sentiria falta de uma poltrona favorita ou mesmo de um chinelo favorito. Ela sempre estava em casa, por isso ele nunca se sentia sozinho.

Ele não a considerava muito inteligente, nem culta; suas leituras se restringiam a revistas que ele considerava de baixa qualidade, com muitas ilustrações. Ela, porém, sabia muita coisa sobre as famílias importantes de Boston e fazia boas fofocas sobre elas. Às vezes os dois saíam para jantar num restaurante próximo ou iam a um cinema, mas a maior parte do tempo ficavam em casa, em geral em silêncio, sem dúvida, mas de vez em quando, tomando um café ou um chá, conversavam sobre gente que ela conhecia. Por exemplo, ela via um certo nome no jornal e contava a ele sobre uma ocasião em que estivera na casa de campo dessa pessoa com seu pai, quando era menina.

E Kent não tinha nenhum amigo na faculdade. Seus colegas o consideravam um grande chato. Como seus conhecimentos acadêmicos eram insignificantes, ele hesitava em conversar sobre livros e literatura. Parecia que sua conversa consistia apenas em fanfarronice: gabar-se das pessoas importantes com que tivera contato, ou de algum evento importante a que comparecera, ou do que havia dito a um certo deputado ou chefe de comitê. E os outros o evitavam porque tinham medo dele: sabiam que exercia uma certa influência junto ao conselho, mesmo que não fosse clara; mas sabiam que isso se dava por meio de sua falecida esposa e que poderia ser utilizado em prejuízo de qualquer um deles.

Para Kent, o casal Donofrio, em Lynn, passara a ser como a sua família. Eles o convidaram para jantar e comemorar o nascimento da filha, Josephine — "Se fosse um menino se chamaria Malcolm", Lorraine lhe dissera. Depois disso, passou a ser convidado a cada aniversário; assim que aprendeu a falar, a menina foi ensinada a chamá-lo de "tio Malcolm". Mesmo assim, ele sentia que Tony não gostava muito dele, talvez até desconfiasse dele.

Uma vez ou outra Tony vinha a Boston para lhe pedir dinheiro emprestado, para alguma conta inesperada do encanador ou do aquecimento, ou para pagar a prestação do seguro. Nunca era uma soma muito grande, no máximo algumas centenas de dólares. Como Tony não atendia clientes depois das quatro da tarde, em geral saía a essa hora, percorria a pé a pequena distância até a estação e pegava o trem das 16h20. Em Boston, por vezes parava em algum lugar para tomar café, só para passar o tempo, e chegava ao Departamento de Inglês no Windermere College às 16h45. Ali, esperava Kent terminar de dar sua aula das quatro horas. Às vezes Kent terminava a aula mais cedo; nesse caso, Tony ia até a sua casa, a mansão da esquina. Nunca telefonava com antecedência para avisar que viria, pois tinha medo de que Kent fingisse estar ocupado e se recusasse a recebê-lo.

Embora Tony fosse da mesma idade que Lorraine, parecia mais velho, ou mais maduro. Era alto e musculoso, de olhos negros, rosto quadrado e cabelo bem preto, numa onda que lhe caía sobre a testa. Tinha o queixo quadrado e o nariz pesado de boxeador. No salão de cabeleireiro usava uma túnica de mangas curtas que mostrava os braços fortes e peludos, muito admirados pelas clientes.

A primeira vez que veio, Roger Fine, a única pessoa que estava na sala do Departamento de Inglês, perguntou-lhe educadamente:

— Posso fazer alguma coisa pelo senhor?

— Estou procurando o professor Kent.

— Ele deve chegar a qualquer momento. O senhor é amigo dele?

— Ele é tio da minha mulher.

— Ah, sei. Bem, a aula dele termina às cinco. Aquela ali é a mesa dele. Por que o senhor não senta ali até ele chegar?

Quando Kent chegava, cumprimentava-o cordialmente e perguntava por Lorraine e pela criança. Então os dois iam até a casa de Kent, logo na esquina, e tomando um copo de vinho Tony lhe explicava que estava precisando de dinheiro para isso ou aquilo, e falava dos seus planos para o futuro. O encontro em geral terminava com Kent levando-o a um restaurante italiano para jantar e Tony comendo vorazmente em silêncio, enquanto Kent brincava com a comida no prato e conversava. Tony não era nada conversador, e deixava Kent com a sensação de estar falando sozinho. Sua necessidade de amizade e companhia, de alguém com quem conversar, era aguda e só foi satisfeita quando ele começou a fazer amizade com Thorvald Miller.

15

Já eram mais de oito horas quando o rabino Small, usando seu xale de orações e seus filactérios, recitou as orações matinais. Estava em casa, em seu estúdio, voltado para o nascente, como manda a tradição. Dormira demais e estava atrasado para ir ao serviço da sinagoga, que começava às sete. Ao iniciar a oração *Shimon Esrai*, sua meditação de repente foi perturbada pelo barulho do jardineiro com um cortador de grama na casa do outro lado da rua. Com um esforço foi até o fim das orações, dobrou o xale e o guardou no seu saquinho de veludo azul, e enrolou as tiras de couro dos filactérios. Dirigiu-se então à copa, que ficava ao lado da cozinha.

Miriam já tinha tomado café. Serviu a ele dois ovos com torradas e uma xícara de café. Encheu de novo sua xícara e sentou-se diante do marido. Percebeu que ele estava aborrecido com o barulho lá fora e disse:

— Não vai demorar muito; é só enquanto ele está cortando o gramado da frente. Depois que ele dá a volta e vai para o quintal dos fundos, ainda dá para se ouvir, mas já não é tão ruim.

— Você já notou o quanto este lugar mudou desde que viemos para cá, há vinte e cinco anos? — disse ele. — Naquela época as pessoas usavam cortadores manuais, e o barulhinho das lâminas enquanto percorriam o gramado para lá e para cá até que não era um som desagradável. Quando aparavam a cerca viva, também usavam tesouras de mão. Agora fazem tudo com máquinas; até recolhem as folhas do chão com uma máquina elétrica. Todo dia, a manhã inteira, é esse barulho de cortador de grama. Ontem à tarde ouvi um barulho tremendo...

— Foi a família Rinaldo, duas casas mais para lá, cortando aquela árvore grande que quebrou na tempestade.

— Lembro quando isso se fazia com uma serra de mão, essas serras usadas por dois homens. Enfim, o fato é que era bem mais silencioso. Não perturbava quando a gente queria ler, nem precisávamos levantar a voz para conversar. E o trânsito... você já notou como o trânsito anda intenso? De onde vêm tantos carros?

— Acho que é porque muitos daqueles antigos casarões do centro da cidade, no Point, foram transformados em prédios de apartamentos, portanto onde havia um ou dois carros, agora há uma dúzia. Aonde você quer chegar, David?

Ele afastou o prato e recostou-se na cadeira.

— Andei pensando, talvez fosse melhor mudarmos para Boston...

— E sair de Barnard's Crossing?

— O que eu estava pensando era em conservar esta casa para passarmos o verão e para os fins de semana. Mas acho que deveríamos arranjar um lugar em Boston, um apartamento do tipo estúdio...

— Para você não precisar ir de carro até lá todos os dias?

— Sim, claro. Mas eu também estava pensando que não é fácil ser rabino honorário quando a gente continua morando no mesmo lugar depois que o novo rabino chegou. Já realizei três casamentos depois que me demiti. Eu não queria, mas nos três casos os pais da noiva insistiram até eu aceitar. Como celebrei o casamento deles, querem que eu celebre também o da filha. Embora o rabino Selig tenha concordado, pelo menos não fez objeção, para mim é constrangedor.

— Você pode recusar.

— Mas não é só isso. A congregação espera que eu fique sentado lá em cima da *bimá*, diante da Arca, junto com o rabino Selig, nos serviços de sexta-feira à noite e do sábado, em todos os serviços feitos em cima, no Santuário. Sexta-feira passada um membro da congregação veio falar comigo no saguão, depois do serviço, e disse que reparou que eu não estava de acordo com o que o rabino Selig havia dito no sermão. Perguntei como ele sabia. Ele disse que ficou me olhando enquanto o rabino falava, e percebeu pela minha expressão que eu discordava dos comentários do rabino. E não consegui convencê-lo a mudar de opinião. Na verdade, mal podia ouvir o que o rabino Selig estava falando, e depois de um tempo parei de me esforçar. Não é fácil ouvir quando se está sentado atrás do orador. O microfone joga o som para outro lado. Fiquei o tempo todo pensando em outras coisas.

— Mas iríamos deixar todos os nossos amigos se mudássemos para Boston — protestou ela.

— Que amigos? Você sabe que não temos tantos assim. Muita gente nos convidava porque eu era rabino, não porque gostasse de nós. E mesmo assim, você já deve ter notado que houve uma queda no número de convites que recebemos. Além disso, essa vida social acontece no fim de semana, e vamos estar sempre voltando para cá, pelo menos quando o tempo estiver bom.

— Parece que você já está decidido — observou ela.

— Ora, eu não iria decidir sozinho um assunto desses, sem conversar com você primeiro — disse ele depressa.

— Seria uma bela mudança — reconheceu ela — mas vender esta casa com o mercado do jeito que está hoje...

— Ah, eu não estava planejando sair definitivamente de Barnard's Crossing. Pensei em alugar um apartamento só durante o ano escolar.

— E voltar para cá no verão?

— E nos fins de semana.

— Quer dizer que a gente voltaria de carro para cá sexta-feira à tarde e iria para Boston segunda de manhã?

— Ou domingo, quando há pouco trânsito.

— Isso não iria dar certo, David. A sua aula de sexta-feira termina ao meio-dia. Daí você tem que continuar por lá para atender os alunos. Até você chegar em casa seria uma hora, e até almoçarmos e nos aprontarmos para sair, já seriam duas. Eu não teria tempo de preparar o jantar de *Shabat*.

— Certo, então não voltaríamos nos fins de semana. Só durante as férias, no Natal e no Dia de Ação de Graças.

— Parece que você está terrivelmente ansioso para mudar.

— Bem, eu realmente gostaria de desimpedir o caminho de Selig. Não estou me sentindo à vontade desde que ele assumiu, e acho que a situação não é agradável também para ele. Mas pensei que teria que me resignar. Só que conversei com Mordecai Jacobs... você se lembra dele, aquele rapaz que vai casar com a filha dos Lerner. Ele mora num apartamento perto de Coolidge Corner. Disse que muitos proprietários vão passar o inverno na Flórida, e alguns alugam seus apartamentos enquanto estão fora. Bem, ontem ele me disse que falou com um vizinho, que conhece um rabino que poderia se interessar em ficar com o apartamento deles durante o inverno, e eles acharam ótimo. São judeus muito religiosos, e se um rabino ficar com o apartamento, não vão precisar guardar todos os pratos e talheres.

— Quando podemos ver o apartamento?

— Qualquer dia pela manhã, pelo que me disse Jacobs. Hoje mesmo, se você quiser.

— Vou me vestir.

16

— Vamos nos mudar sexta-feira de manhã — anunciou o rabino.

— Por que sexta-feira? — perguntou Miriam. — Por que não domingo, como tínhamos planejado?

— Porque, se estivermos aqui sexta-feira, teremos que assistir ao serviço da noite, e isso significa que vou ter que ficar lá em cima em frente à Arca com o rabino Selig, e depois descer com ele para o lanche. E isso é sempre motivo de constrangimento, tanto para mim como para ele. É melhor pular esse pedaço.

— Tudo bem, então vou começar a fazer as malas.

— Que malas? Pegue apenas alguns vestidos e algumas coisas que for precisar nas próximas duas semanas.

— Mas os pratos, as panelas...

— Não precisamos, Miriam. A família Rosenbloom conserva a cozinha *kasher*.

— Mas se eu levar apenas alguns vestidos, o que faço se aparecer uma ocasião especial e eu precisar de um determinado vestido?

— Podemos vir até aqui domingo de manhã.

Na oração matinal de quinta-feira, durante uma conversa informal com o rabino Selig, Small mencionou que iria mudar-se para Boston na manhã seguinte. Seu colega mais jovem lhe pareceu satisfeito, embora tivesse dito:

— Vou sentir falta do senhor aqui em Barnard's Crossing, rabino. Sempre me senti mais seguro sabendo que podia contar com a experiência que o senhor tem da cidade, da congregação.

— Não vou estar longe, e vou voltar de vez em quando.

Sexta-feira de manhã, o rabino mais uma vez fez suas orações matinais em casa. E, após um café da manhã bem tranqüilo, os dois puseram no carro as malas com as roupas necessárias para as duas semanas seguintes e partiram. Como de costume, Miriam teve o cuidado de não conversar enquanto ele dirigia; mas ao chegarem ao seu novo lar, na rua Beacon, ela disse:

— Você correu muito.

— Mas não ultrapassei o limite de velocidade. Tentei me manter dentro do normal. E a estrada de Boston tem muito pouco trânsito a esta hora.

— Você chegou em uma hora e quinze.

— A estrada estadual é mais curta, indo por ela, eu poderia ter chegado em uma hora. Mas lá o trânsito é muito mais intenso.

Subiram com as malas e penduraram as roupas nos armários que tinham sido esvaziados para eles.

— Agora, para ir à faculdade é só atravessar a rua, tomar o bonde para a praça Kenmore e caminhar dois quarteirões até a rua Clark. E ali estou eu, talvez em quinze minutos no total.

— Que beleza! — exclamou ela. — Você já vai?

— Acho que sim.

— Faço um sanduíche para você?

— Não, para quê? Venho almoçar em casa. Não todo dia, embora eu pudesse almoçar aqui, voltar para a faculdade e ficar lá por duas horas, mais ou menos. Só que depois que chego em casa gosto de ficar. Mas sexta-feira há poucas aulas à tarde, e Windermere fica praticamente deserto.

Como era esperado, ele voltou para casa ao meio-dia e meia.

— Pensei em preparar um almoço leve, David — disse ela enquanto ele sentava à mesa da cozinha, já posta para o almoço. — Umas sardinhas ou atum em lata, ou algo assim. Mas fui fazer compras e eles têm tudo por aqui, então comprei uns *blintzes* congelados.

— E conseguiu fazer compras para o sábado?

— Sem problemas. Na verdade é muito mais fácil do que em Barnard's Crossing, e mais conveniente. Prepare-se para comer tudo como no seu jantar costumeiro de *Shabat.*

— Ótimo. E não teve problemas com os utensílios, com o fogão?

— Não, está tudo ótimo. E como foi sua aula? Vieram todos os alunos? Lembro que na outra vez você tinha problemas com faltas na sexta-feira.

— Ah, mas isso porque aquela aula começava à uma da tarde. Como esta agora começa antes do meio-dia, eles não precisam matar aula para ir logo para seus compromissos de fim de semana. Acho que o fato de sermos tão poucos, e nos sentarmos em volta de uma mesa, também é importante. Promove um sentimento de responsabilidade. E esses alunos de agora parecem mais interessados no assunto. Todos freqüentaram uma escola religiosa e fizeram *Bar Mitzvá* ou *Bat Mitzvá.* Dois já estiveram em Israel. Sabe, pedi a eles que escrevessem dois ou três parágrafos sobre sua formação religiosa, e todos entregaram a redação, o que é bem raro. Sempre há um ou dois que vêm com alguma desculpa por não ter trazido a lição. Uma aluna até escreveu um parágrafo em hebraico.

— E essa tal de Sarah McBride, que está freqüentando o curso como ouvinte?

— Bem, naturalmente, ela não entregou a lição.

— Mas ela veio? Está interessada? Você acha que ela vai continuar?

— Bem... acho que sim. Mas ainda não entendi direito qual é o interesse real dela. Quando esteve na minha sala terça-feira, disse que veio pegar um papel da sua antiga escrivaninha; mas tive a sensação de que estava querendo me ver e me avaliar. Quarta-feira, chegou atrasada para a primeira aula. Parecia aborrecida, mas no final estava bem quando veio me explicar por que tinha se atrasado. E, ontem, quando passei por ela no corredor, falei olá, mas ela apenas me acenou com a cabeça e passou correndo. Hoje de manhã estava atrasada de novo, e parecia constrangida, mas depois ficou mais à vontade. Parece que ela está achando essa situação meio estranha: sentar-se em volta de uma mesa com um bando de garotos novos, todos judeus.

— Quem sabe não é enjôo matinal — disse Miriam. — É o que está me parecendo.

— Enjôo matinal? Você acha que ela talvez esteja grávida? Hum. Quem sabe não é por isso que ela está fazendo o curso... para decidir em que religião a criança vai ser criada.

17

Ao contrário do que ocorria nos dias de semana, o serviço noturno de sexta-feira começava às oito e meia, depois do jantar, e não às sete. E em vez dos costumeiros doze ou quinze fiéis — ou, quando o tempo estava ruim, só o número mínimo exigido, de dez —, na sexta compareciam umas duzentas pessoas. O serviço era realizado no santuário principal, e não no saguão, como no resto da semana. O rabino Selig, vestindo uma toga negra, um longo xale de orações de seda azul e branca e o chapéu branco alto mais solene, fez um breve sermão; quando terminou, todos foram até o saguão para o bolo com café ou chá. Era uma ocasião mais social do que religiosa, e os homens chegavam com suas esposas e filhos.

Os irmãos Harris, Ronnie e Ben, vieram sem suas esposas. Tinham jantado mais cedo na casa de Ronnie, desfrutando do jantar tradicional de *Shabat*: bolinhos de peixe, canja, frango assado. Aos quarenta e cinco, Ronnie tinha seis anos mais que seu irmão Ben, e era mais conservador nos hábitos, portanto o jantar de *Shabat* costumava ser em sua casa.

Tinham todos planejado ir ao serviço de sexta-feira após o jantar, mas a esposa de Ronnie disse que estava cansada e preferia ficar em casa, e a esposa de Ben resolveu ficar também para fazer companhia à cunhada. Assim, os dois irmãos foram sozinhos. E agora, pouco depois das dez, enquanto caminhavam pelo estacionamento até o carro, Ben notou:

— O rabino Selig não estava com muito boa aparência hoje. Parecia meio pálido.

— Acho que ele pegou um resfriado. Não viu que deu dois ou três espirros lá em cima, perto da Arca? Também, o que você quer? O sujeito vai correr com um tempo desses, acaba pegando um resfriado.

— Não se pega resfriado por causa do tempo. Pega-se por causa dos germes, em geral numa sala cheia de gente em que alguém está resfriado e começa a tossir e espirrar.

— Ah, é? Então por que as pessoas ficam resfriadas no inverno e não no verão? E o que você acha de um rabino que anda correndo pelas ruas, de short ou abrigo de ginástica?

— O que tem isso de mais? Ele corre no seu tempo livre. Lá em cima no altar ele parece...

— Parece um cantor sacro, com aquele manto comprido e aquele chapéu alto.

— É melhor do que o rabino Small, que ficava lá em cima de terno amassado e sapatos empoeirados.

— Se os sapatos do rabino Small estavam empoeirados, é porque ele sempre ia ao templo a pé. Ele não andava de carro no *Shabat* — disse Ronnie, severo.

— Bem, ele poderia engraxá-los antes de subir na *bimá*.

— Provavelmente isso nunca lhe ocorreu. Ele era rabino em tempo integral, vinte e quatro horas por dia, não só quando estava dando um sermão.

— Ah, mas você tem que reconhecer que a rapaziada gosta do rabino Selig. Ele joga basquete com eles.

— Bem, quando os meus garotos iam à escola hebraica, também gostavam do rabino Small... e sabe por quê? Não porque jogasse bola com eles, mas porque falava com eles como se fossem adultos. Eles gostavam disso, e muito.

— Parece-me que você não era muito fã do rabino Small quando ele estava aqui.

— Pode ser, mas talvez porque ele fosse um sujeito inexpressivo. Quer dizer, eu não gostava tanto assim dele pessoalmente, mas nunca encontrei defeito nele como rabino. Agora, o rabino Selig é um sujeito simpático. Se fosse meu contador, ou meu médico, ou estivesse fazendo algum negócio comigo, seria ótimo, perfeito. Mas como meu rabino... Imagine, o melhor amigo dele aqui em Barnard's Crossing é aquele advogado Lew Baumgold, que não é membro do nosso templo e não vai à sinagoga nem mesmo nas Grandes Festas. E o que é pior: é casado com uma não-judia.

— Ele é amigo de Lew porque os dois fazem jogging juntos. E quanto à mulher dele, saiba que ela leciona no Windermere College. E não só isso, ela se dá bem com o rabino Small e está fazendo o curso dele de filosofia judaica. Fiquei sabendo disso por intermédio de Cy Kaplan, cujo filho freqüenta essas aulas.

— É mesmo? Quem sabe ela não está pensando em se converter?

— Pode ser. E talvez seja por isso que o rabino Selig é tão amigo de Lew Baumgold.

18

Sentaram-se em volta de três lados da mesa oblonga, enquanto o rabino puxava sua cadeira giratória para o quarto lado da mesa.

— Pensei em concentrar esta aula numa discussão informal do assunto sobre o qual lhes pedi que pensassem: a frase de Isaías que diz que os judeus devem ser uma luz para as nações. Alguém...

— Bem, temos Einstein e... e Freud, e...

— Não, esses são apenas indivíduos que por acaso eram judeus — objetou um aluno.

— Temos Marx, e muitos outros. Mas Deus não teria feito uma profecia a respeito de indivíduos. Estava se referindo a toda a raça — disse outro.

— Certo, porque encontramos indivíduos inteligentes em todas as raças. É das idéias que Deus estava falando, não das realizações desta ou daquela pessoa.

O rabino concordou.

— E essas seriam idéias que todos os judeus mantêm, ou que em geral aceitam e nas quais se baseiam para viver. Mas também seriam idéias que outras nações passaram a aceitar; do contrário, essa luz não serviria de nada para elas, não é verdade?

— Claro. De que adianta a luz para quem é cego?

— Ou está com uma venda nos olhos.

— Ou olhando para o outro lado.

— Então quais foram as idéias que os judeus desenvolveram e que outras nações aceitaram?

— Bem, a idéia de um só Deus, o monoteísmo — sugeriu um aluno.

— Sim, mas os cristãos e os muçulmanos também são monoteístas — objetou outro.

— Mas eles assimilaram isso de nós.

— Então isso mostra que eles viram a luz.

— E qual é a vantagem do monoteísmo? — perguntou o rabino. — A suposição de que a luz é melhor que a escuridão; sendo assim, o que foi que as outras nações ganharam com esse raio de luz?

— Onde há vários deuses, eles podem entrar em desacordo.

— Certo; vemos isso em Homero, na *Ilíada*, onde os deuses estão em lados opostos da luta.

— Um deus é como um juiz num jogo. Uma coisa ou está certa ou está errada. Com um Deus pode-se ter justiça.

— Muito bem — disse o rabino —, mais alguma coisa?

— E o que dizer do *Shabat*?

— O que tem o *Shabat*, rabino?

— Bem, o *Shabat* estabeleceu um dia de descanso semanal. Para os cristãos o descanso é no domingo, para os muçulmanos é na sexta-feira, mas não fomos nós que estabelecemos o princípio geral?

O rabino levantou-se e disse:

— Melhor fazer uma lista na lousa. — Daí escreveu: "Monoteísmo", e embaixo "*Shabat*". — Mais alguma coisa? — perguntou.

— Nós não caçamos nem matamos animais por prazer, e muitas pessoas estão começando a pensar dessa mesma maneira.

— Nós não caçamos nem mesmo para comer. Um animal caçado a tiros ou flechadas não é *kasher*.

— Na Inglaterra está havendo um movimento contra a caça às raposas.

— Sim, e o que você me diz das baleias?

— Certo — disse o rabino, e escreveu: "Animais". — Não se trata de não atirar neles — acrescentou. — Evitamos feri-los. Não atrelamos juntos um burro e um boi. Não colocamos mordaça no boi que está pisando o grão. Não tiramos um ovo do ninho se a ave-mãe está olhando.

— E as leis trabalhistas? — disse outro.

— O que você me diz delas?

— Deve-se pagar o salário usual, e os trabalhadores podem se organizar em sindicato.

— E devem ser pagos em dinheiro; nada dessa história de pagá-los em ações da companhia.

— E o que dizer da alfabetização? Não é verdade que equiparamos o grau de civilização com o grau de alfabetização? Pois somos um povo cem por cento alfabetizado, e isso há uns bons dois mil anos.

— Limpeza: lavar as mãos antes de comer. Li em algum lugar que na Idade Média a sujeira era sinal de santidade.

— O prazer. Devemos ter prazer na vida.

Quando a campainha tocou no final da aula, os alunos não correram para a saída como faziam normalmente, mas levantaram-se devagar e saíram conversando sobre os assuntos da aula. Sarah McBride foi ficando para trás, e quando todos saíram ela perguntou, em resposta ao olhar inquisidor do rabino:

— Como a gente faz para se converter?

— A discussão da aula...

Ela balançou a cabeça.

— Não, já venho pensando nisso há bastante tempo.

— Veja, nós, judeus, não fazemos proselitismo. Em parte porque era proibido, e em parte porque não era necessário; os não-judeus justos tinham aos nossos olhos a mesma posição que os judeus praticantes.

— Eu não estava pensando em mim mesma — disse ela. — Mas se eu tiver um filho, acho que será muito mais fácil criá-lo se o pai e a mãe tiverem a mesma religião.

O rabino concordou.

— Entendo. Bem, conosco a conversão é basicamente uma adoção, ser adotado pela tribo. Não é apenas mudar de idéia sobre as coisas em que você acredita. Veja, nós fizemos um acordo com Deus, um verdadeiro contrato que nos une: nós a Ele, e Ele a nós. Assim, o convertido tem que ser um de nós; não apenas alguém que pensa da mesma maneira que nós. Isso inclui, por exemplo, uma mudança de nome, em geral se adota Abraão para o homem e Sara para a mulher. — Ele sorriu. — Mas o seu nome já é Sarah, portanto você já está com meio caminho andado.

— É só isso que é necessário? Mudar o nome?

— Ah, não. Há aulas de conversão que incluem um curso de cerca de seis meses. Depois há um exame, e por fim a circuncisão para o homem e um banho ritual para a mulher.

— E esse curso que estou fazendo com o senhor, já não seria o equivalente do curso de conversão?

O rabino balançou a cabeça.

— Não, as aulas de conversão são muito diferentes; elas tratam da prática, da observância dos mandamentos, dos feriados e dias santificados, da maneira de celebrá-los e mantê-los. É muito diferente daquilo que pretendo fazer neste curso. A mulher que faz o curso de conversão pode acabar sabendo muito mais sobre a prática da religião do que seu marido judeu.

— Então... — Ela abriu os braços, desanimada.

— A não ser que ele faça o curso junto com você. Aliás, não seria a primeira vez que isso iria acontecer.

— Não estou entendendo. Se ele não sabe mais do que eu sobre o assunto, e vai saber muito menos depois do curso de seis meses...

— Não conheço seu marido, mas pelo pouco que você disse, já sei bastante sobre ele. Penso que ele foi criado numa família praticante, pelo que você falou sobre seus hábitos alimentares. Desconfio que seja um judeu praticante, embora não observe todas as normas. A maneira de ele pensar é muito diferente da sua. Você disse que sentia que havia pecado quando tinha um mau pensamento e que incluía esse pensamento entre seus pecados quando ia se confessar, e fazia penitência por ele. Já ele não sentia que havia pecado, a não ser que tivesse feito algo concretamente errado para alguém; e nunca lhe ocorreria que pudesse conseguir o perdão por meio da prece ou da penitência, mas apenas se desculpando junto à própria pessoa a quem prejudicou. Ele não tem medo do inferno, e não está esperando passar a eternidade no céu quando morrer. A fé que é tão importante para você, tem pouco significado para ele. Ele pode ou não acreditar na existência de Deus, mas se, por exemplo, depois de ler algumas obras filosóficas, chegar à conclusão de que é ateu, isso não afetará em nada seu comportamento. — O rabino apontou para o quadro-negro. — Pense em algumas dessas coisas que foram mencionadas na aula de hoje: a alfabetização, por exemplo. Se um filho dele não demonstrasse interesse pelo estudo, isso o aborreceria demais. E se a criança abandonasse a escola, ele veria o fato como uma tragédia. Essas são atitudes judaicas que ele assimilou, da mesma maneira que assimilou seus hábitos alimentares.

— Mas eu também me sentiria assim se um filho meu abandonasse a escola ou não aprendesse a ler.

— Mas será que o seu bisavô teria se sentido assim? Quantos achavam que a leitura era função só do padre?

— Bem, o senhor está dizendo que nós assimilamos tudo isso de vocês. É o que o senhor quer dizer quando fala que Israel deve ser uma luz para as nações. Tudo bem; mas se nós assimilamos isso de vocês ou chegamos até aí sozinhos, que diferença faz? Agora nossas atitudes são iguais.

— Não, não — disse o rabino, balançando enfaticamente a cabeça. — São atitudes muito diferentes. Vocês rezam, o que significa pedir, implorar; nós fazemos *daven*. A origem da palavra é obscura, mas consiste em agradecer pelas bênçãos que recebemos. Essa é uma explicação simplista, mas enquanto vocês dizem: "O pão nosso de cada dia nos dai hoje", nós dizemos: "Abençoado sejas Tu, ó Deus, que tiras o pão da terra". Chamamos a isso oração por falta de uma palavra melhor, e porque externamente se parece com aquilo que vocês fazem.

— Veja também a caridade. Tanto vocês como nós a consideramos importante. Mas vocês dão esmola movidos pela bondade do seu coração, ao passo que para nós é uma espécie de imposto que somos obrigados a dar se não quisermos passar vergonha diante da comunidade. Mesmo quando usamos nossos termos tradicionais, vocês costumam equipará-los com algo de sua religião, que na verdade é muito diferente. Uma sinagoga não é o equivalente de uma igreja, e um rabino não é, absolutamente, igual ao padre ou ministro de vocês. Como rabino, sou uma figura puramente leiga, sem nenhuma função litúrgica. Sou rabino porque estudei a nossa Lei, passei num exame e fui considerado capaz de agir como juiz nos casos que me são trazidos. Eu não abençôo as pessoas. Periodicamente os coanitas, ou seja, os descendentes de Aarão, que costumam ter nomes como Cohen, Kahn, Katz ou Kagan, abençoam a congregação.

— E será que meu Lew sabe de todas essas coisas só porque os pais dele comiam *kasher*?

— Tenho certeza que ele percebe a diferença na maneira como lhe solicitam uma contribuição para a Cruz Vermelha ou para o Fundo Judaico. E como ele já esteve numa sinagoga, tenho certeza que sabe que o rabino não tem função litúrgica. Se ele já esteve em alguma igreja, deve ter notado a diferença entre a maneira de vocês rezarem e a nossa. Sim, com certeza ele tem consciência de muitas coisas sobre as quais lhe falei.

— Então, talvez eu devesse falar com ele sobre este curso de conversão. Quem sabe eu não o convenceria a fazer o curso comigo? Sabe o que é, rabino, eu vou ter um bebê.

— Ah, parabéns. Quando?

— Fim de maio ou início de junho.

Curiosamente, enquanto ia para casa, o rabino não via a hora de chegar e contar a Miriam que seu palpite estava certo.

19

Enquanto para o rabino Small a conveniência de morar a pequena distância do Windermere College foi uma melhoria em relação a dirigir ida e volta até Barnard's Crossing, para Miriam a mudança para Brookline abriu todo um novo mundo. Como ela não dirigia, sempre fora dependente do rabino, que também não gostava de dirigir, ou de amigos que por acaso fossem para o mesmo lado que ela, ou então tomava o ônibus, que vinha de hora em hora. Agora, porém, podia ir ao centro da cidade, com todas as suas maravilhas — era só atravessar a rua e tomar um bonde que passava a cada poucos minutos.

Contudo, o casal não perdeu o contato com Barnard's Crossing. Al Bergson telefonava pelo menos uma vez por semana para relatar qualquer coisa de interessante que tivesse acontecido no templo. Sua esposa ligava quase todo dia para Miriam e vinha ocasionalmente encontrá-la em Boston para irem às compras, a um museu ou a um concerto. Certa vez, o delegado Lanigan, que tinha negócios a tratar na cidade, parou no Windermere College no fim da tarde, e o rabino o convenceu a acompanhá-lo à sua casa para jantar. Lanigan acabou ficando ali por duas horas, regalando o casal com notícias da cidade: as decisões do comitê escolar e dos vereadores, os incidentes que a polícia teve que enfrentar.

Foi numa manhã de domingo que Miriam declarou:

— David, não tenho nada para vestir. Preciso mesmo ir buscar mais algumas roupas.

— Não há problema. Vamos até Barnard's Crossing hoje; você pode pegar suas roupas de inverno e levar de volta as que não vai mais usar. Na verdade, eu também tenho que buscar uns livros.

— Será que devemos ligar para Al Bergson e Edith e dizer que estamos indo para lá?

— Não, acho que é melhor não ligar. Eles com certeza vão nos convidar para tomar chá, e na hora de ir embora já vai estar escuro.

— Mas e se eles nos virem?

— Ah, podemos dizer que foi uma inspiração do momento, que saímos para dar uma volta de carro e acabamos indo até lá.

— Tudo bem — disse ela, ainda hesitante.

Partiram após o almoço e chegaram a Barnard's Crossing por volta de duas horas. O rabino estacionou o carro na garagem e os dois entraram na casa pela porta dos fundos. Já tinham quase acabado de pôr no porta-malas tudo o que precisavam quando a campainha tocou. Era Al Bergson.

— Ben Halprin disse que viu seu carro na garagem, então vim dar uma olhada.

— Bem...

— Achei que alguém podia estar assaltando a casa, pois eu tinha certeza que, se vocês viessem, me dariam um telefonema.

— Eu tentei — disse o rabino —, mas só dava ocupado.

— Era a patroa, naturalmente.

— Daí resolvemos passar na sua casa mais tarde, para fazer uma surpresa.

— Vocês já acabaram? Então venham comigo.

— Não podemos demorar muito — disse o rabino. — Não quero voltar dirigindo no escuro.

— Vamos tomar um café. Edith fez um strudel do outro mundo.

Enquanto tomavam café e comiam o strudel, Edith Bergson disse:

— Pensei que vocês fossem vir sempre nos fins de semana. Não estão sentindo falta de Barnard's Crossing?

— Ah, claro — disse o rabino —, mas nos fins de semana é difícil. Se saíssemos de lá sexta-feira, ficaria muito tarde para Miriam preparar o jantar do *Shabat.* E no sábado eu só dirijo depois do pôr-do-sol, ou seja, no escuro, o que procuro evitar. Poderíamos vir no domingo e voltar segunda de manhã, mas choveu nos últimos domingos, e nós já adquirimos o hábito de ficar em casa só relaxando e lendo o jornal de domingo.

— Mas no próximo Dia de Ação de Graças não haverá aula sexta-feira. Então terão quatro dias livres. Vocês vêm para cá, não vêm?

— Sim, é o que estamos planejando.

— Muito bem, então esperamos vocês para jantar no Dia de Ação de Graças — disse Edith com um ar decidido, que não admitia réplica.

Quando saíram já estava escurecendo. Miriam teve o cuidado de não conversar no caminho, já que ele sempre ficava tenso na direção, sobretudo à noite. Mas depois que voltaram ao apartamento e guardaram as roupas que haviam trazido, ela disse:

— Você não apenas inventou uma mentira, mas depois mudou para outra, e no final não funcionou. Tivemos que ir à casa dos Bergson de qualquer jeito e voltar à noite.

— Pois é — disse ele. — Acho que é isso mesmo que acontece com as mentiras.

— E como você sabia que Edith estava no telefone?

— Eu não sabia, e Al também não. Nós dois apenas supusemos que ela poderia estar.

Miriam riu.

— Bem, pelo menos o nosso Dia de Ação de Graças já está resolvido.

20

Embora o céu estivesse nublado o dia todo, só começou a chover depois que anoiteceu, por volta das cinco horas, quando Susan Selig voltou para casa após o seu cursinho de revisão para o exame de advocacia em Salem. O rabino estava no templo, e ela supôs que ele ficaria por lá mais uma hora. Ao contrário do cursinho de revisão que fizera em Connecticut anos atrás, que tinha quase cem alunos na classe e consistia apenas em palestras, este em Salem tinha apenas uma dúzia de alunos e incluía também debates. Ela se envolvera numa discussão com um rapaz que acabara de se formar em direito, e no fim havia perdido para ele. Conseqüentemente, estava um pouco mal-humorada e cansada.

Já que iriam jantar o assado do dia anterior, que ela precisava apenas esquentar, decidiu preparar o jantar somente depois que o marido chegasse. Foi para o quarto, sentou-se na cama, chutou os sapatos e recostou a cabeça no travesseiro. Após um tempo, resolveu vestir uma camisola confortável e um robe para ficar mais à vontade, e relaxar até o retorno do marido.

Embora a casa fosse isolada, e não houvesse nenhuma outra casa do lado em que ficava o quarto, num raio de duzentos metros, ela abaixou a persiana, porque sempre vivera em apartamentos, e esse era um gesto automático.

A chuva agora estava mais forte. De repente deu um trovão e um relâmpago, e ela viu, por uma fresta de cerca de dois dedos na parte inferior da persiana, um par de olhos espiando-a.

Estranhamente calma, foi até o hall, pegou o telefone e discou 911.

Seu chamado foi respondido quase de imediato.

— Alô, sargento Riordan.

— Aqui é Susan Selig...

— A esposa do rabino?

— Isso.

— Como posso ajudá-la, senhora Selig?

— Há uma pessoa aqui fora, na varanda, espiando o meu quarto.

— A senhora está sozinha?

— Sim.

— Há uma viatura da polícia aí no seu bairro, bem perto da sua casa. Estarão aí em um minuto. Não saia. Espere, mas não fique no quarto.

O professor Kent, que estava ajoelhado, levantou-se às pressas ao ouvir o carro chegar. Apertando os olhos sob a forte luz dos faróis, disse:

— Eu estava indo visitar meus amigos, a família Miller, na Evans Road, e vim me abrigar da chuva aqui nesta varanda.

O sargento Aherne, já fora do carro, jogou a luz da lanterna de cima a baixo naquela figura em frente a ele e então focalizou os joelhos da calça, que mostravam poeira da varanda.

— E o senhor se ajoelhou para agradecer por ter se salvado da chuva?

O professor deu uma risadinha sem graça.

— Não, é que achei que tinha ouvido um barulho... hã... talvez um grito, então me ajoelhei para ver se havia alguém em dificuldade.

Aherne voltou à viatura para conversar com seu colega que estava na direção. Daí fez um gesto com a lanterna para Kent.

— O senhor está indo para a casa dos Miller? Então entre.

— Ah, obrigado, muito obrigado — disse Kent, e sentou-se no banco de trás.

Aherne foi até a porta da casa e tocou a campainha. A sra. Selig, de camisola, destrancou a porta, mas manteve a corrente fechada.

— Boa noite, senhora, sou o sargento Aherne. Estamos com o homem aí na viatura. Diz ele que estava indo para a casa dos Miller, na Evans Road, e se abrigou da chuva na sua varanda. Diz que ouviu um grito e por isso tentou espiar... para ver se havia alguém em dificuldade. A senhora estava com o rádio ou a TV ligada?

— Não, nenhum dos dois.

— Pois é, como eu pensei. O rabino está no templo?

— Sim, a não ser que tenha ido visitar alguém.

— Mas a senhora o está esperando para breve?

Ela olhou o relógio.

— Sim, ele deve estar de volta a qualquer momento.

— Podemos esperar por aqui com a senhora — ofereceu ele.

— Ah, não é necessário. Acho que não havia mais ninguém com esse homem.

— Tudo bem, mas se o seu marido se atrasar e a senhora tiver receio de ficar sozinha, posso mandar um policial vir para cá e esperar até ele chegar.

— Ah, é muita gentileza sua, sargento, mas acho que não é preciso mesmo.

— Certo, mas se a senhora mudar de idéia, avise.

No carro, Kent achou necessário puxar conversa.

— Sou o professor Kent, e o professor Thorvald Miller é meu colega no Windermere College. Venho sempre aqui passar o fim de semana com ele. A família da minha mulher era dona destas terras. Foi o pai dela quem construiu essa casa onde fui me abrigar da chuva, e a casa dos Miller também. Por isso eu estava me sentindo em casa, sabe como é? — Deu uma risadinha. — Vim caminhando pelo lado de cá da cerca viva, porque o outro lado, que é passagem pública, fica todo enlameado quando chove. Ah, aqui estamos. Foi muita gentileza da parte de vocês me darem uma carona. Eu vou...

— Por favor, fique aí um momento — disse Aherne. Saiu do carro e subiu as escadas até a porta da frente. Tocou a campainha e, quando o professor Miller apareceu, perguntou:

— O senhor estava esperando alguém?

— Bem... eu...

Mas Kent o chamou pela porta aberta do carro:

— Sou eu, Thorvald! A polícia me deu uma carona.

— Ah, sim, é o professor Kent. Sim, estamos esperando uma visita dele.

Aherne voltou para o carro e abriu a porta de trás. Esperou até Kent subir os degraus e entrar na casa. Daí sentou-se no carro e, quando seu colega deu a partida, perguntou:

— Você acredita nessa história, que ele veio pelo lado de cá da cerca viva porque o outro lado está enlameado, e que se abrigou na varanda por causa da chuva, e que ajoelhou porque ouviu um grito?

— De jeito nenhum.

— Também não acredito.

— O outro lado da cerca tem calçamento de pedras, e não é mais lamacento que o lado da casa.

— Eu sei. Então por que você não apertou o professor um pouco mais?

— Eu teria feito isso, mas, como a esposa do rabino estava envolvida, poderia causar muita confusão.

21

— E aí? — perguntou o delegado Lanigan ao sargento enquanto este se dirigia para a sua sala.

— Foi um chamado da esposa do rabino, por causa de um voyeur.

— Miriam Small deu queixa de um voyeur?

— Não, a esposa do novo rabino, o rabino Selig. A senhora Selig ligou dizendo que estava no quarto e achou que viu alguém olhando para ela pela fresta da parte de baixo da persiana. Avisei a viatura, e Tim Aherne pegou o sujeito. Ele disse que estava indo para a casa dos Miller, em Evans Road, então Tim o levou até lá.

— Onde está Aherne agora?

— Lá no cais. Ele termina o plantão daqui a meia hora.

— Certo, diga-lhe que quero falar com ele quando chegar.

Lanigan estava indo para sua sala, mas parou e disse ao sargento:

— Se você escreveu "voyeur" no seu relatório, mude para "invasão de propriedade".

— Por quê?

— Porque se aparecer no jornal que a esposa do rabino deu queixa de um voyeur, pode haver problemas.

— Não entendi, chefe.

— Não? E se fosse uma freira que desse uma queixa assim?

O sargento, que, como Lanigan, era católico, concordou.

— Sim, entendo o que o senhor está querendo dizer.

Mais tarde, quando Aherne chegou, Lanigan lhe pediu que relatasse o incidente, e depois disse:

— Tem certeza que ele estava ajoelhado? Você viu mesmo o sujeito de joelhos?

— Não. Ele deve ter se levantado quando viu os faróis do nosso carro. Mas, quando joguei a lanterna nele, estava limpando a poeira da calça.

— E você o levou até os Miller?

— Levei, mas eu não estava querendo dar uma carona para ele. Queria ver se realmente os Miller o estavam esperando.

— E estavam?

— Acho que sim. Mas antes que eu pudesse lhes perguntar, ele gritou lá da viatura.

— Sei. E a esposa do rabino... estava muito abalada?

— Não achei. Eu lhe disse que um homem nosso poderia ficar com ela até o marido chegar, mas ela disse que não era preciso, que o rabino devia chegar a qualquer momento.

Lanigan se recostou na cadeira.

— E os Miller? Você sabe alguma coisa sobre eles?

— Thorvald Miller é professor em Boston, acho.

— Sei disso. Ele não é casado, mas a mãe mora com ele e cuida da casa. Você já ouviu alguma coisa sobre ela?

— Não — disse Aherne —, mas Ada Bronson trabalha para ela e talvez saiba de alguma coisa.

— Ada Bronson? Esposa de Jimmie Bronson?

— Ela mesma. É diarista; vai de vez em quando para ajudar. Em geral às quartas-feiras, pelo que disse Jimmie, para ajudar a senhora Miller a limpar a casa e lhe fazer companhia, pois às quartas o filho chega tarde em casa.

— Se são só os dois, mãe e filho, imagino que não precisem de muita ajuda no serviço doméstico.

— Pois é, mas a senhora Miller não está bem. A velha sofre de asma, muito. Às vezes só fica deitada na cama ou no divã da sala, e Ada faz todo o trabalho, prepara o jantar e tudo o mais.

— Que idade você acha que ela tem?

— Quem, a velha Miller? — Deu de ombros. — Uns sessenta, sessenta e cinco.

— E esse sujeito que você prendeu?

— Quem, o voyeur? Parece ter mais ou menos a mesma idade, talvez uns sessenta e cinco ou setenta.

— Então talvez ele estivesse indo visitar a velha e não o filho.

— É, talvez.

— Pode ser que eu dê uma chegadinha lá para visitar os Miller. Quem estava na viatura com você?

— Bob Slocumbe.

— OK. Escute, quero que isso apareça no relatório como invasão de propriedade. Compreendido?

— Claro, chefe.

— Então diga isso a Slocumbe.

— OK.

22

O rabino Selig voltou para casa cerca de dez minutos depois que a polícia tinha ido embora. Como costuma acontecer na Nova Inglaterra, o tempo havia clareado e a lua brilhava num céu sem nuvens. Selig estacionou na garagem e entrou na cozinha pela porta dos fundos. Quando viu que a esposa estava de camisola e robe, perguntou:

— Você não está se sentindo bem?

— Estou, está tudo certo. Por quê?

— É que você não costuma vestir a camisola e o robe assim cedo.

— Fiquei com um pouco de dor de cabeça depois do cursinho e achei que seria melhor deitar um pouco, mas...

— Mas o quê?

— Oh, Dana. — Seus olhos se encheram de lágrimas, e ela lhe contou o que tinha acontecido.

— Vou até lá agora mesmo e...

— Não, Dana, por favor, agora não. Você pode se envolver numa briga. — Conseguiu sorrir apesar das lágrimas. — E se a história vazar, podem surgir problemas de todo tipo. De repente o sujeito lhe dá um soco no olho... e se você ficar de olho roxo? O que a congregação acharia do seu rabino com um olho roxo? Espere até você se acalmar um pouco.

— Tudo bem. Vou procurá-lo amanhã.

Pensou se não seria melhor ir primeiro até a delegacia para saber a opinião dos policiais sobre o que acontecera, mas concluiu que se fizesse isso o fato poderia vir a público, o que seria embaraçoso. Assim, no dia seguinte, depois do serviço noturno, foi até a Evans Road e estacionou em frente à casa dos Miller.

Tocou a campainha, e quando Miller abriu a porta, disse:

— Sou o rabino Selig e...

— Ah, sim, meu vizinho. Não quer entrar?

Com relutância, o rabino entrou no hall.

— Como moro aqui há mais tempo — disse Miller —, eu é que devia ter me apresentado quando o senhor se mudou, e não esperar que o senhor viesse até aqui.

— Vim por causa da visita que vocês receberam ontem à noite.

— Foi Malcolm Kent, um professor universitário muito distinto.

— Pois bem, tenho um recado para esse professor tão distinto. Queira lhe dizer, por favor, que se eu o vir de novo andando do meu lado da cerca, vou lhe dar um murro no nariz.

Miller sorriu.

— São palavras duras para um homem do clero.

— Não sou homem do clero e não tenho nenhuma pretensão de ocupar uma posição especial junto à Divindade. Por favor, diga a ele apenas que, se eu o vir, vou lhe dar um murro no nariz.

— O professor Kent é um senhor de idade, de mais ou menos setenta anos, e o senhor deve ter a metade disso. Ele deve pesar uns sessenta quilos... e o senhor tem um metro e oitenta, um e oitenta e cinco? Seria muito difícil para o senhor explicar como foi brigar com um velho tão frágil.

— Tudo bem — disse o rabino Selig —, então não vou lhe dar um murro no nariz. Diga a ele apenas que se eu o vir passando por ali outra vez, vou agarrá-lo e jogá-lo por cima da cerca. Quer lhe dizer isso, por favor?

— Ah, posso lhe garantir que não vai mais haver problemas. Sabe, a família do professor Kent possuía muitas terras por aqui, desde a estrada de Boston até a enseada Gardner. Foram eles que construíram esta casa e também a casa onde o senhor está morando. Na verdade, foi a família da esposa dele, por isso ele sente que ainda pode andar por onde quiser em toda esta área. Mas ontem à noite expliquei-lhe claramente que não pode mais fazer isso. Ele vem sempre nos visitar; esta casa traz lembranças agradáveis para ele. Em geral vem de carro, pois gosta de dirigir, e dirige bem. É uma viagem agradável, de uma hora, mais ou menos. Mas ontem à noite ele não veio da casa dele. Estava em Boston, no centro da cidade, então tomou o ônibus em vez de ir para casa pegar o carro. Ele sabia que eu lhe daria uma carona no dia seguinte.

— Tudo bem, mas lembre-se de dizer a ele que se eu o vir de novo no meu terreno, vou pegá-lo — Selig levantou os braços como se erguesse uma criança pelas axilas — e jogá-lo por cima da cerca. Quer fazer o favor de dizer isso a ele?

— Vou lhe dizer, mas garanto que não será necessário.

O rabino Selig se despediu com um gesto de cabeça e, sem mais palavras, saiu da casa e entrou no carro. Ao chegar em casa, seu cumprimento à esposa foi:

— Não seremos mais perturbados por ninguém que queira ir até a casa dos Miller passando pelo nosso terreno.

23

Quando o delegado Lanigan ligou para saber se Miller estaria em casa aquela noite, e se estava livre, a sra. Miller ficou contente.

— Thor, acho que eles querem que você participe de algum comitê da cidade — disse ela.

— É mais provável que ele queira me vender uma entrada para o Baile dos Policiais ou que assine um abaixo-assinado por aumento de salário.

Mesmo assim, quando Lanigan chegou, Miller o cumprimentou com gentileza. Sua mãe, uma mulher rechonchuda, de rosto gordinho e olhos saltados, foi efusiva. Quando sentaram na sala, começou a lhe oferecer biscoitinhos, chocolate, sempre perguntando:

— Não quer uma xícara de chá? Ou um café talvez? Não é trabalho nenhum.

— Vim até aqui porque achei que devíamos nos conhecer — disse Lanigan.

A sra. Miller lançou ao filho um sorriso de satisfação e um olhar do tipo: "Eu não disse?".

— Sabe como é — continuou Lanigan —, a cidade aqui é pequena, mas cobrimos uma região bastante considerável. Além da área residencial, precisamos dar cobertura também ao porto. Não temos uma força policial grande, por isso agimos de maneira diferente daquela como age a polícia de uma cidade grande. Tentamos nos manter informados sobre tudo o que se passa. Ouvimos os boatos e fofocas, e quando achamos que está surgindo um problema, tentamos cortar o mal pela raiz. Pois bem, outro dia recebemos um telefonema da sua vizinha, essa cujo quintal é contíguo ao de vocês, dizendo que alguém estava espiando pela janela. Acontece que uma viatura nossa estava por perto, e quando os homens chegaram lá, conseguiram pegar o homem na janela.

— Era o professor Kent — disse a sra. Miller —, um senhor muito distinto, de uma família importante.

— Ele foi se proteger da chuva na varanda deles — disse Thorvald Miller.

— Só que quando o policial da viatura jogou a lanterna, ele estava tirando a poeira da perna da calça — observou Lanigan.

— Ele disse que ouviu um tiro e olhou lá dentro para ver se havia algum problema — explicou Miller.

— Não houve tiro nenhum — disse Lanigan.

— Talvez fosse o rádio ou a TV — disse Miller.

— Nem a TV nem o rádio estavam ligados.

— Então pode ter sido um trovão — disse Miller. — Foi o que eu disse ao marido dessa senhora, o rabino Selig, que veio se queixar. — E continuou: — A família do professor Kent possuía muitas terras por aqui, e ele ainda está acostumado a tratar esta região como se fosse dele.

— E o rabino engoliu isso? — perguntou Lanigan.

Miller deu de ombros, mas sua mãe falou, indignada:

— Imagine, ele disse que vai dar um soco no nariz do professor Kent se o vir de novo na sua propriedade, e quando meu filho observou que o professor é um homem idoso, disse que nesse caso vai apenas jogá-lo por cima da cerca. Imagine, um religioso falando assim, e a respeito de um senhor tão distinto como o professor Kent.

— Ele costuma vir visitá-los aqui? — perguntou Lanigan.

— Ele leciona na mesma faculdade que meu filho.

— Mamãe! — disse Miller. E para Lanigan: — Ele é meu colega e é o membro mais velho do meu departamento. Para mim é uma honra ter um relacionamento mais íntimo com ele. Vem sempre aqui porque era aqui que a família dele costumava passar o verão. Na verdade, a família dele construiu esta casa, e também aquela onde mora o rabino. Em geral ele vem de carro, mas se por algum motivo decide vir de ônibus, dorme aqui e na manhã seguinte eu o levo de carro à faculdade. Acontece muitas vezes de ele passar a noite aqui.

— E quando ele vem de ônibus, desce em frente à casa do rabino?

— Isso. Já me disseram que há uma passagem pública desde a antiga estrada de Boston até a enseada Gardner.

— Bem, de fato há uma passagem pública, mas é do outro lado da cerca. Sugiro que você diga a esse seu amigo que, se vier de ônibus, desça no ponto seguinte, no cruzamento da antiga estrada de Boston com a Evans Road.

— Mas desse jeito ele vai ter que andar muito — protestou a sra. Miller.

— Mas assim evitará problemas — disse Lanigan. — Numa próxima vez os policiais da viatura podem prendê-lo, e ele vai passar a noite na delegacia e não no quarto de hóspedes de vocês.

24

O mês de novembro foi frio e chuvoso, com muita neve nas partes mais altas da Nova Inglaterra e com as encostas de esqui da região norte já bem cobertas, portanto as máquinas de fazer neve só eram necessárias para um ou outro trecho ainda descoberto. Chegou até a nevar na área oeste e na parte central do estado, mas o litoral escapou, segundo os meteorologistas da televisão, em virtude da proximidade da água do mar, que é mais tépida.

Miriam e o rabino Small haviam planejado sair de Boston no início da tarde da quarta-feira anterior ao Dia de Ação de Graças, passar a noite em sua casa em Barnard's Crossing e no dia seguinte ir a pé, ou de carro, até a casa dos Bergson para jantar, como haviam prometido. Porém, na terça à noite, o meteorologista da televisão, fazendo grandes gestos para ilustrar o caminho das correntes de vento, disse que havia possibilidade de uma ventania vinda do Nordeste que talvez trouxesse uma grande nevasca, e às dez horas, quando o rabino saiu para ir à faculdade, a neve já estava caindo.

— Se continuar nevando, vamos ter que mudar nossos planos — disse ele a Miriam.

— Ora, David, deve parar logo. Veja, a neve nem está grudando. Mas é melhor você calçar as galochas.

Quando chegou à praça Kenmore, onde desceu do bonde e caminhou dois quarteirões até a faculdade, já havia uns bons três dedos de neve na calçada. O vento também aumentara consideravelmente, e ele teve que caminhar inclinado para a frente, agarrando o chapéu.

Quando enfiava as mangas do sobretudo, um pensamento ocorreu a Lew Baumgold, que logo pegou o telefone.

— Sarah? Aqui é Lew. Escute, meu bem, tenho que passar quase o dia todo em Boston. Que tal se eu fosse buscar você quando terminar? Poderíamos ir até Barnard's Crossing juntos.

— Tenho uma aula às três, Lew.

— Melhor ainda. Só vou terminar lá pelas quatro, e digamos que eu chegue na escola às quatro e meia. Como você termina às quatro, vai ficar me esperando no Departamento de Inglês no máximo meia hora.

— Certo. Tem certeza que não quer passar o Dia de Ação de Graças aqui em Boston?

— Meu bem — o tom da voz demonstrava sua exasperação —, já lhe disse que vamos jantar com Bob e Louise, ele já fez reservas no Salem House.

— Ah, sim. Então tudo bem, você me pega no Departamento de Inglês às quatro e meia.

— OK, um beijo. — E desligou.

Seu parceiro, Jack Colby, entrou na sala.

— Ouvi no rádio a previsão de vento oeste muito forte para hoje à tarde. Eu, se fosse você, iria de trem ou de ônibus. Se nevar, você vai ter problema para estacionar, e se encontrar uma vaga na rua, seu carro pode ficar preso pela neve.

Lew olhou pela janela e viu que a rua já estava coberta de branco.

— Sim, acho que tem razão. Tem o horário dos ônibus aí?

Thorvald Miller saiu da garagem de ré e ligou os limpadores do pára-brisa por causa da neve que caía. Notou que o limpador do lado do passageiro não estava funcionando bem: deixava marcas em vez de limpar tudo. Desligou o motor, saiu do carro e ficou mexendo na mola que pressiona o limpador contra o vidro. Voltou para o carro e ligou os limpadores de novo. Dessa vez, enquanto o limpador do lado do motorista trabalhava normalmente, o outro colava no vidro e se movia de modo irregular. Ocorreu-lhe que se a neve continuasse, como parecia provável, seria perigoso dirigir até a cidade dessa maneira; assim, resolveu ir à estação de Swampscott.

Ali, todas as vagas do estacionamento estavam ocupadas, exceto uma reservada a portadores de deficiência, bem ao lado da escadaria que leva à plataforma. As palavras "Vaga reservada" estavam meio encobertas pela neve, e ele pensou que, se levasse uma multa por usar essa vaga, poderia alegar que o aviso não estava visível.

Apenas duas pessoas apareceram na aula das onze horas.

— Provavelmente ficaram presas pela tempestade — disse o rabino. — Vamos esperar mais alguns minutos.

— Eles não vão aparecer — disse um aluno. — Todos são de fora da cidade, e já pegaram a estrada para voltar para casa.

— E você?

— Ah, eu sou de Newton.

— E eu de Brookline.

— Certo — disse o rabino —, então vamos cancelar a aula e vocês também podem sair mais cedo. — Virou-se para Sarah McBride e perguntou: — Você também já encerrou seu dia?

— Não, tenho uma aula às três.

— Será que a cantina está aberta agora? Gostaria de tomar um café?

— Está aberta, e eu gostaria, sim.

No caminho para a cantina ela explicou:

— A maior parte dos alunos é daqui mesmo, e eles não matam aula na véspera de um feriado. Com certeza não vão fazer isso na aula das três horas, porque quase todos são professores de escolas da cidade. Já no seu curso a maioria dos alunos vêm de fora. Há vários de Nova York, e pelo menos um que é de New Jersey.

— Então as aulas do fim da tarde têm boa freqüência?

— Em geral, sim. O professor Kent costuma dar um teste importante nesse dia para garantir que eles não faltem, e ele dá uma aula hoje às quatro.

Chegaram à cantina e pegaram suas xícaras de café.

— Mas talvez ele próprio falte à aula de hoje — continuou ela. — Ele vai a uma grande festa hoje à noite, em Breverton. Aliás, passou a semana inteira se vangloriando disso. É uma recepção de casamento no clube de campo, e a noiva é da família Leverett.

— É mesmo? E ela vai dar uma recepção no Country Club de Breverton? Eu não sabia que esse lugar era tão chique.

— Não é. Mas ela vem do ramo pobre da família, os Leverett da região ao norte da cidade. Quando desembarcaram do *Mayflower*, dedicaram-se à atividade agrícola. Os demais Leverett se estabeleceram em Boston e cercanias, e se dedicaram aos negócios e ao comércio marítimo.

— Sei. E você também vai para lá passar o Dia de Ação de Graças, ou é seu marido que vem para Boston?

— Ah, acho que vou para Barnard's Crossing. Lew está aqui na cidade a negócios hoje, e devo voltar de carro com ele. Ele disse que ia passar para me pegar no Departamento de Inglês lá pelas quatro horas, quando terminar. Se o senhor estiver por aqui, vá até o Departamento de Inglês; eu gostaria que o senhor o conhecesse.

— É pena, mas não vou poder — disse o rabino. — Estou indo para casa agora mesmo.

Enquanto o rabino se dirigia para a Estação Kenmore, pareceu-lhe que a neve estava caindo mais depressa e o vento soprava mais forte. Apesar de a calçada ter sido limpa em frente a várias lojas, ficou contente por estar de galochas, e quando precisou atravessar a rua pisando em montes de neve acumulada, lamentou não ter trazido suas botas de borracha.

As máquinas de limpar neve trabalhavam com força total, e o professor assistente Morris, que era novo ali, olhava com ar soturno da janela do Departamento de Inglês, enquanto uma máquina abria pesadamente caminho pela rua Clark.

— Estou preso pela neve — anunciou ele.

O professor Sugrue, chefe do departamento, veio para o lado dele:

— Peça a um dos porteiros que limpe a neve com a pá para você poder sair.

— Mas, mesmo que eu conseguisse sair, onde iria estacionar?

— Tem razão — reconheceu Sugrue. — Então como é que você vai para casa?

— Ah, isso não é problema; vou pegar o bonde.

Em Barnard's Crossing, o rabino Selig olhava para aquela vastidão branca e pensava que, pelo menos, teria uma chance de usar a máquina de limpar neve. Sua esposa já vestira o casaco de pele, e agora estava calçando as luvas.

— Você não vai assistir à aula hoje, vai?

— Ora, por que não?

— Bem, você não vai ter problema para sair daqui e pegar a estrada, porque já a limparam; mas onde vai estacionar quando chegar lá?

— Onde sempre estaciono, num edifício-garagem que fica a meio quarteirão de distância. É uma aula importante; estamos acabando de estudar os delitos civis.

Selig ficou olhando enquanto ela manobrava o carro e descia até a estrada. Daí vestiu uma capa grossa e foi até a garagem. Ao chegar perto da máquina de limpar neve, esfregou as mãos, tirou-a do canto onde estava guardada e a levou até a porta. Segurou o puxador de madeira, puxou a corda e deu a partida. O motor não pegou, mas tossiu animadoramente; Selig enrolou a cordinha e tentou de novo. Na terceira vez o motor pegou e ele ficou ouvindo o seu rá-tá-tá como se fosse uma linda sinfonia. Tirou a máquina da garagem, levou-a até lá fora e fez uma expressão radiante de prazer e orgulho ao ver o branco arco de neve que a máquina soprava lá para cima.

A máquina de limpar neve da prefeitura, que já tinha limpado uma pista da estrada quando Susan Selig saiu com o carro, a essa altura já voltara para cuidar da segunda pista, e estava bloqueando a entrada da casa; mas o rabino Selig veio trazendo sua máquina até um monte de neve, e mesmo precisando empurrar e puxar várias vezes, conseguiu limpar toda a entrada de carro, até a estrada lá embaixo. Quando já tinha aberto uma trilha da largura de um carro, parou para descansar e percebeu que suas mãos e seu rosto estavam se congelando; levou então a máquina de volta para a garagem, satisfeito de pensar que Susan não teria problemas para entrar com o carro em casa quando voltasse.

* * *

A aula das três horas do professor Miller costumava terminar mais cedo, e dessa vez ele não desapontou os alunos; deu a aula por encerrada uns bons vinte minutos antes da hora. Correu para o Departamento de Inglês para pegar suas coisas; ali, o professor Kent já o esperava.

— Ah, Thorvald, aí está você! Cancelei minha aula das quatro horas. Tenho que trocar de roupa para essa festa de gala em Breverton. Se você for ficar por aqui um pouco mais, quer me dar uma carona até Barnard's Crossing?

— Vim de trem e vou voltar de trem.

— Ora, rapaz, podemos ir com o meu carro.

— Sim, mas tenho um encontro e... não posso faltar.

— Ah, claro. Hoje é quarta-feira, e você sempre tem um encontro. A que horas espera chegar em casa?

— Não sei — disse Miller, procurando se esgueirar para a porta. — Lá pelas seis, seis e meia.

— Então quem sabe eu mesmo não vou dirigindo? O rádio disse há pouco que as estradas já foram limpas. Talvez eu dê uma passada pela sua casa para visitar sua mãezinha. Daí, quando você voltar para casa, pode me levar rápido até Breverton no meu carro, voltar para a sua casa com ele e depois ir me buscar quando terminar a festa. Dá para você vir até aqui um minuto, dar um nó na minha gravata?

— Só um minuto.

O telefone tocou no apartamento dos Small. Era Bergson, que disse:

— Escute, David, as estradas estão limpas, mas imagino que você não vá querer vir de carro amanhã.

— Certo.

— O rádio disse que a estrada estadual está limpa; mesmo assim, você deveria pegar o trem. Me avise qual o horário do trem, e vou buscar você na estação. OK?

— Ótimo. Ligo para você amanhã de manhã.

— Aliás, David, convidamos também o casal Selig... tudo bem para você, sem problemas? Você tem boas relações com eles?

— Claro, claro. Terei prazer em encontrá-los.

Quando Sarah McBride entrou no Departamento de Inglês alguns minutos antes das quatro, o professor Miller obviamente já estava de saída. O telefone tocou e ele atendeu.

— É para você — disse ele, passando-lhe o telefone.

Era Lew.

— Escute, meu bem. Tenho que ficar aqui mais meia hora, talvez até uma, então acho melhor ir buscar você no seu apartamento.

— Quem sabe vou me encontrar com você, então? Você está no Fórum?

— Não, estou no Edifício dos Advogados, em Cornhill.

— Onde você estacionou?

— Não vim de carro, vim de ônibus. Vamos ter que voltar para casa de ônibus também.

— Mas você está a quase três quarteirões do ponto de ônibus em Barnard's Crossing, e já deve haver mais de um palmo de neve — objetou ela.

— Sim, e eles não devem ter limpado nada em Endicott. Escute, podemos ir de trem e pegar um táxi na estação de Swampscott.

— A última vez que fomos de trem para Swampscott, tivemos que ficar meia hora ali esperando até chegar o táxi que chamamos.

— Tem razão. Escute, por que você não vai para casa? Amanhã de manhã você me liga e diz o trem que vai tomar, e eu a apanho em Swampscott.

— OK, acho que é a melhor idéia.

— Um beijo.

Quando o professor Kent abriu a porta, atendendo à campainha de Miller, já estava banhado, barbeado e inteiramente vestido, mas com as tiras da gravata-borboleta ainda soltas sobre o peito da camisa. O professor Miller o examinou e disse:

— Muito bem. Só disponho de alguns minutos. Acho que o senhor podia pelo menos tentar dar o nó na sua gravata. E se eu não estivesse aqui para fazer isso?

— É a tendinite no meu ombro esquerdo. Não consigo levantar o braço; quando o tempo está ruim como hoje, mal consigo levantá-lo acima da cintura. Mas eu tinha certeza que você viria.

— Tudo bem. Vire de costas.

Kent se virou e ficou de frente para o espelho oval na parede. Miller cruzou as pontas da gravata e apertou-as bem.

— Ai!

— Muito apertada? — perguntou Miller. — Tudo bem, eu afrouxo um pouco. — Deu um laço numa ponta e depois puxou a outra ponta para dar o segundo laço. — Pronto, que tal? Até que está um laço muito bom, modéstia à parte.

O professor Kent concordou.

Eram cinco horas quando Susan Selig ligou para o marido.

— Estamos fazendo um intervalo agora e depois vamos terminar o capítulo dos delitos civis. Sempre damos uma festinha na casa de alguém quando terminamos um capítulo, e hoje é minha vez. Nada de muito chique, só café com rosquinhas. Então, nossa entrada de carro está limpa?

— Limpei assim que você saiu.

— Mas já caiu muita neve depois disso.

— Então vou limpar de novo. Hã... quantos vocês são?

— Uns dez ou doze. Por quê?

— Quantos carros?

— Cinco ou seis. Talvez oito.

— Então é melhor eu limpar o terraço todo.

— Não será muito trabalho, querido?

— Não, eu gosto de usar a máquina.

Desligou e saiu para ver como estava o tempo. Parecia que estava ainda mais frio. Voltou para casa e vestiu um gorro de lã, cachecol e luvas.

O professor Miller encontrou uma cabine vazia e ligou para casa. Ao ouvir alô, disse:

— Mãe?

— Não, professor, aqui é Ada Bronson. Sua mãe está deitada.

— Ela está bem?

— Sim, está só descansando.

— O professor Kent está aí?

— Professor Kent? Não, aqui não tem mais ninguém, só eu e sua mãe.

— Ele telefonou?

— Não, desde que estou aqui. Cheguei ao meio-dia.

— Então acho que ele resolveu ir direto para Breverton. Vou para casa de trem. Não vim de carro hoje porque meu limpador de pára-brisa está meio quebrado. Estou com o carro estacionado em Swampscott. Diga a minha mãe que vou pegar o trem das cinco e trinta e dois e chegar em casa lá pelas seis.

Eram quase cinco e meia quando Miller conseguiu ligar para o professor Kent. Quem atendeu foi a sra. Bell.

— O professor Kent não está. Ele vai a uma festa em Breverton; acho que já foi para lá.

— Ele arranjou carona ou foi dirigindo sozinho?

— Não sei. Quando cheguei ele já tinha ido embora.

— Escute, senhora Bell, poderia ir até a garagem e ver se o carro dele está aí? Eu espero.

— Certo. — Dali a um minuto ela voltou ao telefone. — O carro não está. Ele deve ter ido sozinho.

— Sim, com certeza imaginou que eu não voltaria a tempo de pegá-lo. O tempo está ruim, mas parece que as estradas estaduais estão sendo limpas. Se ele ligar, por favor, diga que telefonei.

Daí o professor Miller ligou para sua própria casa. A sra. Bronson atendeu.

— Aqui é o professor Miller. Minha mãe está?

— Ainda está deitada.

— Não a incomode. Só me diga se o professor Kent já chegou.

— Não tem ninguém aqui, só eu e a patroa.

— Então acho que ele foi direto para Breverton. Por favor, diga à minha mãe que vou tomar o trem das cinco e trinta e dois e devo chegar em casa pouco depois das seis.

— Sim, o senhor já me disse isso.

— Ah, sim, já disse. A senhora vai estar aí quando eu chegar em casa?

— Sim, a patroa gosta que eu fique até o senhor chegar.

O trem estava lotado, e Miller precisou ficar em pé. Não tirou o sobretudo, mas colocou sua pasta no porta-bagagem. O trem chegou à estação de Swampscott pontualmente às 5h55. Como de costume, ali desceu muita gente, e o professor Miller saiu apressado junto com a multidão. Foi direto ao lugar onde estacionara o carro e ficou contente ao ver que, graças ao beiral do telhado da estação e também à direção do vento, havia muito menos neve em cima do carro do que ele temia.

Ainda em pé ao lado do carro, viu o trem partir.

— Droga! — exclamou.

Um homem que também limpava a neve do carro ao lado dele lançou-lhe um olhar interrogativo.

— Deixei minha pasta no trem. Quanto tempo será que ele demora para chegar a Salem?

O homem deu de ombros.

— Três ou quatro minutos. Tenho um horário aqui no meu carro, se quiser...

— Não, obrigado. Acho que não daria para eu chegar a tempo.

— O trem deve chegar a Salem e sair de novo antes de você conseguir limpar o seu carro. Ligue para o Departamento de Bagagens na Estação Norte, em Boston; eles avisam o cobrador.

— Sim, tem razão. Boa idéia.

Ao chegar em casa, perguntou à mãe se Kent havia ligado. Como ela disse que não, falou:

— Deve ter ido direto para Breverton. Imagino que vá ligar depois da festa.

— Ele vem jantar conosco no Dia de Ação de Graças?

— O plano era esse, a não ser que ele receba algum outro convite de um dos seus amigos chiques lá nessa festa.

— Bem, nesse caso acho que ele deveria nos avisar.

— Deve avisar. Escute, tenho que ligar para a Estação Norte. Deixei minha pasta no trem.

— Oh, Thor, aquela que lhe dei no Natal?

— Não, é aquela velha, de alça quebrada. Procure o número para mim na lista, sim, mãe? Preciso pegar minha pasta de volta.

Antonio Donofrio olhava soturnamente pela janela do Bixby Salon, vendo a neve cair. O telefone tocou, e Lorraine, sua esposa, a manicure, atendeu. Dali a um momento avisou:

— Mais um cancelamento, Tony. É a senhora Stephenson. Ela seria a última. Disse que a última previsão do tempo anunciou uma nevasca.

— Sim, mas, como nas previsões anteriores, é do lado oeste do estado. Aqui no litoral eles esperam no máximo uns cinco centímetros de neve. Mas estamos recebendo cancelamentos o dia inteiro. E sabe por quê? É porque a maioria das nossas freguesas são senhoras de idade. Aposto que lá no Hair Beautiful ninguém está cancelando. Lá vão mulheres muito mais jovens, e elas não vão deixar um pouquinho de neve impedi-las de ficar lindas no Dia de Ação de Graças. O que deveríamos fazer é tentar atrair as moças jovens.

— E o que você sugere?

— Dar uma ajeitada neste salão. Dê uma olhada: isto aqui parece... parece uma barbearia. Precisaríamos pintar. Devíamos ter cadeiras preguiçosas, revistas, flores, quadros na parede.

— Tudo isso custa dinheiro, Tony.

— Nem tanto assim.

— Ah, não? Só para sua informação, a padaria pagou mil e duzentos dólares por uma pintura, e o serviço nem ficou tão bom assim.

— OK, então digamos mil e quinhentos. E talvez mais dois mil e quinhentos para móveis novos. São quatro mil. Não é tanto assim.

— E com isso você acha que vamos competir com o Hair Beautiful? Não, Tony, sempre vamos estar em desvantagem. O problema é que eles estão na rua principal e nós numa travessa.

— Então o que precisamos fazer é anunciar. Arranjar um letreiro maior. Talvez até fazer uns anúncios no rádio ou na TV. Na estação de TV daqui um anúncio nos custaria quanto? Uns cinqüenta dólares?

— Por uma só vez. Mas teríamos que anunciar todos os dias para conseguir algum resultado. Aí já seriam trezentos por semana. Onde vamos conseguir esse dinheiro?

— Ora, do velho Kent.

— Eu não vou pedir a ele.

— Então vou eu. Acho que ele devia ficar até contente por fazer isso por você. Ele me disse que você é a única parente que ele tem.

— Mas nós já pedimos a ele tantas vezes...

— Ah, sim, mas apenas cem, cento e cinqüenta, duzentos.

— Sim, mas...

— Escute, se eu explicar a ele que um pequeno empréstimo... é só isso, não é mesmo, um empréstimo?... que isso poderia facilitar a nossa vida, não acha que ele ficaria interessado?

Lorraine Bixby deu de ombros.

— Escute — insistiu ele —, hoje é véspera de feriado. Ele não vai estar tomando notas nem pensando no que vai dizer na aula seguinte; vai estar livre para conversar. Eu poderia convidá-lo para vir jantar conosco no Dia de Ação de Graças.

— E você vai sair de carro com esse tempo?

— Não, vou de trem. Você pode precisar do carro para fazer compras amanhã. Vou a pé até a estação e pego o trem para a região norte de Boston. De lá pego o bonde; se os trens estão funcionando, os bondes também devem estar.

— Se você acha que isso vai adiantar alguma coisa...

— Que mal pode fazer?

— Tudo bem. A que horas você volta?

— Várias vezes, quando fui vê-lo no fim da tarde, ele me convidou para jantar. Depois a gente ainda fica conversando um pouco, por isso posso chegar bem tarde.

Foi até a sala dos fundos para tirar o jaleco branco e vestir suas roupas de sair. Lorraine aproveitou a oportunidade para abrir a caixa registradora e tirar toda a féria do dia, deixando apenas alguns trocados. Minutos mais tarde, quando ele apareceu já vestido, foi até a caixa e abriu a gaveta. Olhou dentro e virou-se para ela:

— O que aconteceu com o dinheiro que entrou hoje de manhã?

— Ah, já depositei — disse ela com naturalidade. — Não quis que ficasse aí na gaveta no fim de semana.

Por experiência, ela sabia que, quando Tony ia a Boston, costumava visitar seus companheiros em North End para jogar cartas ou mesmo se divertir com garotas.

Tony abriu a carteira e repassou suas notas.

— Bem, se eu precisar, posso dar uma facadinha no velho, uns vinte e cinco ou cinqüenta. Não me espere para jantar.

25

No Dia de Ação de Graças o tempo estava claro porém frio, com rajadas de vento que levantavam nuvens de neve em pó. Como fora prometido, o rabino e Miriam, ao chegar a Swampscott, encontraram Al Bergson à sua espera, sentado no carro, todo encasacado, com o motor ligado para acionar o aquecimento.

— Faz tempo que está esperando? — perguntou Miriam, ansiosa.

— Não, cheguei há dois minutos — disse Bergson. — Parece que os trens estão chegando na hora. Acho melhor levá-los primeiro até sua casa, para ligarem o aquecimento. Vocês não o desligaram, espero.

— Não — disse Miriam —, abaixamos o termostato o máximo possível, mas não desligamos.

— Se tivessem desligado, os canos poderiam arrebentar com o frio. Pedi ao meu Billy que pegasse a pá e limpasse a neve das escadas e da calçada de vocês. Ele estava livre, porque naturalmente cancelaram o jogo Barnard's Crossing versus Swampscott. Aliás, imagino que todos os jogos aqui da região tenham sido cancelados. Não se pode jogar com dois palmos de neve no campo. Billy ficou chateado, mas Edith ficou bem contente. Mesmo com bom tempo ela fica supernervosa e agitada até o jogo terminar. Tem medo que ele quebre uma perna ou coisa assim. Até quando ele fica sentado no banco ela tem medo que ele pegue um resfriado. Ah, chegamos. Até que não foi mau. Vocês dois, entrem e aumentem o termostato. Quando voltarem, depois do jantar, a casa vai estar bem quentinha. Eu espero aqui.

— Não quer entrar? — perguntou o rabino.

— Não, David. Edith me deu ordens estritas de levar vocês para lá imediatamente. Ela me disse: "Quando você os levar até a casa deles para ligar o aquecimento, não entre, porque senão com certeza Miriam vai fazer um chá".

Miriam riu:

— De fato, eu trouxe uns saquinhos de chá. Mas tudo bem, já saímos.

Ao chegarem à casa dos Bergson, Al sugeriu:

— Você bebe alguma coisa, David?

— Não é melhor esperarmos os Selig?

— Ah, ele não bebe, só vinho, e acho que, mesmo vinho, só um pouco, só o necessário para fazer o *kiddush*. Deve achar que a bebida prejudica seu fôlego, seus músculos ou algo assim. Ele é o tipo do sujeito que cuida muito da saúde.

— Vou ajudar Edith na cozinha — disse Miriam, e deixou os dois homens sozinhos.

— Como vai indo Selig? — perguntou o rabino. — Está se dando bem com a congregação?

— Bem, sabe como são as coisas. Os mais jovens gostam bastante dele, mas os mais velhos acham que não é digno de um rabino ser visto correndo de agasalho, nem mesmo usando jeans quando fica trabalhando em casa. E as mulheres se ressentem porque a esposa dele não vai às reuniões da Hadassah, nem participa das atividades delas.

— Mas elas já sabiam que ela não ia fazer nada disso quando ele foi contratado.

— Sim, mas nem por isso elas gostam. E depois houve a história do voyeur.

— Que história? Não ouvi falar de nenhum voyeur.

— Seu amigo Lanigan registrou-a como invasão de propriedade no relatório da polícia, e foi assim que saiu na imprensa. Aliás, um gesto muito decente da parte dele. Só que mesmo assim a história acabou vazando... sabe como são as coisas numa cidade pequena. Parece que a esposa do rabino estava sozinha em casa, enquanto o rabino estava no templo. Daí ela viu alguém espiando pela janela, por uma fresta debaixo da persiana do quarto. Chamou a polícia, que chegou e prendeu um sujeito, um safado, que estava indo visitar o vizinho de Selig na Evans Road.

— Então o pessoal da congregação acha que ela não devia ter chamado a polícia?

— Não é isso. As pessoas acham que, se ela se comportasse como uma verdadeira *rebbitzin*, isso nunca teria acontecido. Ah, o casal Selig chegou.

Durante o jantar, o rabino Selig sentou ao lado de Billy e puxou conversa sobre futebol, lamentando o cancelamento do jogo contra os tradicionais rivais da cidade. Contou então sobre um jogo entre seu time da universidade contra os seus tradicionais rivais, e disse que seu time ganhara com a jogada "Estátua da Liberdade".

— Como é essa jogada? — perguntou Billy.

— Ah, você não conhece? O zagueiro, em vez de ficar agachado no centro, fica alguns passos mais para trás, por isso o adversário espera um passe. E quando o centroavante joga a bola para ele, ele a pega como se fosse dar um passe. — Selig levantou-se da cadeira para fazer a demonstração. — Mas os pontas, em vez de correr para recebê-la, correm em volta dele, e um deles agarra a bola da mão dele. — Voltou a sentar-se. — Daí os dois pontas se cruzam e cada um joga como se estivesse com a bola. Mas só se pode fazer essa jogada uma vez por partida. Se você tentar uma segunda vez, eles matam você.

Edith Bergson perguntou pelos filhos dos Small, e Miriam explicou que Hepsibah estava comemorando o Dia de Ação de Graças com os sogros em Michigan, e Jonathan ia jantar com os pais da noiva.

— Foi a mesma coisa na última Páscoa — disse o rabino Small com tristeza.

— Não se aborreça, David — disse Edith Bergson. — Daqui a alguns anos eles vão voltar, quem sabe trazendo os filhos deles.

A conversa se generalizou sobre assuntos da comunidade, do templo e do Windermere College, enquanto as travessas eram passadas. Quando por fim Edith ofereceu um prato de biscoitinhos ao rabino Small, ele balançou a cabeça e disse:

— Não tem mais espaço, Edith. Foi um jantar e tanto.

— Ela fez um esforço extraordinário — disse Bergson. — Afinal, estamos servindo dois rabinos.

— Há algo de bem judaico neste jantar de Dia de Ação de Graças — observou o rabino Small. — Quando oramos, em geral damos graças ou louvamos a Deus pelas boas coisas que Ele nos deu. Temos pouquíssimas orações em que pedimos algo, e em geral pedimos pelo povo como um todo: por exemplo, quando oramos pedindo chuva, ou orvalho, ou pelo nosso retorno a Jerusalém. E é pecado não desfrutar da comida e das boas coisas que Ele nos oferece. Nós não aceitamos o ascetismo.

— Eis um ponto interessante — disse o rabino Selig. — O senhor se importa se eu o usar no meu sermão de amanhã?

— Ao contrário, será um prazer — disse o rabino mais velho.

Embora Miriam afirmasse que não conseguiriam comer por uma semana, Edith Bergson fez questão de colocar um pacotinho na mão dela, "uma coisinha para vocês lambiscarem antes de deitar". Na manhã seguinte, enquanto o rabino recitava suas orações matinais, Miriam deu uma passada no armazém e fez compras para o café da manhã. O jantar, ou seja, a refeição de *Shabat*, eles fariam nos Bergson.

Foi quando estavam na segunda xícara de café que a campainha tocou. Era o delegado Lanigan.

— Como você sabia que estávamos de volta? — perguntou o rabino.

— David, David, quantas vezes preciso lhe explicar que tenho que saber de tudo o que se passa na cidade. Imaginei que vocês iriam voltar quando os homens da viatura contaram que a entrada da casa de vocês foi limpa. Eu sabia que Miriam não poderia preparar um jantar de Dia de Ação de Graças com todas as lojas fechadas, e vocês com certeza não iriam a um restaurante. Portanto, isso quer dizer que vocês foram convidados por alguém, e que esse alguém mandou limpar a entrada para vocês.

O rabino concordou.

— Foi isso mesmo, jantamos com os Bergson. Ele é presidente do templo, você sabe.

— Claro que sei. E o seu sucessor, o rabino Selig, também estava lá.

— Como você sabe?

— Ora, o carro dele estava estacionado na porta dos Bergson. — Tomou um cafezinho que Miriam lhe oferecera e disse: — David, você conhece um tal professor Kent, lá da sua faculdade?

— Já fui apresentado a ele. — E então: — Me diga, Lanigan, você deu uma passada só para dizer olá ou está atrás de alguma coisa?

Lanigan deu uma risadinha.

— Principalmente para dizer olá, mas houve um pequeno incidente que me interessou. Tentei manter sigilo e anotei-o no relatório como invasão de propriedade, mas na verdade a senhora Selig relatou que viu um voyeur espiando pela janela do quarto dela.

— É — disse o rabino —, Al Bergson me contou.

— E contou também que o rabino Selig foi procurar Thorvald Miller no dia seguinte e lhe disse que, se vir esse tal professor Kent de novo na sua propriedade, vai lhe dar um murro no nariz ou jogá-lo por cima da cerca?

O rabino balançou a cabeça.

— Pois bem, foi isso mesmo que ele disse.

— Com certeza ele estava brincando. O professor Miller levou a sério?

— Não creio, mas a mãe dele, sim. Parece algo bem estranho para um rabino dizer, mesmo brincando. Você alguma vez diria algo assim, David? Isto é, quando você era jovem, logo que chegou aqui?

— Nãã-o, não creio.

— Tenho certeza que não — disse Lanigan. — E também tenho certeza que o nosso pastor, o padre Joe Tierny, também não diria uma coisa dessas. Mas seu assistente, o padre Bill, poderia dizer. E sabe por quê? Porque ele faz ginástica na academia. Fica lá malhando naquelas máquinas, levantando pesos... assim como esse rabino Selig, que gosta de correr. A pessoa fica presa nessa história de cultura física e acaba achando que os problemas têm soluções físicas.

— Pode ser que você esteja certo — disse o rabino com um sorriso.

No domingo a temperatura subiu consideravelmente e a neve começou a derreter um pouco. O sargento Aherne estava dirigindo a viatura, com o oficial Ben Otis, já perto da aposentadoria, ao seu lado. Quando chegaram ao outdoor em frente à entrada da casa do rabino Selig, Otis disse:

— Pare aqui na calçada.

— Para quê?

— Preciso urinar.

— Puxa vida, já é a terceira vez. Você está com algum problema?

— São as pílulas que o médico me deu para a pressão alta.

Tim Aherne parou o carro, Otis saiu e correu para trás do outdoor. Dali a um momento chamou:

— Ei, Tim, venha cá um minuto.

— O que aconteceu?

— Olhe só. — Otis apontou para um sapato de verniz saindo da neve, com a meia e o pé aparecendo.

Aherne ajoelhou-se e, como estava de luvas, começou a retirar a neve. Os contornos de um corpo ficaram claramente visíveis. Escavando mais, descobriu a cabeça.

— Meu Deus, é aquele sujeito que estava espiando pela janela da casa!

— Com certeza escorregou, caiu, bateu a cabeça e ficou enterrado na neve.

— Sim, pode ser. Espere aqui, vou ligar para a delegacia.

26

— Tem certeza que é o mesmo homem que você viu na varanda da casa? — perguntou Lanigan.

— Sim, é ele mesmo, não há dúvida — disse Aherne.

— E você o levou até a casa dos Miller na Evans Road?

— Isso mesmo.

— Certo. Vá até lá e traga Miller aqui. — Virando-se para o fotógrafo, disse: — Tire algumas fotos do corpo, de longe.

— De longe?

— Sim. Fique bem debaixo do telhado e pegue toda a área. Quero mostrar que ali a neve é macia, neve que acabou de cair, mas a neve debaixo do telhado foi tirada com máquina. Quero que você mostre bem isso.

— Entendi.

Lanigan levantou-se e sugeriu várias fotos que desejava que fossem tiradas.

Lá da rua veio a buzina forte da viatura. Lanigan perguntou ao motorista:

— Está com Miller? Traga-o até aqui.

Mostrando as fotos para Miller, que estava com um gorro de lã, um cachecol pesado e galochas, perguntou:

— Você conhece este homem?

— É o professor Kent, Malcolm Kent. Leciona literatura no Windermere College.

— Não parece surpreso em vê-lo morto.

— O policial já tinha me dito por que motivo o senhor queria me ver.

— Não devia ter feito isso, sargento — disse Lanigan.

— A culpa não é dele — disse Miller. — Estou com febre e garanto que não teria vindo se ele não tivesse me dito por que o senhor queria falar comigo.

— Certo. Pode levá-lo de volta. — E para Miller: — Depois vou passar na sua casa para falar com você.

Mais tarde, depois de chamar o tenente Jennings para assumir o seu lugar, foi até a casa dos Miller. Foi a sra. Miller que abriu a porta. Ao levá-lo até a sala onde estava o filho, ela o advertiu:

— Por favor, não perturbe muito o rapaz. Está doente, coitadinho.

— Ora, mãe! — disse Miller.

— Bem — disse a sra. Miller —, vou ficar aqui sentada e ouvir a conversa.

Lanigan sorriu.

— Ótimo. Quero apenas esclarecer esse caso o mais rápido possível. — Virou-se para Miller: — Vamos lá. Você estava esperando esse professor Kent na quarta-feira? Ele vinha visitá-lo?

— Sim e não. Veja, ele ia a uma recepção formal de um casamento lá no Country Club de Breverton. Daí resolveu vir até aqui no fim da tarde para ficar conosco, talvez comer alguma coisa, depois eu o levaria até lá. Quando terminasse a festa, ele me ligaria, e eu iria até lá buscá-lo para ficar conosco no jantar de Ação de Graças. A não ser, naturalmente, que alguém lá da festa o convidasse para ficar.

— Parece que ele lhe dava um bocado de trabalho — notou Lanigan.

— É que eu já dei um bocado de trabalho para ele — disse Miller.

— É mesmo?

— Sim, senhor. Veja, eu não sou lá um grande erudito; nunca publiquei nada, e não sabia quanto tempo mais eles me permitiriam continuar lecionando no Windermere. Pensei em me candidatar a outro emprego, no Arizona, pois achei que lá o clima seria bom para a asma da minha mãe.

— Ele está sempre pensando em mim — disse a sra. Miller, satisfeita.

— Era uma faculdade de licenciatura curta, de dois anos; na verdade, um colégio técnico. Quando contei isso ao professor Kent, ele praticamente me ordenou que recusasse a oferta. E quando lhe disse que aqui eu não tinha estabilidade no cargo e poderia ser mandado embora a qualquer momento, ele disse que conseguiria a estabilidade para mim. E de fato conseguiu.

— Ah, entendo por que você se sentia grato. E a senhora, está contente por seu filho não ter aceitado o emprego no Arizona?

— Tenho uma irmã lá que também tem asma, e ela me disse que aquele clima seco faz bem para ela. Na verdade, vou visitá-la amanhã, se Thor estiver melhor. Mas eu não iria atrapalhar a vida dele, por nada neste mundo. Meu Thorvald é professor numa faculdade em Boston, imagine, e como era amigo do professor Kent, cuja família foi a fundadora da faculdade, e conhece uma porção de gente importante... — A frase ficou suspensa, como se ela avaliasse as possibilidades para o futuro.

— Mas na quarta-feira eu não fui de carro — continuou Miller. — Tive problemas com meu limpador de pára-brisa, por isso deixei o carro na estação de Swampscott e fui de trem. O professor Kent disse que poderíamos ir com o carro dele. Por mim, tudo bem, mas eu tinha um encontro e lhe disse que passaria depois. Daí ele disse que o rádio tinha anunciado que as estradas estavam limpas e que ele podia dirigir sozinho. Liguei para a casa dele quando fiquei livre, mas ele não estava, e imaginei que ele já tinha ido. Não fiquei preocupado, porque ele dirigia bem. Liguei para cá para saber se ele já tinha chegado, e Ada Bronson disse que não, então imaginei que ele tinha ido direto para Breverton, em vez de passar por aqui. Tomei o trem das cinco e trinta e dois e cheguei em Swampscott perto das seis. Estava um pouco preocupado, achando que ele talvez estivesse aborrecido comigo, por isso fiquei acordado, esperando até depois da meia-noite; achei que talvez ele voltasse depois da recepção. Mas, como não voltou, achei que alguém de lá o tinha convidado para o jantar do Dia de Ação de Graças.

— E não ficou perturbado por não ter notícias dele durante todo o fim de semana?

— Ele não era amigo de telefonar. E não fiquei preocupado porque as estradas estavam limpas e ele guiava com cuidado. Imagino que tenha acontecido o seguinte: quando escureceu ele estacionou o carro em algum lugar e decidiu vir de ônibus. Desceu em frente àquele outdoor, onde costumava descer quando vinha de ônibus. Daí pegou a passagem pública, do lado de fora da cerca viva, pois eu o tinha aconselhado a não usar a entrada de carro do rabino. E daí escorregou, ou teve um ataque do coração. É uma subida e tanto, estava nevando e muito frio. Creio que ele escorregou pelo declive.

— Acho — disse a sra. Miller, totalmente decidida — que ele veio subindo pela entrada de carro, e aquele tal rabino o viu e o jogou por cima da cerca, e ele caiu pelo declive.

— Ora, mãe, aquilo foi só uma brincadeira.

— Foi o que ele disse que ia fazer.

— Essa é uma acusação terrível, senhora Miller — disse Lanigan, severo. — É melhor não repetir isso, pois a senhora pode ser processada e ter que pagar uma indenização enorme, mais dinheiro do que seu filho vai ganhar na vida dele inteira.

Lanigan já tinha se levantado e estava para ir embora quando lhe ocorreu um pensamento.

— Ele não estava usando botas de borracha, nem mesmo galochas, quando foi encontrado... apenas aqueles sapatos sociais de verniz. Não parece estranho?

— Não — disse Miller. — Ele era meio almofadinha, o professor Kent. Há uma passagem coberta desde a porta de trás da casa dele até a garagem do carro. Quando ele chegava, tinha que dar apenas dois passos até a porta. E se eu lhe desse carona até o Country Club, naturalmente iria deixá-lo na escadaria da frente, que com certeza teria sido limpa.

Lanigan concordou e saiu.

27

Quando Lanigan voltou à cena, o corpo já fora retirado e a área demarcada com fitas amarelas, presas em estacas de ferro que tinham sido marteladas no solo congelado. Além dos policiais havia algumas pessoas em volta, e as que tinham chegado antes descreviam para as que chegaram depois onde o corpo fora achado, como Kent estava vestido e qual a sua aparência. Lá da viatura Lanigan avistou o rabino Selig e lhe fez sinal para vir até o carro. Abriu a porta e disse:

— Entre, rabino. É melhor o senhor ficar mais confortável. Está um frio terrível lá fora.

— Está mesmo. Obrigado.

— O senhor viu o corpo, rabino?

— Não, estava coberto, e a polícia estava acabando de tirá-lo quando cheguei.

— Era o corpo daquele sujeito que pegamos quando atendemos o telefonema da sua esposa.

— O voyeur?

— Isso mesmo.

O rabino Selig balançou a cabeça devagar, incrédulo.

— Quem andou tirando umas pás de neve da sua entrada, rabino? — perguntou Lanigan.

— Fui eu, mas não tirei com pá. Tenho uma máquina de limpar neve.

— É mesmo? E a que horas foi isso?

— Na verdade, passei a máquina duas vezes. A primeira foi logo depois que minha esposa saiu para assistir à aula em Salem... deve ter sido logo depois das duas horas. Limpei só uma faixa de neve da entrada, para ela poder voltar. Mas depois ela ligou dizendo que traria mais gente, pois a classe dela toda vinha tomar um café em casa. Assim, limpei o terraço inteiro, pois ela disse que viriam em meia dúzia de carros ou mais.

— E a que horas foi isso?

— Vamos ver... O serviço noturno começa às seis e meia, assim comecei lá pelas cinco e meia e terminei às seis e pouco. Isso é importante?

— Sim, é importante porque nos dá a hora certa. Veja, o professor Kent estava caído em cima de neve tirada com máquina, não de neve recém-caída.

— O senhor quer dizer que, se eu tivesse olhado lá no declive, eu o teria visto?

— Provavelmente não, já que a neve continuou a cair por um bom tempo e cobriu o corpo. O senhor vai ao templo todas as noites?

— Não, nem todas. Às vezes faço as orações em casa, quando estou cansado ou não estou me sentindo bem...

— Então por que o senhor foi na quarta-feira, com aquele tempo tão ruim?

— Tive que ir justamente porque o tempo estava tão ruim. Veja, alguns homens sempre vão ao templo, ou porque estão de luto, ou porque é aniversário da morte de alguém da família. Há uma oração especial para se dizer nessas ocasiões, mas só pode ser dita num serviço público, não quando se reza sozinho em casa. E, quando o tempo está ruim, às vezes é difícil conseguir os dez homens necessários para se fazer uma oração coletiva, portanto nessas ocasiões faço questão de ir.

— Vocês precisam de dez homens?

— Sim. É como o quórum de uma assembléia, ou as doze pessoas de um júri.

Lanigan compreendeu.

O rabino Selig estava perturbado quando voltou para casa.

— Foi aquele tal sujeito, o voyeur — disse à esposa.

— Oh, não!

— Ele mesmo. E estava caído na neve que foi tirada, o que significa...

— Sei o que significa. E você foi dizer para aquele tal de Miller que ia jogar o velho por cima da cerca se ele passasse de novo pelo nosso terreno. Dana, estamos numa enrascada. E com certeza não precisamos de um escândalo.

— Então o que eu faço?

— Quem sabe você não devia procurar um advogado. Que tal falar com Lew Baumgold?

— Por que Lew Baumgold?

— Porque ele não é membro da congregação.

— Está bem.

Assim que o rabino saiu do carro, o tenente Jennings se aproximou e sentou no banco do passageiro. Era um homem de sessenta anos, alto, com um pomo-de-adão proeminente e olhos azuis lacrimosos, que ele vivia enxugando com um lenço.

— Então, Lanigan, o que fazemos agora?

— Vamos anotar a marca e a placa do carro do professor Kent e pedir a todas as garagens, estacionamentos e delegacias de polícia daqui até Boston que nos avisem se virem o carro.

— Se ele estacionou na rua, o carro ficou preso pela neve, e não vamos ter novidades até a neve derreter. E se estacionou numa dessas garagens grandes, como a do aeroporto, isso também pode levar dias. A gente dá o número da placa para eles e eles dizem que vão procurar. Mas estão muito ocupados e esperam que algum empregado esteja livre, talvez na hora do almoço. E se um carro chega no estacionamento com o capô ainda quente, o sujeito senta para esquentar o traseiro enquanto come seu lanche, e se o dono deixou a porta destrancada, o filho da mãe ainda entra no carro e come o lanche lá dentro.

— Então o que você sugere?

— Escute, Lanigan, esse sujeito é de Boston e estava de smoking, e talvez seja uma pessoa importante da sociedade, portanto a delegacia de Boston vai acabar assumindo o caso mais cedo ou mais tarde.

— E daí?

— Daí que, Bradford Ames, o procurador público de Suffolk, está aqui na cidade. Talvez tenha vindo ver se a tempestade danificou sua casa no Point, ou talvez tenha visitas para o Dia de Ação de Graças. O carro dele ainda está aí. Por que não passamos a bola para ele?

— OK, vou avisá-lo. Ou talvez ele já esteja sabendo e me ligue a qualquer momento.

28

O telefone tocou logo depois das dez da noite. O delegado Lanigan, já de pijama, roupão e chinelos, tomava um drinque e folheava a seção de esportes do jornal de domingo. Em resposta ao seu alô, uma voz que ele conhecia muito bem disse:

— Aqui é Luigi, Lanigan.

— Luigi Tomasello, o delegado-chefe do distrito?

— Em pessoa.

— De onde você está ligando?

— Da delegacia.

— Você não tem folga aos domingos?

— Você também não tem folga todos os domingos, Lanigan.

— Não, mas em geral trabalho só quarenta horas por semana. Aí em Lynn vocês ainda não adotaram isso?

— Escute, Lanigan, vamos deixar de conversa fiada. Quero saber se você já revelou as fotos do caso do professor Kent.

— Acho que sim. Não falei com o fotógrafo desde que ele as tirou, de manhã. Por quê?

— Porque Bradford Ames quer vê-las. Dá para você mandá-las para ele amanhã de manhã logo na primeira hora?

— O que ele tem a ver com isso? Este caso pertence ao condado de Essex.

— Bem, agora pertence ao condado de Suffolk.

— Como assim?

— A autópsia preliminar não mostrou água nos pulmões, como seria de se esperar se ele estivesse vivo quando caiu ou foi empurrado na neve. Há também uma contusão na testa.

— Talvez ele tenha caído em cima de uma pedra. Havia uma pedra bem debaixo da cabeça dele.

— Claro, Lanigan, mas também havia uma descoloração, resultado da coagulação do sangue, nas suas nádegas e atrás das coxas. Como ele estava caído de barriga para baixo, pela lógica a coagulação deveria estar na parte da frente do corpo. Essas são apenas conclusões preliminares. Podemos acabar concluindo que ele teve um derrame ou uma parada cardíaca, e depois morreu congelado. Bradford Ames acha que pode ser um caso de roubo de carro. E você conhece meu chefe: qualquer chance que ele tiver de pegar um caso difícil, ele agarra. Além disso, este caso pode ser negativo politicamente.

— Como assim?

— Ah, sabe como é. Com aquela história do voyeur, Bradford teria que ir atrás desse novo rabino, e os judeus da cidade podem se ressentir. Isso pode prejudicá-lo na próxima eleição.

— Certo, entendi.

— Então, se você conseguir mandar essas fotos para Ames logo de manhã...

— Claro, Luigi, vou levá-las pessoalmente. OK?

Apostando na possibilidade de que os Small ainda não tivessem voltado para Boston, Lanigan ligou. Miriam atendeu, e em resposta à sua pergunta, disse:

— Vamos voltar amanhã de manhã. Al Bergson se ofereceu para nos levar até o trem, em Swampscott, mas não queremos lhe dar trabalho, então vamos de ônibus.

— Não, Miriam. Tenho que ir a Boston, posso dar uma carona a vocês.

Faltava pouco para as nove da manhã seguinte quando Lanigan estacionou o carro na porta dos Small. Foi andando cautelosamente pela estreita passagem entre os dois montes de neve retirada e subiu os degraus. Ao rabino, que abriu a porta quando ele tocou, disse:

— Você já soube do que aconteceu?

— Ouvi no noticiário do rádio.

Lanigan ergueu sua pasta.

— Quer ver as fotos?

— Não faço questão nenhuma.

— Ora, vamos. Você pode nos dar mais uma identificação. Você o conhecia.

— Mal-e-mal.

— Mas o suficiente para reconhecê-lo. — Abriu a pasta. — Assim ele estava quando retiramos a neve que o cobria: deitado de barriga para baixo. E assim é que ele estava quando o viramos. Bonito, não? Com o smoking aparecendo por baixo desse sobretudo tão chique, e os sapatos de verniz lustrosos, como se tivesse se preparado para o próprio velório.

— Sem botas de borracha nem galochas?

— Não. Miller disse que ele era um tipo almofadinha e não usaria uma coisa dessas, a não ser que precisasse mesmo. Se parasse ali, os degraus em frente à casa estariam limpos; e a mesma coisa se estivesse planejando ir direto ao Country Club de Breverton.

Miriam chegou da cozinha com duas xícaras de café.

— As últimas — anunciou ela — antes de lavar a cafeteira. — Serviu o café e voltou à cozinha para lavar a louça do café da manhã.

Lanigan deu um gole e disse:

— Boston está assumindo o caso, por isso vou levar as fotos para eles; mas continuo interessado no que aconteceu. David, o que quero que faça é o seguinte: quero que você consiga umas informações sobre Kent...

— Não trabalho para a polícia — disse o rabino.

— Você já nos ajudou em outras ocasiões.

— Quando algum membro da minha congregação estava envolvido.

— David, não se iluda. A sua congregação, ou pelo menos o novo rabino, está envolvida. Este sujeito aqui foi pego espiando pela janela, vendo a mulher do rabino trocar de roupa. E você se lembra que o rabino disse a Miller que ia jogar o velho por cima da cerca se o pegasse de novo lá.

— Mas nada disso foi relatado no jornal.

— Ora, David, você acha que numa cidadezinha como Barnard's Crossing a gente fica sabendo das notícias pelo jornal? Não, senhor; a maioria é passada de boca em boca. E você sabe o que acontece quando uma história é passada de boca em boca.

O rabino se resignou.

— Tudo bem, vou ficar de ouvidos bem abertos.

Lanigan deu um rosnado de satisfação.

— Nem me passa pela cabeça que Selig o tenha atirado pelo declive, ou que ao menos o tenha visto. Selig usou uma máquina de limpar neve duas vezes. A primeira foi lá pelas duas horas e a segunda às cinco e meia. Imagino que Kent chegou lá pelas cinco, talvez tenha tido um ataque do coração e caído. Quando Selig começou a tirar neve pela segunda vez, Kent já estava coberto pela neve nova que caiu, e Selig não o viu. Daí ele acabou recoberto pela segunda vez, com uma bela camada de neve atirada pela máquina. Sabemos disso porque ele estava deitado em cima de uma camada de neve retirada, e coberto por outra camada.

— Parece razoável.

— Parou de nevar lá pelas seis e meia. Agora, se a neve tivesse derretido um pouco, talvez parte do corpo tivesse ficado exposta, mas fez um frio terrível no fim de semana todo, exceto pela manhã de sol no domingo, quando nosso policial foi urinar e viu o sapato dele. E parece que o frio vai continuar; ouvi no rádio que vem uma frente fria do Canadá.

Miriam entrou de novo na sala, de lenço na cabeça e casaco.

— Estou pronta.

— Sim — disse Lanigan levantando-se —, vamos embora.

29

Assim que Bradford Ames assumiu o caso Kent e o passou para o condado de Suffolk, entrou em contato com o sargento Schroeder, detetive do Departamento de Homicídios de Boston, com quem ele mais gostava de trabalhar. Vindo de uma família rica, Bradford, homenzinho gordo e sorridente de cinqüenta e cinco anos cujas roupas caras nunca pareciam combinar com ele, conseguira entrar para a área legal, que mais lhe interessava, já que não precisava se preocupar em ganhar a vida. Seu interesse básico era o direito criminal e os litígios, e, por influência da família, fora trabalhar com o promotor público do distrito ainda antes de se formar. E ali permanecera, ano após ano, sempre aumentando sua influência. Os promotores iam e vinham... eram figuras políticas, basicamente, e se eram espertos — e a maioria era — deixavam-se conduzir por Bradford Ames e tiravam proveito de sua orientação.

Quanto ao sargento Schroeder, homem alto, magro e severo, de cabelo à escovinha já branco nas têmporas, era da mesma idade que Ames e, embora não compreendesse o bom humor do promotor público nem seus entusiasmos, tinha plena consciência de sua influência no Departamento de Polícia de Boston.

— É o caso Kent, sargento — disse Ames. — Agora vai passar para as nossas mãos. Acabo de falar com Luigi Tomasello, o promotor distrital assistente de Essex, e ele me disse que vamos ver as fotos amanhã de manhã. O delegado Lanigan — lembra-se dele? — deve trazê-las pessoalmente. Agora gostaria que você fosse até o Windermere College e descobrisse quem foi a última pessoa que viu Kent.

O Departamento de Inglês ficava no segundo andar do Edifício da Administração, e na segunda-feira de manhã, quando o sargento Schroeder chegou, alguns minutos antes das dez, a sala estava cheia de gente. Vários professores entravam para apanhar seus livros e saíam às pressas para dar a aula das dez horas. Como Schroeder não estava de uniforme, imaginaram que talvez se tratasse de um vendedor de livros à procura do professor Sugrue, o chefe do departamento.

Schroeder enfiou a mão no bolso e tirou a pasta de couro em que seu distintivo estava preso, para poder mostrá-lo e parar algum deles, mas o êxodo continuava. Após alguns minutos restava apenas uma pessoa, que já estava de saída.

— Ei, um minuto! — chamou ele.

Mas o outro respondeu:

— Desculpe, senhor, mas não tenho nem um minuto. Tenho uma aula agora em Wentworth, lá no final da rua. O professor Sugrue deve chegar daqui a alguns minutos. Deve ser com ele que o senhor quer falar. — E com isso já estava fora da sala.

O sargento Schroeder ficou aborrecido. Não estava acostumado a que ignorassem sua autoridade, mas não havia nada a fazer, a não ser que saísse correndo atrás do homem pelos corredores. Assim, ficou na sala examinando o quadro de avisos, olhando com curiosidade os papéis deixados sobre as escrivaninhas, e já estava lendo uma carta escrita à mão em que um aluno se desculpava por não ter entregado um trabalho a tempo, quando o professor Sugrue entrou.

O sargento levantou os olhos com ar culpado, vendo a figura alta e magra que o olhava com ar interrogativo, e gaguejou:

— Estou esperando por um tal professor Sugrue.

— Sou eu.

— Sou o sargento Schroeder, da polícia de Boston, Departamento de Homicídios. — Dessa vez conseguiu mostrar o distintivo.

— Homicídios? É sobre o professor Kent? Ora, achei que ele tivesse tido um ataque do coração...

— Pode ser. Mas há algumas dúvidas, por isso estamos investigando.

— E como posso ajudá-lo?

— Em primeiro lugar, queria saber quem foi a última pessoa que o viu antes do feriado de Ação de Graças.

— Vejamos. — O professor Sugrue abriu uma caixinha de metal e folheou as fichas. — Quarta-feira o professor Kent tinha uma aula às quatro horas, e também o professor Fine, o professor Handy e o professor Morrow. Essas aulas são no fim da tarde, e tenho a impressão de que todas foram canceladas nesse dia por causa da tempestade de neve. Os professores devem ter ligado ainda de manhã, avisando que não viriam. Handy e Morrow vêm de longe; um é de Gloucester e o outro de Ipswich. O professor Fine mora em Newton, mas, como usa bengala, deve ter achado que seria perigoso vir com tanta neve.

— Sim, sim, conheço o professor Fine.

— É mesmo? Bem, é claro que o professor Kent não foi afetado, pois mora logo aqui ao lado. Ou melhor, acho que eu deveria dizer "morava".

— E os professores que tinham aula das três às quatro? Talvez esses o tenham visto.

— Às três horas é a última aula regular. Vamos ver. O professor Miller tem aulas às três horas, às segundas, quartas e sextas. Mas não veio hoje; está com uma gripe forte. Há também Sarah McBride... na verdade, senhora Baumgold, esposa de Lew Baumgold. O marido é advogado em Salem, mas ela se apresenta como Sarah McBride, pelo menos aqui na faculdade. Deve estar chegando em alguns minutos; tem uma aula às onze.

— Imagino que o senhor mesmo não tenha visto Kent, não é? O senhor não estava por aqui naquela tarde?

— Por acaso, estava, mas não o vi. Passei a tarde toda na biblioteca. Voltei aqui para a nossa sala às quatro e quinze, quando Miller e McBride já deviam ter ido embora. Ah, alguém veio procurar o professor Kent. Um tal de... hã... um nome italiano. Ele já tinha vindo aqui uma ou duas vezes, sempre procurando o professor Kent. Veio perguntar se Kent estava dando aula. Pelo que me disse, tinha acabado de ir à casa dele, onde tocou e bateu na porta sem obter resposta. Daí achou que Kent talvez estivesse dando aula. Eu lhe disse que não, e ele então falou que voltaria à casa dele para tentar de novo, pois talvez o professor estivesse no banheiro ou algo assim, sem poder atender.

— Como o senhor sabia que ele não estava dando aula? — perguntou o sargento.

— Ah, quando voltei da biblioteca passei pela sala dele. Estava vazia, e havia um aviso na porta dizendo que o professor Kent tinha cancelado a aula das quatro horas. — Empurrou o fichário e recostou-se na cadeira. — Mais alguma coisa?

— Sim. Ele era estimado no departamento? Tinha algum inimigo, sabe como é, alguém que não gostasse dele?

— Ele não tinha muitos amigos. — Sugrue ficou constrangido. — Kent era um homem de idade, o mais antigo do departamento, e algumas pessoas achavam que ele se aproveitava da sua condição de mais antigo para...

— Para exercer influência onde não devia?

— Tenho certeza que ele não tinha essa intenção. É só que... hã... outras pessoas tinham interesses diferentes dos seus. Ah, aí está Sarah McBride. Quem sabe ela o tenha visto. Com licença, preciso ir andando. Tenho uma reunião com o reitor.

— Senhora Baumgold? — disse o sargento Schroeder.

— Culpada — respondeu ela. — Mas por aqui sou Sarah McBride.

— Sou o sargento Schroeder, do Departamento de Homicídios de Boston. — Mostrou-lhe o distintivo. — Quarta-feira a senhora tinha aula das três às quatro.

— Tinha aula às três, mas terminou às três e meia, e não às quatro.

— Por quê?

— Por causa da tempestade, claro. Menos de metade da classe compareceu, e os que vieram estavam ansiosos para ir embora logo e iniciar seu feriado.

— Então a senhora terminou a aula e voltou aqui para o Departamento de Inglês?

— Isso mesmo.

— Havia alguém aqui?

— Sim, o professor Kent, que parecia não estar fazendo nada. Ele me pediu que fosse até a sala onde dá sua aula das quatro horas e colocasse um aviso dizendo que a aula estava cancelada.

— E a senhora foi?

— Sim.

— Por que ele mesmo não foi colocar o aviso?

Ela deu de ombros e disse:

— Ele gostava de mandar as pessoas fazerem as coisas para ele.

— E depois a senhora voltou aqui?

— Só para pegar minhas coisas.

— E ele ainda estava aqui?

— Sim, embora estivesse o tempo todo falando que precisava ir para casa se vestir para uma festa formal à noite. Mas só peguei minhas coisas e saí correndo.

— Por quê?

— Porque, quando eu ficava sozinha com ele, ele vinha bancar o tio carinhoso... pôr a mão no meu ombro, esse tipo de coisa.

— Que aula a senhora deu antes dessa?

— À uma hora.

— Nessa todos os alunos estavam presentes?

— Não, só apareceram cinco dos trinta alunos. Também terminei essa aula mais cedo.

— Então por que a senhora não cancelou a aula das três? Pelo que o professor Sugrue disse, a maioria dos professores do departamento cancelou as aulas nesse dia.

— Bem, eu tinha que ficar por aqui. Lew, meu marido, estava aqui na cidade; tinha negócios a tratar no Fórum. Ele mora em Barnard's Crossing e nós íamos passar o Dia de Ação de Graças lá. Segundo nossos planos originais, ele viria me buscar aqui e nós iríamos para casa quando ele terminasse. Mas, como ele não ligou, imaginei que estivesse ocupado. No fim da tarde ele me ligou dizendo que não viera de carro e sim de ônibus. Mas eu não estava com vontade de tomar o ônibus para Barnard's Crossing e depois caminhar dois quarteirões com dois palmos de neve no chão para chegar em casa. Então decidimos que eu iria de trem quinta-feira de manhã e ele me buscaria na estação de Swampscott. E foi isso que fizemos.

— Seu marido sabia dessas... dessas atitudes de "tio carinhoso" que Kent tinha com a senhora?

— Ah, sim. Como todo mundo no departamento.

— E ele não se importava?

— Claro que sim. Ele queria vir até aqui procurá-lo e lhe dizer poucas e boas, mas eu o convenci a não fazer isso.

— Por quê?

— Porque eu não queria perder meu emprego.

— Como assim? Kent mandaria o professor Sugrue despedir a senhora?

— Ah, não, ele não diria nada a Sugrue. E eu não receberia um aviso do conselho mandando esvaziar minhas gavetas. Eu não seria despedida no meio do ano; simplesmente não seria contratada no ano que vem. Veja bem, não tenho estabilidade e sou a única pessoa do departamento sem doutorado. O professor Kent também não tinha doutorado, mas era diferente; em primeiro lugar, ele tinha estabilidade, e também tinha influência sobre o conselho, pelo que percebi.

— Quer dizer que ele poderia dizer aos membros do conselho que não renovassem o seu contrato... e eles fariam isso?

— Ah, não creio que ele chegasse a fazer as coisas dessa maneira tão direta. Provavelmente diria a eles que vinha observando meu trabalho e achava que eles deveriam contratar alguém com mais experiência, esse tipo de coisa.

— E o seu marido? Quando a senhora lhe disse para não protestar nem fazer nada, ele apenas deixou passar?

— Ele não gostou nem um pouco, naturalmente. Recomendou que eu ficasse longe de Kent, e é o que faço. Quando ele estava sozinho na sala, eu passava longe. Uma ou duas vezes ele me chamou e pediu que fosse buscar um livro na biblioteca e o levasse até a casa dele, mas sempre consegui escapar dessas.

— Seu marido trabalha num escritório de advocacia?

— Sim, Schofield, Petrillo e Langerham, em Salem.

Schroeder anotou o nome na caderneta.

30

Quase todos os alunos já estavam sentados e os demais chegaram ao mesmo tempo que o rabino, que vinha entrando na sala. Assim que ele sentou na sua poltrona de couro, um aluno disse:

— Ei, rabino, o senhor leu o jornal de hoje? Viu a história do professor Kent?

— Ele ia visitar o senhor?

— Não, ia visitar o professor Miller. Foi o que disse o *Herald*.

— Mas o *Globe* disse que ele foi encontrado perto da casa do rabino.

— Não este rabino; há outro rabino em Barnard's Crossing.

O rabino ergueu as duas mãos pedindo silêncio e disse:

— Vou dizer a vocês o que sei, e daí talvez possamos começar nossa aula de hoje. O corpo do professor Kent foi encontrado num campo ao lado do gramado da casa do rabino Selig. O rabino Selig é meu sucessor no templo de Barnard's Crossing. Presume-se que o professor Kent estivesse indo visitar o professor Miller, que mora logo depois do rabino Selig. A causa da sua morte ainda não foi determinada. Ele já tinha uma idade avançada, por isso um ataque do coração ou um derrame são possibilidades. O frio extremo deve ter influído também. E a neve continuou caindo até cobri-lo, portanto ele não pôde ser visto nem salvo. Não havia muita gente andando a pé durante a tempestade, mas se algum carro tivesse passado na rua poderia tê-lo avistado, e com certeza teria parado para verificar. Agora podemos passar para nosso...

— Mas, rabino, a polícia de Barnard's Crossing não...

Ocorreu ao rabino que o ambiente informal da sua sala tornava praticamente impossível dar aula naquelas circunstâncias. Quando tentou, ouviu sussurros: "Ei, você já fez algum curso com esse sujeito?"; "Eu não, parece que ele é duro para dar nota".

Por fim o rabino acabou dispensando a classe:

— Parece que hoje vocês não estão com a cabeça nos temas do nosso curso, por isso vou dar esta aula por terminada. Para a próxima aula leiam, por favor, o último capítulo de Isaías, e pensem nas suas implicações.

Foram saindo em fila, ainda falando sobre o professor Kent, mas Sarah McBride ficou para trás. O rabino lançou-lhe um olhar inquisidor. Ela esperou até o último aluno sair e disse:

— Um policial veio me interrogar.

— Na sua casa? Quando? Hoje de manhã?

— Não, aqui mesmo. Quando cheguei, lá pelas dez e meia, ele já estava aqui, falando com o professor Sugrue. Era um detetive, um sargento... sargento Schroeder, disse ele... mas não estava de uniforme. Queria saber quem foi a última pessoa que viu Kent com vida. Daí começou a fazer uma série de perguntas sobre Lew. Se Lew conhecia Kent... Se Kent sabia que Lew era de Barnard's Crossing... Se Lew teria se oferecido para lhe dar uma carona até lá... Quando eu disse que Lew não estava de carro, seu rosto se iluminou, e isso me deixou assustada. Será que arranjei uma encrenca para Lew? Daí falei que precisava ir para a minha aula, e ele disse: "OK, falo com a senhora depois". Nem falei que era uma aula a que eu ia assistir, e não dar; do contrário, com certeza ele me mandaria faltar à aula e me seguraria lá. Sugrue tinha ido embora, e apenas eu e ele estávamos na sala.

— Mas você viu Lew, não viu, desde a última quarta-feira?

— Ah, sim, passamos o fim de semana juntos.

— Então por que está preocupada?

— Nunca tive que lidar com a polícia, nem mesmo por estacionar em local proibido. Foi a atitude dele que me perturbou, acho, mais do que qualquer outra coisa.

— Hostil? Desconfiada?

— As duas coisas. Tive a sensação de que não estava acreditando em nada que eu dizia, que estava só esperando eu mentir, e aí ele iria me pegar em flagrante.

O rabino concordou, sorrindo.

— Sim, é bem o jeito do sargento Schroeder.

— Ah, o senhor o conhece?

— Quando lecionei aqui a última vez, alguns anos atrás, tivemos um problema e acabei envolvido com esse bom sargento.

— Eu não me importaria tanto se ele estivesse desconfiando só de mim, mas não quero dizer nada que possa pôr Lew numa encrenca.

— Lew é advogado. Imagino que ele seria capaz de cuidar dos seus interesses.

— Pois é, acho que sim. — Ela sorriu.

— A próxima vez que vir o sargento Schroeder, vou lhe contar tudo o que aconteceu.

— Mas não aconteceu nada, não é mesmo?

— Não, mas a impressão que tive é que ele é o tipo de pessoa que pode criar algo a partir do nada.

31

O rabino Small saiu da escola logo depois do meio-dia. Enquanto caminhava pela rua Clark, um carro veio chegando e parou ao seu lado. Na janela apareceu o rosto gorducho de Bradford Ames, assistente do promotor público do condado de Suffolk.

— Rabino Small! — chamou ele. E quando o rabino se aproximou: — Lanigan disse que o senhor agora leciona aqui, e eu ia lhe fazer uma visita. — Abriu a porta, dizendo: — Entre, rabino.

— Aonde o senhor vai?

— Só até a esquina, até a casa de Kent. Quero dar uma olhada por lá. O senhor o conhecia, naturalmente?

— Só de vista. Fui mais ou menos apresentado a ele. Isto é, cheguei a lhe perguntar "Como vai?", mas não creio que ele tenha respondido.

— Ah, era convencido, o homem? Ou será que não gostava de rabinos, ou das pessoas a quem os rabinos servem?

— Não sei.

— Ah, aqui estamos. Entre, rabino.

Subiu dois ou três degraus e bateu na porta, enquanto o rabino olhava com curiosidade pela janela lateral. A porta foi aberta pelo sargento Schroeder, que disse:

— Ah, olá. Já estamos quase terminando.

— Ótimo. Veja quem eu trouxe, sargento. Lembra-se do rabino Small?

— Claro. Ele está envolvido nisso?

— Não, não. O rabino Small leciona aqui no Windermere. Eu só lhe dei uma carona.

Andou em torno para inspecionar o hall e a saleta ao lado. Apontou para uma cesta ao lado da porta de entrada. Continha um par de galochas e um par de botas de borracha.

— Tirou uma foto disso, sargento? É muito importante.

— Por quê? — perguntou o sargento.

— Porque, segundo as fotos que o delegado Lanigan me trouxe hoje de manhã... aliás, trouxe pessoalmente... um bom homem esse Lanigan. Lembra-se dele?

— Sim.

— Bem, de acordo com essas fotos, Kent não estava usando botas de borracha. Estava de sobretudo, smoking e sapatos de verniz. Lanigan achou que talvez as galochas tivessem escorregado enquanto ele caminhava na neve, mas agora sabemos que ele não estava mesmo usando galochas, pois elas estão bem aqui.

— Quem sabe ele não tinha outro par dentro do carro — sugeriu Schroeder.

— Verdade, e ainda não encontramos o carro. E se ele estacionou em alguma rua e ficou bloqueado pela neve, talvez não possamos achar o carro até começar um degelo. Vindo para cá, passei por ruas com filas de carros encostados uns nos outros, quase enterrados na neve.

— Lanigan falou com um certo professor Miller, que disse que Kent ia à sua casa. Segundo Miller, Kent deve ter estacionado no acostamento, achando que estava muito difícil dirigir na neve. Daí tomou o ônibus e desceu no ponto em frente à casa daquele rabino. Ali há uma cerca viva, e do outro lado uma passagem pública que vai até a casa desse Miller. O que o senhor acha, rabino?

— Não conhecia bem o professor Kent, mas eu, pessoalmente, precisaria de um motivo de vida ou morte para me sentar na direção de um carro durante aquela tempestade de neve de quarta-feira à tarde. Sou muito nervoso para dirigir.

— Bem — disse Ames —, fui dirigindo até Barnard's Crossing logo no início da tarde. A nevasca estava bem forte, mas a estrada estadual tinha sido limpa. O que o senhor está sugerindo?

— Temos muitos alunos e professores que moram na região norte: em Lynn, Salem, Beverly, Barnard's Crossing. Talvez algum deles tenha lhe dado carona.

— Mas quem?

O rabino balançou a cabeça.

— Sou novo por aqui. Sei onde moram alguns dos meus colegas, mas só isso.

— Tudo bem. Você poderia perguntar por aí, sargento. Quem sabe algum aluno não costumava lhe dar carona.

— Certo, vou fazer isso. E aquela escrivaninha ali? — perguntou o sargento, apontando para a saleta ao lado do hall onde estavam os três conversando. — Quer que eu examine aqueles papéis na mesa?

— Não, vou pedir para algum assistente da procuradoria, alguém que tenha experiência em contabilidade.

Por simples curiosidade, Ames abriu a grande gaveta central. No lugar dos lápis havia, além de vários lápis e canetas, uma única chave.

— Esta chave parece ser de um cofre. Vejam, há um número nela. Com certeza deve ser do banco onde ele tem conta. Verifique isso no banco; vou obter uma permissão judicial para abrir o cofre. Se ele fez um testamento, deve estar ali.

— Ele tem conta no Boston Trust — disse Schroeder. — Pelo menos os cheques dele são de lá. Também tenho conta lá; é o banco principal na rua Washington. Ele deve utilizar esta agência logo aqui na esquina. Conheço o gerente, Mike Sturgis, que trabalhava na agência central. Uma vez eu o ajudei, quando ele teve um problema com o filho. Aposto que ele nos deixaria dar uma olhada no cofre, se é que o testamento está ali, mesmo sem ordem judicial... tratando-se de um pedido da polícia, bem entendido.

Ames deu uma risadinha rouca.

— Não custa tentar. Poderíamos economizar um tempinho. É o cofre número 552.

Michael Sturgis, baixinho, gordinho e com a grande careca reluzindo em virtude da perspiração da ansiedade, retirou o cofre e disse:

— Tenho que acompanhá-los.

— Sem problemas — disse Schroeder.

Sturgis levou a caixa até um dos cubículos ao lado da sala dos cofres.

— Ah, meu Deus — disse ele —, não cabemos nós três aí. Escute, vamos ao meu escritório.

Pôs a caixa na sua mesa e sentou-se na cadeira giratória, enquanto Ames e Schroeder puxavam cadeiras de visita.

— Muito bem, cavalheiros, vamos em frente.

Ames abriu a caixa, e Schroeder tirou sua caderneta de anotações.

— Vejamos, aqui está uma caixinha de papelão com algumas jóias: um anel de ouro com três pedras vermelhas. Serão rubis?

— Provavelmente apenas granadas — disse Schroeder.

Ames olhou para Sturgis, que balançou a cabeça.

— Tudo bem. Anote então apenas que são três pedras vermelhas. Duvido que valham grande coisa, mesmo que sejam rubis. Aqui está outro anel com uma opala e outro com uma pedra verde que talvez seja uma esmeralda mas também pode ser só vidro verde. Desconfio que seja isso mesmo, pois o engaste é de prata. E aqui está um dente de ouro e uma caneta-tinteiro de ouro. Bem, quanto a jóias, é só isso. Aqui está uma apólice de seguros. Cinqüenta mil dólares, e a beneficiária é Lorraine Donofrio. Sargento, o senhor não disse que o professor Sugrue contou que um sujeito italiano veio ao Departamento de Inglês procurar o professor Kent?

— Sim, mas era homem, e Lorraine é nome de mulher.

— Sim, mas ele pode ser pai ou marido dela. Ah, aqui está o testamento. Redigido por Alan Spector, da firma Spector e Dole. Senhor Sturgis, alguém dessa firma deve vir aqui procurá-lo dentro de um ou dois dias, assim que eles conseguirem a permissão. O senhor não precisa dizer a eles que já abrimos o cofre e vimos tudo isso.

Ames passou então a folhear as páginas do testamento.

— Vejamos: "Todos os livros e outros materiais escolares ficam para o Windermere College". O que são "outros materiais"? Lápis? Canetas? Óculos? E a única beneficiária remanescente é Josephine Lorraine Donofrio. Vocês imaginam que seja a mesma que é beneficiária da apólice de seguros? E que por algum motivo nem sempre usa seu primeiro nome?

— Pode ser filha — disse Sturgis. — Ultimamente as mulheres começaram a copiar os homens. Tenho duas clientes que têm o mesmo nome que a mãe, tipo Jane Smith Junior.

— Pode ser. — disse Ames. — Vamos descobrir logo mais. Ah, aqui está uma nota promissória de mil dólares, marcada com "Paga". Foi assinada por Lorraine Bixby e Antonio Donofrio. Foi passada para Bixby Hair Salon, na rua Blossom, número 19, em Lynn. Eu diria que isso esclarece mais as coisas. Lorraine casou-se com Antonio Donofrio e teve uma filha chamada Josephine.

— O que está no fundo da caixa, nesse envelope marrom? — perguntou Schroeder.

— Parece o manuscrito de um livro — disse Ames. — Nosso professor Kent devia ser um autor incógnito. Não, é uma tese de doutorado escrita por Oscar Horton, submetida à Universidade de Nevada em 1953. E o tema é: "Simeon Suggs, poetastro do século XX". Nunca ouvi falar desse cara.

— Mas por que Kent iria guardar isso no seu cofre no banco? — perguntou Schroeder.

Ames deu de ombros.

— Talvez achasse que devia guardar isso muito bem. O senhor tem um cofre pessoal no banco, sargento? Não? Bem, eu tenho, e nas raras ocasiões em que o abro, fico espantado com as quinquilharias que guardo lá dentro. Sempre penso que deveria tirar de lá certos papéis que guardei, como meu diploma de direito. Acho que se eu tivesse partido para praticar advocacia geral, como a maioria dos meus colegas, mandaria enquadrar o diploma e o penduraria no meu escritório. Mas entrei para a promotoria pública assim que me formei... na verdade, até antes de me formar. Guardo também o certificado da Ordem dos Advogados e um recorte do jornal com o nome de todos os que passaram no exame da Ordem. Tenho também um relógio sonoro do meu pai.

— O que é um relógio sonoro?

— Ah, você não sabe? É um relógio que dá as horas no escuro. Você aperta um botão e tem uma campainha que toca de hora em hora, e também de quinze em quinze minutos. Já me disseram que é muito valioso, e portanto seria uma tentação para as incontáveis faxineiras que tive ao longo dos anos. Acho que é por isso que o guardo no cofre, junto com os alfinetes de gravata do meu pai. Meu amigo Charlie Waterhouse guarda as galochas dele no seu cofre no banco.

— É mesmo? — O sargento Schroeder, acostumado com o falatório de Ames, ouvia com um ouvido só. — Então vou ver esse Donofrio — disse, assim que Ames fez uma pausa.

— Não — disse Ames, decidido. — Vou pedir ao delegado Lanigan que vá vê-lo.

— Por que Lanigan?

— Porque esse casal mora no condado de Essex, na jurisdição dele.

O motivo real, porém, era que Schroeder, sendo homem de cidade grande, acostumado a lidar com criminosos profissionais, era um tanto autoritário em sua atitude para com os moradores de cidades pequenas, que costumam considerar os policiais seus amigos e vizinhos.

— Além disso — continuou —, gostaria que você se concentrasse na faculdade, aqui mesmo. Fale com o pessoal do Departamento de Inglês. Algum deles pode saber alguma coisa sobre Kent. Apareceu mais alguma coisa na autópsia?

— Não, apenas aquilo que soubemos pelo relatório preliminar... parada cardíaca. Meu palpite é que vamos ficar sabendo só isso mesmo, pois não há mais nada para saber. Kent era um sujeito fraquinho, com mais de setenta anos, e foi caminhar pela neve alta, sem galochas, no meio de uma tempestade. Daí teve um ataque do coração, caiu e foi coberto pela neve.

Ames concordou.

— Estou inclinado a concordar com você, mas precisamos ter certeza, não é mesmo?

— Por quê? O que há de tão importante para que precisemos ter certeza?

— Porque muita gente em Barnard's Crossing acha que talvez tenha sido o rabino do templo judaico... como é o nome dele?... Selig, rabino Selig... muita gente acha que foi ele quem derrubou Kent com a máquina de limpar neve.

32

A história foi passando de boca em boca, e aumentando. Ada Bronson contou ao marido, que a passou aos rapazes que foram tomar cerveja na Cabana dos Marinheiros. A sra. Miller contou para uma mulher que encontrou no supermercado. Alguns policiais mencionaram a história para suas esposas.

A história cresceu em todas as dimensões. O voyeurismo passou a ser tentativa de arrombamento; esta se tornou uma entrada forçada e uma tentativa de estupro, que por sua vez se tornou um ataque físico terminando num verdadeiro estupro. O fato de o corpo estar no sopé do declive foi explicado com a hipótese de que Selig tinha avistado Kent e o perseguido, e este, ao fugir, tinha escorregado e caído. Isso, por sua vez, deu lugar à história de que Selig o viu caminhando pela passagem pública e dirigiu o jato da máquina de limpar neve contra ele, empurrando-o lá para baixo. Finalmente, a última versão dizia que Selig o apanhou e atirou pelo declive.

O telefone começou a tocar terça-feira de manhã, logo depois que o rabino Selig voltou do *shacris*, o serviço matinal. Após um tempo parou de atender, sabendo que não perderia nada, pois as chamadas ficariam gravadas na secretária eletrônica. À tarde, depois de ouvir todas as mensagens, resolveu consultar o presidente da comunidade, Al Bergson.

Primeiro, porém, discutiu o assunto com sua esposa, que opinou:

— Acho que você está numa encrenca, Dana.

— Como assim? Acha que o templo pode me pedir que renuncie?

— Não, mas você pode estar encrencado com a lei. Você ameaçou que iria apanhar o homem e jogá-lo por cima da cerca, e foi exatamente onde o encontraram: do outro lado da cerca.

— Ora, imagine. Sou um sujeito forte e ele era um fiapinho de gente, mas ninguém iria acreditar que eu seria capaz de levantar assim um homem com pelo menos sessenta quilos e jogá-lo por cima de uma cerca, fazendo-o cair a quase cinco metros de distância.

— Eles podem dizer que ele estava do outro lado da cerca e que você o derrubou com o jato da máquina de limpar neve. Acho que, talvez, você devesse consultar um advogado.

— Sei! E assim que as pessoas souberem que fui consultar um advogado, vão achar que é uma prova de que me acho culpado. Apesar de estar escuro quando limpei a neve, tenho certeza que eu o teria visto se ele viesse pelo outro lado do caminho.

— E o que dizer de todos esses telefonemas que você recebeu?

— Quase todos eram a meu favor: acham que fiz muito bem.

— Isso significa que acham que foi você.

— Isso é verdade — disse ele, relutante. — O que você acha que devo fazer?

— Talvez fosse uma boa idéia conversar com o rabino Small.

— Ora, por quê? O que ele tem a ver com isso? Ele não tem mais nenhum cargo aqui.

— Ele mora aqui há vinte e cinco anos, conhece muito bem a cidade. Além disso, parece que é amigo do delegado Lanigan. Ele pode perguntar a esse Lanigan o que está havendo.

— Vou pensar no caso.

Como era de se esperar, Al Bergson compareceu ao templo para a oração do fim da tarde. Assim que o serviço terminou, o rabino Selig aproximou-se:

— Tem alguns minutos, senhor Bergson?

— Claro, o que posso fazer pelo senhor?

O rabino Selig esperou até que todos os outros fossem embora e, quando ficou sozinho com Bergson, disse:

— Recebi uma porção de telefonemas sobre aquela história do domingo passado.

— Na verdade, eu também — disse Bergson.

— É mesmo?

— Sim, e outros membros da congregação também.

— O que o senhor acha que devo fazer?

— A polícia já veio falar com o senhor, ou interrogá-lo?

— Sim, isto é, naquele domingo havia uma aglomeração na minha porta e fui ver o que era. O delegado me convidou para entrar na viatura, e ficamos um pouco ali sentados. Ele me perguntou quando eu tinha limpado a neve da entrada, e eu lhe respondi. Foi só isso.

— É — disse Al Bergson —, talvez seja só isso, mas duvido. Eu, se fosse o senhor, iria falar com o rabino Small, se ele estiver na cidade. Ele e Lanigan, o delegado, são unha e carne. Uma vez os Lanigan jantaram na casa dos Small, e David e Miriam tomaram chá na casa dos Lanigan. E não é só isso: David Small já ajudou Lanigan em mais de uma ocasião.

— Eu poderia ir a Boston falar com ele.

— Acho que não só poderia, como deveria fazer isso. Olhe, aqui está o telefone do apartamento onde o rabino está morando. — Tirou do paletó um lápis e um caderninho e escreveu o número. — Ligue hoje à noite e marque um encontro na casa dele ou no escritório, na faculdade.

— Obrigado. E, aliás, acho que não vou à reunião da Diretoria do Templo no domingo.

— Não? Algum motivo especial?

— Como o senhor e vários outros receberam telefonemas, creio que vocês vão querer falar sobre esse assunto, e podem falar mais à vontade se eu não estiver presente.

— OK — disse Bergson.

— Você veio de carro? — perguntou o rabino Small, indicando uma cadeira para o visitante e fechando a porta para não ser interrompido. — Onde estacionou?

— Não, vim de ônibus — disse o rabino Selig. — Uma das minhas razões para alugar aquela casa é que o ônibus pára bem na nossa porta, e se eu tiver que ir a Boston não preciso me preocupar com vaga para estacionar.

— Bem pensado — disse o rabino Small. — Quando vim trabalhar aqui, o reitor disse que ia tentar conseguir uma vaga só para mim, mas não conseguiu. Desde que me mudei para Brookline, venho sempre de bonde. É muito prático.

— Depois de tudo o que aconteceu, nem sei mais se ter um ponto de ônibus bem na minha porta é uma vantagem. O senhor sabe o que aconteceu?

— Sim. O delegado Lanigan fez a gentileza de nos dar uma carona até Boston e no caminho me contou tudo. Mas não foi uma conversa à-toa; ele achou que eu estava preocupado com o efeito que o caso pode provocar na congregação, e também em você.

— Ele acha que estou envolvido?

— Ele também quer que eu descubra tudo o que puder sobre o professor Kent, já que estou numa situação conveniente para investigar, e ele não.

— Mas o que ele está achando de mim? — perguntou Selig.

— Nas circunstâncias atuais, há várias possibilidades que devem ser consideradas. Primeira, que Kent escorregou, talvez em conseqüência de um repentino ataque do coração; segunda, que você o forçou a sair fora do caminho com o jato da sua máquina de limpar neve... ou fez isso por acaso, sem ter visto Kent, ou intencionalmente, porque você queria revidar a afronta feita à sua esposa, e terceira, que você o ergueu e o jogou por cima da cerca.

— Mas isso é ridículo...

— A terceira com certeza: só um gigante poderia fazer isso. Mas a possibilidade de que você possa ter dirigido o jato da máquina de limpar neve contra ele deve ser seriamente considerada.

— E como eles vão provar isso?

— Infelizmente, não precisam provar. Teriam que provar para mandar você para a cadeia; mas não precisam provar para arruinar a sua carreira e prejudicar a congregação. Existem os três elementos que a polícia procura: a arma, neste caso, a máquina de limpar neve; a oportunidade, ele vinha caminhando enquanto você limpava a neve, e o motivo, que você lhes deu de bandeja quando falou com Miller.

— Então estou perdido? Minha carreira está arruinada, mesmo se eu não for preso?

— Oh, não. Essas são as possibilidades que aparecem neste momento. A polícia mal começou a investigar o caso. Existe ainda a possibilidade de que ele tenha sido assassinado em algum outro lugar e depois trazido para Barnard's Crossing, onde seu corpo foi jogado. Há grandes evidências de que foi isso que aconteceu, e é por isso que o condado de Suffolk assumiu o caso.

— Então o que faço agora?

— Nada. Não faça nada.

— Devo falar com um advogado?

— Só com a sua mulher. Ela é advogada, não é? Eu não contrataria um advogado, a não ser que seja acusado formalmente.

33

Quando Lanigan ligou para seu amigo Bill Mulcahey, delegado de Lynn, ficou surpreso com a risadinha que sua pergunta provocou:

— Esses italianos mandaram convite para você também? Aposto que mandaram também para o governador.

— Mas de que raios você está falando, Bill?

— Você perguntou se eu sei alguma coisa sobre Donofrio. Bem, Vittorio Donofrio está se aposentando depois de quarenta anos de serviço no Departamento de Estradas de Rodagem. Parece que ele é chefe de seção ou algo assim. E os outros italianos vão lhe dar um banquete de despedida em que, acredite, não vão perder dinheiro.

— Vittorio Donofrio? Não, este aqui é Antonio Donofrio.

— Ah, Antonio é o filho dele. É barbeiro ou cabeleireiro e tem um salão perto da estação ferroviária. Deixe-me lembrar... É o Bixby Salon. Parece que ele é dono ou é casado com a dona. Para que você precisa dele?

— Só quero falar com ele.

Como Lynn ficava a apenas dez ou quinze minutos de carro, os moradores de Barnard's Crossing costumavam fazer compras lá e conheciam a cidade muito bem. O delegado Lanigan sabia onde ficava o Bixby Salon; tinha uma vaga lembrança de que sua esposa Amy já fora lá quando o cabeleireiro a que costuma ir estava de férias.

Ao saber onde Donofrio trabalhava, Lanigan não hesitou, mesmo estando à paisana, em pegar o carro, ir até a porta do salão e parar bem diante da placa de estacionamento proibido. Entrou e em resposta ao olhar interrogativo da sra. Bixby na mesinha de manicure disse:

— Sou Hugh Lanigan, do Departamento de Polícia de Barnard's Crossing. — E mostrou a ela seu distintivo, que tirou do bolso do paletó.

— Sim, acho que já vi seu retrato no *Examiner*. O senhor é o delegado, não é? Posso ajudá-lo em alguma coisa, delegado?

— Gostaria de falar com Antonio Donofrio.

— É aquele ali. Daqui a uns quinze minutos ele deve estar livre para atendê-lo. Escute, delegado, por que o senhor não senta aqui e deixa que eu faça suas unhas?

— Não, não. Se ele vai estar livre daqui a quinze minutos, eu volto depois.

— Não estou falando em fazer uma manicure completa, delegado, só em cortar um pouco as unhas. Não vou cobrar nada. É melhor do que o senhor ficar esperando em pé, falando comigo. Pode ficar esquisito para quem passa na rua e olha para cá. Não se envergonhe, tenho muitos clientes homens.

— Está bem.

Lanigan sentou-se e estendeu a mão para a mulher. Antes vinham conversando em voz bem baixa, pouco acima de um cochicho; mas então ela disse num tom normal:

— Por que o senhor não tira o chapéu e o casaco? Pode pendurar ali.

— Certo — concordou ele, bem-humorado, e levantando-se pendurou o paletó e o chapéu no gancho.

Quando ele sentou de novo ela disse:

— Aposto que é sobre o professor Kent, não é?

— Por que você acha isso?

— Bem, o senhor é de Barnard's Crossing, onde o corpo dele foi encontrado, e não se sabe ao certo como ele morreu. A senhora Thorpe estava dizendo... o senhor a conhece? Ela é de Barnard's Crossing, ou talvez de Swampscott... bem, ela estava dizendo que foi um jovem ministro, padre ou algo assim... não, não é um padre católico... que empurrou o professor ladeira abaixo, porque o pegou espiando pela janela a mulher dele, que tirava a roupa. Talvez seja um padre ortodoxo grego, eles podem se casar. A mim, não surpreende que ele estivesse espiando. Ele sempre foi um homem assim, sabe como é, interessado em mulheres, quer dizer, vivia olhando as moças, e...

— Você quer dizer que ele era meio tarado?

Ela deu uma risadinha.

— Eu não diria isso, mas na verdade ele era, principalmente depois que ficou mais velho.

— Ah, você o conhecia?

— Com certeza.

— Ele costumava vir aqui fazer as unhas com você?

— Aqui não, mas quando eu era manicure numa barbearia em Boston, onde ele cortava o cabelo. Isso já faz bem uns vinte anos. Ficamos muito amigos e ele me disse que me amava. Queria casar comigo. Não podia, naturalmente, pois já era casado. Sua esposa era uma senhora idosa e doente, e ele disse que ela ia morrer logo, e queria que eu esperasse. Mas uma moça tem que pensar no futuro, o tempo vai passando, e daqui a pouco a gente não é mais jovem. Assim, quando Tony me pediu em casamento, aceitei.

— E como foi que Kent recebeu isso?

— Acho que ele compreendeu. Até nos emprestou dinheiro para comprar este salão. Várias vezes ele nos emprestou dinheiro quando precisamos. Acho que ele sentia que nós éramos a sua família, a única que ele tinha. Quando minha Josephine nasceu, ele fez uma apólice de seguro para ela. Ela o chamava de tio Malcolm.

— E Tony?

— Ele acha que era uma espécie de primo meu. E é isso que eu quero que ele pense — acrescentou num tom severo.

— Não vou dizer a Tony nada de diferente — disse Lanigan —, mas preciso falar com ele.

— Tony já está acabando de fazer o cabelo da senhora Wilson; depois vai ficar livre por uma hora. Escute, por que o senhor não vai até o café ali na rua, na esquina de baixo... Tony irá encontrá-lo quando terminar.

— Fui procurá-lo, mas não o encontrei — anunciou Donofrio assim que chegou e sentou à mesa de Lanigan.

— Por que você não pega um café? — sugeriu Lanigan. — Então podemos conversar melhor.

— Tudo bem. — Tony foi até o balcão, pegou uma xícara de café e voltou para a mesa. — A patroa falou que o senhor quer falar comigo porque fui procurar Kent na véspera do Dia de Ação de Graças. Fui mesmo, mas não consegui encontrá-lo.

— Por que você foi até lá?

— Pelo dinheiro, oras. Pelo que mais seria?

— Ele devia algum a você?

— Não. — Donofrio remexeu-se inquieto na cadeira, tentando explicar. — O negócio é o seguinte: ele era um velho meio excêntrico, e eu, Lorraine e Josephine éramos a única família que ele tinha. Então veja só: lá está ele, morando naquela casa enorme, em Back Bay, em Boston. E aqui estamos nós, mal conseguindo viver. O que ele ia fazer com aquele dinheiro todo? Doar para a faculdade? Ele não tinha mais ninguém. E o senhor sabe como é quando a gente tem um negócio próprio: sempre aparecem despesas extras, sempre alguma coisa não dá certo.

— E quando as coisas não davam certo você ia procurá-lo e ele lhe dava dinheiro? Que quantia?

— Ah, uns duzentos. Mas certa vez ele nos deu mil.

— Deu para quem?

— Para mim e para a patroa. Era para o salão. Uma vez foi para cobrir a conta do encanador, outra vez foi o aquecimento.

— Você ficava apertado e ia procurá-lo, e ele o ajudava.

— Isso mesmo. Em geral para o salão. Mas uma vez foi também para o dentista da patroa.

— E por que você foi procurá-lo quarta-feira?

— O senhor já viu nosso salão? Olhe bem para essa rua. Como podemos fazer negócio? Só conseguimos um bando de velhas, e isso porque elas já são clientes há anos. Pois então, eu queria conversar com ele sobre a idéia de reformar o salão, modernizar, talvez fazer uns anúncios.

— Sei. E a que horas você chegou lá quarta-feira?

— Vejamos, peguei o trem das três e quarenta em Lynn, que chega na Estação Norte às quatro e dois. Depois peguei o bonde até Kenmore. Deviam ser quatro e pouco. Toquei a campainha dele, bati na porta, fiquei ali uns cinco minutos, achando que ele talvez estivesse no banheiro. Daí fui até a sala dele na faculdade, achando que ele ainda estava lá. Ali um sujeito me disse que Kent ia a uma festa chique, lá em Breverton, e já devia ter saído. Voltei à casa dele, toquei de novo a campainha, e de novo não tive resposta. Então imaginei que ele já tivesse ido embora e fui embora também.

— E voltou aqui para Lynn?

— Bem, eu precisava jantar, então fui até North End, onde tenho muitos amigos, e fiquei por ali um pouco.

— E a que horas chegou em casa?

— Bem tarde, talvez lá pelas onze. Escute, chefe, tenho que voltar para o salão. Tenho uma cliente daqui a pouco.

— Certo.

Lanigan despediu-se com um gesto de cabeça.

34

Al Bergson bateu na mesa com os nós dos dedos e disse:

— Muito bem, vamos começar.

— Será que não é melhor esperar o rabino? — perguntou Norman Salzman. — Ele estava na sinagoga, deve estar chegando daqui a pouco.

— Não, ele não vem hoje — disse Bergson. — Deve ter achado que vamos conversar sobre a história do corpo na neve e não quis atrapalhar nossa conversa.

— Que sujeito legal — disse Irving Cohen.

— Talvez ele não quisesse ouvir nossas perguntas — sugeriu David Block, que era meio cínico.

— O secretário vai ler a ata da reunião passada — disse Bergson, para cortar a discussão.

O secretário começou a ler:

— A reunião foi declarada iniciada às nove horas e cinco minutos...

— Discussão.

— O que havia para discutir? Não aconteceu nada.

— Ah, é? E o telhado? O Comitê de Construção não ia fazer uma pesquisa de preços para consertar o telhado?

— Isso vem nos relatórios do comitê.

— Me parece que houve uma longa discussão sobre a festa de Purim que a Hadassah está planejando.

— Sim, mas nada foi decidido.

— Mas o secretário deveria mencionar que houve uma discussão.

— Isso foi na semana retrasada — disse o secretário —, e consta da ata da reunião da semana passada.

— A semana passada eu faltei. Tive que ir a Nova York e...

— Ei, vamos andar logo com esta reunião. Depois você nos conta suas aventuras em Nova York.

Eram mais de dez horas quando acabaram com os assuntos antigos. Não que houvesse algum assunto antigo para discutir, mas, como sempre, eles achavam agradável ficar ali sentados conversando. Por fim, Bergson conseguiu mencionar o assunto que o preocupava.

— O rabino Selig veio me procurar a respeito de uma porção de telefonemas que recebeu.

— Sim, eu também recebi alguns — disse Larry Sobel, dono de uma imobiliária. — Mas não de judeus. Dois estavam procurando imóveis. Um deles disse que eu deveria ter orgulho do meu rabino, e o outro disse que achava que ele não tinha culpa.

— E o que você disse? — perguntou Bergson.

— Bem, eu agradeci, mas nem sabia do que eles estavam falando. Um deles apenas riu e desligou, mas o outro disse que dava para entender por que o rabino empurrou o sujeito pelo declive... porque ele tinha paquerado a mulher dele.

Bergson perguntou:

— Mais alguém recebeu algum telefonema?

Três levantaram a mão. O primeiro disse:

— Uma mulher me ligou dizendo que nós deveríamos ter vergonha de ter um ministro assassino.

— Mais alguém recebeu algum telefonema hostil? — perguntou Bergson.

— Um sujeito me ligou e não quis dar o nome. Disse que entendia como o rabino se sentia mas que, sendo um homem de Deus, não deveria apelar para a violência.

— E você, o que disse?

— A mesma coisa que Larry: que eu nem sabia do que ele estava falando. Daí ele disse: "Ora, tenha a santa paciência!", e desligou.

— Mais alguém? — perguntou Bergson.

Andy Taitelbaum levantou a mão timidamente.

— Recebi um telefonema de um sujeito que foi meu colega de escola. Eu o vejo de vez em quando, mas ele nunca tinha me ligado antes. Conversamos alguns minutos, sabe como é, só brincadeira, e daí ele disse: "Eu vi o seu rabino correndo outro dia. O sujeito é bom mesmo".

— E aí?

— Só isso. Depois ele falou: "Me dá uma ligada qualquer hora, Andy". E desligou.

— Quer dizer que ele não disse nada.

— Quem sabe ele não achou que eu diria alguma coisa.

— Quem sabe ele estava mexendo com você por causa desse seu rabino que anda correndo por aí de short ou de agasalho de ginástica.

— Qual é o problema de o rabino correr de agasalho?

— Você seria cliente de um médico ou de um advogado que usasse jeans no escritório?

— OK, mas o rabino Selig não vai de agasalho à sinagoga.

Bergson bateu de novo na mesa.

— Por favor, vamos voltar ao ponto que interessa. Esta história pode ir sumindo e desaparecer, ou então pode ir piorando e provocar mais telefonemas. Portanto, deixem-me esclarecer bem as coisas e contar o que aconteceu. Em primeiro lugar, tenham em mente que o rabino Selig não tem nada a ver com a morte desse sujeito, nem de propósito, nem por acidente. Portanto, qualquer pessoa que ligar para vocês dizendo que admira o rabino pelo que ele fez, digam a essa pessoa, bem claro, que o rabino não fez nada.

"Parece que aquele sujeito saiu de Boston para ir a uma recepção formal de casamento em Breverton. Daí, ou o carro dele quebrou ou ele estacionou porque a neve estava muito pesada, e resolveu pegar o ônibus. Só que em vez de pegar o ônibus que vai para Breverton pela estrada estadual, pegou o ônibus para Barnard's Crossing, que vai pela antiga estrada de Boston. E desceu em frente à casa do rabino Selig porque tinha um amigo na Evans Road que costumava visitar no verão, e sempre usava a passagem pública paralela à casa do rabino para ir até a casa desse amigo. Ele já era velho, e provavelmente teve um ataque cardíaco ao subir a ladeira num dia tão frio e em que nevava tanto. Daí ele caiu no chão.

"Bem, o rabino limpou a neve lá pelas duas horas da tarde, porque a sua esposa tinha ido a Salem, onde está fazendo um curso. A probabilidade é que esse sujeito tenha descido do ônibus lá pelas cinco, talvez um pouco depois. E se teve um ataque do coração e caiu, ficou todo coberto de neve em questão de quinze minutos, ou no máximo meia hora."

— Sim, mas o rabino limpou a neve de novo, não foi?

— Isso mesmo. Sua esposa lhe telefonou dizendo que vinha trazendo os colegas do curso para tomar café, lá pelas sete e meia ou oito. Assim, como chegariam vários carros, o rabino limpou todo o terraço em frente à casa e de novo a entrada de carro. Daí essa neve que foi tirada caiu em cima de Kent, que já estava meio coberto. Portanto, se alguém ligar para vocês para dizer que esse rabino é o máximo por ter revidado um insulto que sua esposa recebeu, respondam que o rabino não fez nada disso. Compreenderam? Façam isso, porque a longo prazo essa história pode prejudicar toda a nossa comunidade.

— Mesmo assim, você tem que reconhecer que se nós tivéssemos um rabino como David Small, um tipo estudioso, não estaríamos numa situação dessas — disse Jerry Andleman.

— Ah, é? Para sua informação — disse Taitelbaum —, meu pai disse que, no primeiro ano que Small trabalhou aqui, o corpo de uma moça foi encontrado no mato atrás do estacionamento, e por algum tempo muita gente achou que Small tinha algo a ver com isso.

35

O delegado Lanigan sentou à sua mesa na delegacia e ficou fazendo rabiscos num bloquinho, pensando no professor Miller e em sua mãe. Embora tivesse registrado no diário a data da visita à casa dos Miller, não anotou o que acontecera quando estava lá. Em retrospecto, agora lhe parecia que a sra. Miller apoiara o professor Kent com mais veemência do que o filho. Ficou pensando no motivo: será porque ela era mais emotiva do que o filho? Ou quem sabe não estava envolvida com aquele homem? Seria constrangedor perguntar a ela diretamente, mas lhe ocorreu perguntar a Ada Bronson, que costumava "ajudar" na casa dos Miller.

Mandou chamar o sargento Dunstable. Este se considerava sargento detetive porque não usava uniforme e levava o distintivo no bolso. Não que fizesse algum trabalho à paisana, mas simplesmente era útil ter alguém para dar um telefonema, fazer uma investigação ou dar um recado sem deixar transparecer que se tratava de um assunto da polícia.

— Você conhece Ada Bronson? — perguntou Lanigan quando o sargento entrou.

— Claro, a mulher de Jim Bronson.

— Descubra onde ela está agora, se está em casa ou trabalhando fora.

— O senhor quer vê-la, chefe? Devo trazê-la aqui?

— Sim, quero falar com ela, mas não a traga até aqui. Peça-lhe que dê uma passada por aqui depois, quando estiver livre.

— Entendi, chefe.

Ada chegou pouco antes do meio-dia. Era uma mulher de cinqüenta anos, troncuda, mas de uma agilidade surpreendente. O queixo gorducho e a boca de lábios finíssimos compunham uma expressão preocupada.

— É alguma coisa sobre Jim? — perguntou ela.

— Não, Ada — disse Lanigan com gentileza. — Sente-se, por favor. Quero lhe perguntar sobre quarta-feira passada. A senhora estava na casa dos Miller, não é mesmo?

— Estava, sim. Fiquei lá porque era véspera do Dia de Ação de Graças. Cheguei às dez horas e preparei o café da manhã para a patroa. Daí fiz compras e preparei o almoço.

— E à tarde?... — sugeriu Lanigan.

— Ah, passei a tarde toda cozinhando e fazendo pão. Daí, logo depois das cinco, eu me lembro porque estava ouvindo o noticiário das cinco no rádio, o telefone tocou, e era o professor Miller. Queria falar com a mãe dele, mas eu disse que ela estava deitada e ele mandou não incomodá-la. Daí perguntou se o professor Kent já tinha chegado, e eu disse que não. Ele disse que então Kent devia ter ido direto para Breverton. Daí falou que ia tomar o trem das cinco e trinta e dois e que chegaria em casa logo depois das seis. Como estava nevando muito, ele não foi de carro até Boston, só até Swampscott, e ali tomou o trem.

— E a que horas ele chegou em casa?

— Logo depois das seis, como tinha dito. Mas, assim que acabou de tirar o casaco, ficou muito nervoso, porque tinha esquecido a pasta no trem. E isso deixou a patroa nervosa também, porque ela achou que devia ser uma pasta muito bonita que ela havia dado para ele de presente de Natal. Mas ele disse que não, que era a pasta velha, uma que está com a tira arrebentada, pois ele não usaria a pasta nova com aquele tempo. Daí ele pediu que a mãe procurasse o telefone da Estação Norte, ligou e disse que tinha deixado a pasta no trem. Eles disseram que o cobrador a guardaria quando o trem chegasse em Gloucester. Mas ele ficou nervoso por causa da pasta, e ela também.

— E a senhora sabe se o cobrador achou a pasta?

— Sim. Encontrei a patroa no mercado sexta-feira e ela disse que eles guardaram a pasta. O professor Miller queria ir buscá-la, mas ela não deixou porque ele estava muito gripado. Além disso, não havia motivo, porque, mesmo que a pasta tivesse papéis que ele precisava estudar durante o feriado, não adiantava mais, pois o feriado já estava quase acabando.

— A senhora já viu essa pasta?

— Não, nunca vi. Mas no telefone ele disse que tem as iniciais dele.

— Tudo bem, acho que ele deve ter guardado no porta-malas do carro. Eles estavam aguardando o professor Kent para jantar no Dia de Ação de Graças? Ficaram decepcionados ao ver que ele não aparecia?

— Bem... sim e não. Achavam que talvez ele viesse depois dessa festa chique no Country Club, e nesse caso ficaria para dormir; talvez ficasse até segunda de manhã. Foi por isso que a patroa me mandou arrumar bem o quarto de hóspedes. Mas depois eles acharam que algum amigo daquela festa iria convidá-lo, e nesse caso ele não viria.

— Entendo. E eles não ficaram surpresos com o fato de ele não ter telefonado nem para avisar se viria ou não viria?

— Ah, ele nunca telefona. Só aparece.

— E os Miller não se importam com isso?

— Eles são lá do Oeste, sabe como é, acho que por ali as pessoas se visitam mais, é uma coisa mais informal. Além disso, o professor Miller é um rapaz muito atencioso. Antes do professor Kent começar a freqüentar a casa nos fins de semana, havia um outro professor, que estava noivo de uma garota daqui da cidade, em Charleton Park, e que sempre ia até lá no fim de semana. Bem, o professor Miller sempre dava carona para ele na sexta-feira à tarde e depois passava na segunda de manhã para levá-lo até Boston. E olhe que Charleton Park é bem fora do seu caminho, mas ele não se importava. E não é só isso: esse outro rapaz dava aula às nove horas na segunda-feira de manhã, e o professor Miller só entrava às dez, mas levantava mais cedo para poder levar o colega a tempo.

— Muito decente da parte dele — observou Lanigan. — A senhora estava trabalhando lá às segundas e sextas?

— A semana inteira. Ela estava tendo problemas com a sua asma, coitadinha, então eu ia toda manhã. Ultimamente ela está se sentindo melhor, então só vou quando ela precisa de mim. No fim de semana ela vai visitar a irmã no Arizona. Ela ia cancelar essa visita por causa da gripe do filho, mas agora ele está melhor e quer que ela vá. A patroa fez o filho prometer que vai ficar em casa a semana toda, e eu concordei em vir todos os dias para trabalhar para ele, então ela viaja no sábado.

— Certo. Me diga uma coisa, a senhora Miller tinha algum interesse no professor Kent, ou ela era apenas gentil com ele por causa do filho?

— Como assim, se ela estava de olho nele? Bem, ela é viúva e ele era viúvo. E ele era assim, da alta sociedade, então... apesar de ele já ser bem velho, até que era um bom partido. Se ele a pedisse em casamento, aposto que ela aceitava.

— Muito bem. Obrigado, Ada — disse Lanigan, e a levou até a porta. Ali falou: — Escute, não há necessidade de comentar com os Miller essa conversinha que tivemos.

36

A sra. Bell era uma mulher de cinqüenta e cinco anos, prática e eficiente. Lembrava aquelas professoras primárias antigas, que mantinham a disciplina e não toleravam abusos. Na verdade, já havia lecionado ciências domésticas numa pequena escola particular na parte oeste do estado. Daí casou-se, mas o casamento não foi bem-sucedido. Descobriu que não podia confiar no marido, que ele bebia, vivia se endividando e não era leal a ela, e pediu o divórcio. Em vez de voltar a dar aulas, começou a fazer serviços domésticos, para ganhar mais.

Quando Matilda Kent começara a ter dificuldade para cuidar da sua mansão na rua Clark, a faculdade contratou a sra. Bell para ajudá-la. Chegava no fim da tarde, arrumava os quartos, tirava o pó e preparava um lanche ou um jantarzinho para o casal. Depois que Matilda Kent morreu, ela passou a fazer o mesmo para o professor Kent. Em geral ele não estava em casa quando ela chegava, mas a sra. Bell tinha a chave e entrava. Se ele chegava enquanto ainda estava por lá, ela fazia o jantar; senão, supunha que ele já tivesse comido na rua e não se dava ao trabalho de preparar nada.

Agora a sra. Bell estava sentada na saleta logo ao lado do hall, na entrada da casa, com as mãos cruzadas no colo, enquanto Bradford Ames a interrogava.

— Quarta-feira passada a senhora chegou aqui às cinco horas? Era essa sua hora de costume?

— Quando a senhora Kent era viva, eu chegava lá pelas quatro, ou mais cedo. O professor costumava chegar às cinco, e eles tomavam um chá, às vezes um chá bem reforçado, com sanduichinhos e outras coisas que eu preparava. Ele chamava de "chá da tarde". Nessas ocasiões só jantavam lá pelas oito ou nove horas. Assim, eu deixava tudo bem preparado para quando ele chegasse em casa.

— A senhora servia esse lanche e depois lavava a louça? — perguntou Ames.

— Sim, e ela me mandava colocar um avental limpo quando eu servia, como uma copeira. Eu não me importava. Ela era uma senhora muito boazinha e gostava desse tipo de coisa.

— E depois que ela morreu?

— Aí eu parei de vir todos os dias. Às vezes preparava um jantar, se ele pedia, e depois lavava a louça. Mas em geral ele comia fora. Muitas vezes vinha aquele moço, o professor Miller, e eles ficavam conversando e bebendo...

— Bebendo?

— Sim, no calor uma cerveja, às vezes um xerez ou um uísque. Nessas ocasiões eu não ficava; fazia minha limpeza e ia embora.

O sargento Schroeder, com os braços cruzados apoiados na mesa, perguntou:

— Por acaso alguma vez ele tentou paquerar a senhora?

Os lábios finos se relaxaram num sorriso de recordação.

— Uma vez. Ele me pediu que lhe trouxesse um café e eu tinha acabado de fazer um café fresco. Levei-lhe uma xícara, e quando cheguei para colocar nesta mesa aqui, ele me deu umas palmadinhas no traseiro.

— E o que a senhora fez?

— Derramei o café em cima dele.

— Sem querer?

Ela sorriu:

— Sem querer de propósito.

Bradford Ames deu uma risadinha.

— Não teve medo que ele a despedisse?

— Não, ele não podia me despedir porque nem tinha me contratado; foi a faculdade que me contratou, e era para servir à patroa. Ele só podia dizer que não precisava mais de mim, mas nesse caso eles não iriam contratar mais ninguém. Ele teria que pagar outra faxineira com seu dinheiro. E se ele dissesse que queria outra pessoa, eles iam me perguntar por quê, e eu iria contar. Por tudo isso, não tive medo de ser mandada embora.

— Entendo — disse Ames. — Agora, quarta-feira passada, a senhora chegou aqui às cinco horas?

— Sim.

— Tem certeza da hora?

— Claro. Eu cobro por hora, por isso sempre marco exatamente a hora em que chego no emprego. Liguei antes para dizer que chegaria às cinco e...

— E a senhora falou com ele? A que horas foi isso?

— Liguei às quatro e cinco, logo depois de sair do meu outro emprego. Mas, como ele não atendeu, deixei um recado na secretária eletrônica. Ainda deve estar gravado — disse, apontando para a mesa. — Falei que chegaria às cinco, e cheguei mesmo.

— Muito bem — disse Ames. — E quando a senhora chegou ele não estava mais aqui?

— Isso mesmo.

— Como podia ter certeza? E se ele estivesse lá em cima, no quarto? A senhora subiu para ver?

— Fiquei aqui até as sete; ele não desceu, e não escutei nada. Além disso, o professor Miller ligou às cinco e quinze, e quando eu lhe disse que o professor Kent não estava, ele me pediu que eu olhasse no galpão dos fundos para ver se o carro dele estava ali.

— E estava?

— Não, não havia carro nenhum. Voltei ao telefone e falei isso para o professor Miller. Ele então disse que decerto o professor Kent tinha ido sozinho.

— Então com certeza ele saiu daqui às cinco.

— Às quatro e cinco, já que não atendeu o telefone quando a senhora Bell ligou — disse Schroeder.

— Não podemos ter certeza — disse Ames. — Talvez ele estivesse se vestindo e não quisesse atender. Se fosse algo importante, com certeza a pessoa deixaria recado. Digamos às cinco horas com certeza, e às quatro e trinta como uma probabilidade.

— O senhor quer que eu limpe a casa agora? — perguntou ela.

— Não, não. Não quero que ninguém mexa em nada. E amanhã também não precisa vir. Ainda estamos examinando as coisas e queremos tirar mais fotos.

Ela olhou o relógio.

— São quase seis horas. Estou aqui desde as cinco. Posso cobrar por uma hora de trabalho?

Ames olhou para Schroeder.

— Isso levanta uma questão ética bem interessante, não é mesmo, sargento? Será que ser interrogado pela polícia constitui trabalho?

— Com certeza não é trabalho doméstico, e é para isso que ela recebe. Mas ela veio aqui para trabalhar, e nós não a deixamos. Pode-se até dizer que nós a interrompemos em seu trabalho. — Deu uma risadinha. — Sim, minha cara senhora, acho que a senhora pode muito bem cobrar por uma hora de trabalho.

37

O frio continuava terrível, e nas estradas se estendiam, de ambos os lados, montes de neve atirados pelas limpadoras, às vezes ocupando metade do caminho. Porém, as rodovias mais importantes, onde haviam sido jogados sal e areia, estavam limpas embora cheias de poças d'água. Não seria fácil dirigir, mas o sargento Schroeder achou que devia interrogar Lew Baumgold. Ele ficara na cidade na quarta-feira à tarde e planejava passar o Dia de Ação de Graças com sua esposa em Barnard's Crossing. Nesse caso, por que não fora buscar a esposa na faculdade ou no apartamento dela, para irem os dois juntos? Ou será que fora buscá-la e ela já tinha ido embora? E será que por acaso não tinha aproveitado a ocasião para falar com o professor Kent e mandá-lo tirar as patas de cima dela?

Como não era de surpreender, com aquele mau tempo Lew Baumgold não tinha nenhum cliente no escritório e estava tomando um café quando o sargento chegou. Depois de identificar-se, Schroeder lhe fez essa pergunta sem rodeios.

— Não. Fiquei no Fórum até as quatro horas e voltei direto para casa. Fui logo para Haymarket e tive sorte de pegar um ônibus em seguida.

— Mas se o senhor ia passar o Dia de Ação de Graças em Barnard's Crossing com sua esposa, por que não a apanhou de carro e foi com ela?

— Eu faria isso se estivesse de carro, mas não estava. Vim de ônibus.

— Então...

— Então, o senhor se lembra de como estava o tempo naquela tarde. Moro a dois quarteirões do ponto de ônibus; não ia deixar minha esposa enfiar os pés na neve. Perto da minha casa as condições estavam especialmente ruins.

— Mas ela teria que fazer isso de qualquer forma no dia seguinte, se viesse jantar com o senhor — notou Schroeder.

— Não, ela viria de trem e eu iria buscá-la de carro na estação de Swampscott.

— Eu imagino que o senhor gostaria de estar com ela durante todo o feriado. Por que não ficou no apartamento dela quarta-feira à noite? Aí os dois poderiam tomar o trem até Swampscott juntos no dia seguinte, já que tinham que estar em Barnard's Crossing.

— Ah, sem dúvida tínhamos que estar, pois tínhamos marcado um jantar num hotel e já tínhamos reservado lugar. Mas como iríamos de Swampscott até minha casa? É muito longe para ir a pé.

— Poderiam ir de táxi.

— Ah, é? O senhor acha que Swampscott é como a Estação Norte, onde há um ponto de táxi por causa dos trens que chegam de dois em dois minutos? Ali, se você quiser um táxi, tem que telefonar e esperar, esperar e esperar. O telefone público fica num restaurante ali perto, e nem sei se está aberto no Dia de Ação de Graças.

— Mesmo assim, como vocês estão casados há menos de um ano, imagino que...

— Que eu gostaria de estar com ela o tempo todo? — Baumgold deu um sorriso condescendente para o sargento. — Desconfio que o senhor tem umas idéias meio antiquadas sobre o casamento. Antigamente, quando a esposa não tinha nenhum outro interesse, só cuidar da casa e das crianças, os casais costumavam ficar juntos o máximo de tempo possível. Era obrigação do marido estar com a esposa, porque, se tinham filhos, ela precisava de um adulto para conversar no fim do dia e, se não tinham filhos, ela ficava maluca de tédio; mas hoje em dia as coisas são muito diferentes. As esposas trabalham, e a minha mulher tem os interesses dela. Sou advogado, e minha esposa é professora. Ela está envolvida com a faculdade, e meu trabalho tem pouco interesse para ela. Não precisamos estar juntos o tempo todo; aliás, não ficávamos assim nem quando éramos namorados.

Schroeder não estava acostumado a ser tratado com condescendência pelas pessoas que interrogava, e mudou de assunto abruptamente.

— O senhor conhecia o professor Kent?

— Fui apresentado a ele por Sarah, minha mulher, e cheguei a vê-lo algumas vezes no Departamento de Inglês, quando ia buscá-la para jantar. Era um velho bem sem-vergonha.

— Pelo que vejo, o senhor não gostava dele.

— Não era uma das minhas pessoas favoritas no mundo.

— O senhor sabia que ele paquerava a sua esposa?

— Sim, ela me disse. Eu queria ir falar com aquele velho filho da mãe e mandá-lo tirar as patas de cima dela, mas ela não quis. Essa é outra vantagem da mulher ter seu trabalho e seus próprios interesses. Ela aprende a tomar conta de si mesma.

— Portanto, se ele tivesse encontrado o senhor quarta-feira e lhe pedido que o levasse até Barnard's Crossing dirigindo o carro dele, já que sabia que o senhor ia para lá, o senhor teria recusado?

Baumgold deu de ombros:

— Talvez tivesse aceitado, em vista do mau tempo. Claro que aquele sujeito não prestava, mas, quando tomo um ônibus, também não sei se o chofer presta ou não presta...

Decepcionado com o resultado do seu encontro com Baumgold, Schroeder achou que ainda poderia justificar — para si mesmo — a longa viagem até a região ao norte da cidade se fosse à delegacia de Barnard's Crossing, que ficava a uns dez minutos de distância. Não que esperasse que Lew Baumgold fosse ceder e confessar, mas achava que ele poderia admitir que falara com Kent, que este lhe oferecera uma carona até a parte norte. A viagem já teria valido a pena se Baumgold tivesse demonstrado qualquer nervosismo ao ser interrogado. Seria um ponto de partida para maiores investigações. Porém, Baumgold ficara perfeitamente à vontade, e nem tentara esconder que Kent vinha assediando sua mulher com atenções indesejadas. Então, se não foi Baumgold, quem mais teria ido de carro até a parte norte com Kent? Bradford Ames já explicara mais de uma vez que os policiais, numa cidade pequena como Barnard's Crossing, conhecem todo mundo, que são amigos e vizinhos dos moradores e sabem onde cada um mora e seus hábitos em geral. Ao entrar na delegacia de polícia, logo viu Lanigan conversando com o sargento assistente.

— Tive que ir a Salem — disse Schroeder — e resolvi dar uma passadinha para ver se você tem algo de novo.

Lanigan balançou a cabeça:

— Nada. Nem pegamos mais no caso desde que vocês assumiram.

— Achei que você talvez soubesse quem aqui na cidade leciona no Windermere e poderia ter ido no carro de Kent.

— Tem aquele rapaz, Pendergast — sugeriu o sargento assistente.

— Ah, sim. Onde ele mora?

— Ele não foi na véspera de Ação de Graças — disse Lanigan.

— Como você sabe?

— Porque eu o vi no supermercado quando fui fazer umas compras para a patroa, lá pelas quatro horas.

— Ah, sei. Mais alguém?

— Que eu saiba, não há muitos alunos nem professores que têm aula à tarde. Conversei com John Aster, que é engenheiro e leciona matemática no Windermere. Ele disse que poderia ganhar o dobro do que ganha se trabalhasse como engenheiro, mas nesse caso teria que trabalhar das nove às cinco, e na faculdade dá apenas duas aulas de manhã e fica livre o resto do dia.

— Também tem aquele sujeito que vem nos fins de semana — sugeriu o sargento assistente —, aquele que vem visitar a filha dos Lerner.

— Ah, sim — disse Lanigan —, Jacobs. Como é mesmo o nome dele? Morton? Não, é um nome bíblico. Mordecai! Isso mesmo, Mordecai Jacobs. Miller costumava dar carona para ele à tarde e buscá-lo na casa dos Lerner segunda de manhã. Ele mora em Brookline, perto de Coolidge Corner.

Quando Schroeder voltou a Boston e relatou sua visita a Salem, Ames arregalou os olhos de surpresa.

— Você achou que Lew Baumgold poderia ter matado Kent?

— Bem, Kent queria ir para a casa de Miller e sabia que Baumgold mora lá. Baumgold nunca chegou a lhe dar uma bronca por causa da mulher, portanto o velho não sabia como ele se sentia em relação a ele...

— Quer dizer que o velho lhe ofereceu uma carona, e no caminho Baumgold o matou?

— Poderia ter lhe dado uma cotovelada nas costelas enquanto estava dirigindo...

— E com isso Kent teria um ataque cardíaco? E Baumgold, que é advogado, teria jogado o velho na neve em vez de avisar a polícia?

— Não temos nenhuma indicação forte que nos leve a ninguém — admitiu Schroeder, meio humilhado. — Tudo o que sabemos é que o carro de Kent sumiu. Na verdade, isso é tudo o que temos. Logo, ou Kent foi dirigindo e depois estacionou e tomou o ônibus, ou então alguém estava dirigindo para ele. O que significa que alguém não precisou usar seu próprio carro naquele dia.

— Ou então alguém veio de carro e estacionou aqui na cidade, e o carro acabou coberto pela neve. Quando a neve derreteu, essa pessoa voltou de trem ou de ônibus, pegou o carro e voltou para casa, e ninguém ficou sabendo — sugeriu Ames.

— Sim, então acho que aquele rabino é o nosso principal suspeito.

Ames balançou a cabeça.

— Não consigo imaginar um homem grande e forte como o rabino atacando um velhinho magrinho como Kent.

— É bem mais provável um homem grande atacar um pequeno do que o contrário.

Ames riu.

— É verdade, sargento, mas, se o senhor se lembra, o motivo pelo qual assumimos esse caso foi que, de acordo com a autópsia, Kent já estava morto quando caiu na neve.

— Falei com um sujeito da perícia médica e ele disse que não é fácil definir a hora exata da morte de alguém que já estava enterrado na neve fazia dois dias. Há também a exposição ao frio, que deixa o corpo mais escuro; isso pode explicar a descoloração nas nádegas.

— Sim, também acho — disse Ames. — Também é possível que ele tenha saído um pouco depois das quatro, achado que estava muito difícil dirigir na neve, ido até Haymarket, estacionado em alguma garagem e tomado o ônibus. Quem sabe se você interrogasse os motoristas de ônibus que saíram de Haymarket para Barnard's Crossing depois das quatro...

— Nunca tenho sorte com os motoristas de ônibus ou de bonde. Eles não querem se envolver em nada. E nessa hora em geral os transportes estão superlotados.

— Mas esse homem estava de smoking; teria se destacado no meio da multidão.

— Sim, mas com aquele mau tempo ele devia estar com o sobretudo abotoado até o queixo.

— Não estava abotoado quando ele foi encontrado — notou Ames. — Porém, ele estava usando sapatos de verniz sem galochas nem botas de borracha. Quando ele subiu no ônibus, talvez o motorista tenha reparado nisso e consiga se lembrar.

— Acho que o senhor não anda muito de ônibus, não é mesmo? — disse o sargento. — Quando os passageiros sobem, o motorista fica com os olhos colados na caixa de moedas. Mesmo assim, vou entrar em contato com a empresa de ônibus. E também vou atrás de outro fio: o sujeito que mora bem aqui em Brookline mas vai todo fim de semana a Barnard's Crossing ver a namorada.

A foto que o sargento Schroeder mostrou para Sam Patchek, motorista do ônibus que saía às 5h15 de Haymarket, fora alterada, assim Kent não parecia estar deitado na neve mas de pé e em boa saúde.

— Você reconhece este homem? Será que andou no seu ônibus na véspera do Dia de Ação de Graças?

Esperava muito pouco, e teve uma surpresa agradável quando o motorista disse:

— Ah, claro que reconheço. Ele toma meu ônibus todos os dias. Não achava que fosse tão velho como nessa foto. É que ele está sempre de chapéu, e nunca percebi que o seu cabelo era todo branco.

— Tem certeza que é esse mesmo que você conhece?

— Ah, claro. Ele está sempre de smoking; por isso, ficou na minha memória. Imagino que deva ser garçom ou talvez músico. Eu o vi ontem. O que foi que ele fez?

O motorista das 5h45 de Haymarket era afro-americano, e truculento. Foi logo perguntando:

— O que foi que ele disse que eu fiz? Excesso de velocidade? Ou ele caiu quando fiz uma curva? Ou que lhe dei troco errado para uma nota de vinte dólares? Eu não mexo com dinheiro, não dou troco para ninguém.

— Não, nada disso. Só quero saber se ele andou no seu ônibus na véspera de Dia de Ação de Graças.

— O senhor acha que vou me lembrar de todo mundo que andou no meu ônibus uma semana atrás?

— Ele estava de smoking.

— Quer dizer que eu preciso me lembrar que tipo de terno, até que cor de gravata, está usando cada sujeito que sobe no meu ônibus? O senhor sabe quantas pessoas tomam meu ônibus em Haymarket? Eu levo o ônibus cheio, só tem lugar em pé. Então, qual é a desse sujeito? Ele disse que eu fiz o quê?

38

Havia um tom de ansiedade na voz de Al Bergson quando falou com o rabino Small pelo telefone terça-feira à noite:

— Escute, David, eu consideraria um grande favor se você e Miriam viessem amanhã passar o *Shabat* conosco.

— Não gosto de dirigir com este tempo. As estradas...

— As estradas agora estão ótimas. Tive que ir a Gloucester, e as estradas estavam ótimas, sem problemas. E para amanhã a previsão é de melhora do tempo. A temperatura pode chegar a cinco graus positivos.

— Be-em...

— Olhe, você pode chegar no começo da tarde, ligar o aquecimento na sua casa e vir direto para a nossa. Vou tentar chegar em casa cedo.

— Eu ligo de volta e dou uma resposta. — Disse então para Miriam, desnecessariamente: — Era Al Bergson. Quer que a gente fique com eles no fim de semana.

— Por que não vamos, David?

— Porque ele só vai chegar em casa às cinco. Para você tudo bem, você fica com Edith na cozinha, mas o que é que eu fico fazendo enquanto espero?

— Eu lhe digo o que fazer, David. Você pode me deixar na casa dos Bergson e ir até a biblioteca ler umas revistas. Quando Al chegar em casa, você vem. Já passamos o final de semana inteiro enfiados em casa e...

— Tudo bem, vou dizer a ele que nós vamos.

O rabino saiu da faculdade depois da sua aula, almoçou rapidamente com Miriam e a seguir pegou o carro. Ao ver as condições da estrada, teve uma surpresa agradável. Em uma hora chegaram a Barnard's Crossing, onde o rabino logo foi até a biblioteca. Sentiu uma curiosa satisfação ao ver que a bibliotecária o reconheceu e lhe sorriu. Ficou um tempo folheando revistas até achar um artigo que lhe interessava, e então sentou-se numa das grandes poltronas da sala de leitura. Não era nada difícil para ele passar algumas horas numa biblioteca. Ao sair, foi até em casa para ver se já estava bem aquecida. Depois dirigiu-se à casa dos Bergson, chegando ao mesmo tempo que o anfitrião.

Após os cumprimentos de costume, perguntou:

— Há algo incomodando você, Al?

— Sim, mas é melhor não falar sobre isso na frente das mulheres. Vamos conversar mais tarde, depois do serviço noturno, ou amanhã. Você não se importa de ir até o templo de carro comigo, não? Está muito frio, e as calçadas ainda estão cheias de neve.

— Considerando-se as circunstâncias, acho que podemos ir de carro.

Edith Bergson anunciou que estava cansada e não ia. Miriam percebeu que ela queria dar aos dois homens a chance de conversar sozinhos, e disse que ficaria para fazer companhia a Edith. Era curta a distância da casa dos Bergson até o templo, oferecendo pouca oportunidade para uma conversa.

— Então, o que o está incomodando? — perguntou o rabino logo que entraram no carro.

— Quero só que você assista ao serviço de sexta à noite. Depois conversamos.

Quando entraram no templo, várias pessoas vieram cumprimentar o rabino e lhe desejar, segundo a tradição, um *Shabat shalom.* Uma lhe perguntou: "Esteve doente, rabino? Não tenho visto o senhor por aí". Outra perguntou: "Está gostando de ser professor? Será que é mais fácil lidar com os alunos da faculdade do que com a nossa congregação?". Outra chamou: "Olá, professor!". Outra, ainda, queria saber se deveria chamá-lo de rabino ou professor.

Depois do serviço, quando a congregação foi para o saguão tomar o chá com bolo, o rabino Selig se aproximou dele, desejou-lhe *Shabat shalom,* expressou sua satisfação em vê-lo, e então, baixando a voz, perguntou:

— O senhor ouviu dizer alguma coisa? Encontrou-se com aquele... como se chama... Lanigan?

— Ainda não, mas ele deve entrar em contato comigo amanhã à noite ou domingo. Do contrário, provavelmente vou ligar para ele.

— Como ele vai saber que o senhor está aqui na cidade?

— Pode ver o carro na porta da minha casa, ou algum policial pode vê-lo e lhe contar.

— Como assim, eles vigiam sua casa?

— Claro. Sempre que deixamos a casa sozinha por algum tempo — por exemplo, quando saímos de férias —, preenchemos um formulário na polícia, e eles fazem questão de ficar atentos. Imagino que seja assim em toda cidade pequena.

— Isso se você mora numa rua principal. Mas e se mora numa colina, a uma certa distância da estrada? Será que eles subiriam até minha casa?

— Duvido. A viatura poderia, no máximo, diminuir a marcha ao passar pela sua casa. E muito de vez em quando poderia subir para dar uma olhada.

— Tenho que me lembrar disso. Quer dizer que a gente preenche um formulário na polícia? Muito bem. — De novo baixou a voz: — O senhor me avisa se Lanigan tiver algum dado novo?

— Claro.

Ira Lerner aproximou-se do rabino, puxou-lhe a manga e com um ar conspiratório levou-o para uma mesinha no canto. Quando sentaram, Lerner inclinou-se bem para a frente e perguntou:

— Quando um policial de Boston vem até Barnard's Crossing para... para investigar alguém que mora aqui, ele não teria que falar primeiro com a polícia?

— Não sei. Imagino que sim, por uma questão de cortesia. Por quê?

— Bem, um certo sargento Schroeder veio até minha casa e tocou a campainha. Não havia ninguém em casa, só a Maud, que limpa a casa para nós. Ela veio lá do interior da Irlanda e não é muito esperta. Achou que a polícia veio procurá-la por causa da sua situação legal, sabe como é, não tem visto de imigrante. Ficou apavorada. Bem, no fim era comigo que ele queria falar, então ela lhe disse que eu estava no meu escritório em Lynn. Sabe o que ele queria de mim? Queria saber quando Mordecai Jacobs chegou à nossa casa no Dia de Ação de Graças, a que horas ele chegou naquela quarta-feira.

— É mesmo?

— E quando eu lhe disse que ele não veio quarta-feira mas no dia seguinte, senti que não acreditou. Veja, Mordecai costumava vir de carona toda sexta-feira com um colega, o professor Thorvald Miller, que mora aqui na cidade. Um rapaz muito bom. Sempre o levava de volta na segunda-feira também. Daí alguma coisa aconteceu, não sei o quê, e Miller não podia mais, ou não queria mais, dar carona para ele. Daí

Mordecai passou a vir de trem, e Clara ia buscá-lo na estação de Swampscott. Aquela quarta-feira, estava nevando tão forte que Mordecai ligou e disse que não viria como de costume porque não queria que Clara viesse buscá-lo com aquela neve, e talvez precisasse esperar no frio se o trem atrasasse; portanto viria na manhã seguinte. E foi o que ele fez. Sendo assim, por que tanto barulho? Por que esse sargento quer saber de Mordecai? Imagino que ele deve ter falado com Lanigan e...

— Você gostaria que eu perguntasse a Lanigan?

— Isso mesmo.

— Está bem, vou tentar encontrar Lanigan neste fim de semana. Se ele souber e me disser, eu aviso você.

Quando voltaram para o carro, Bergson perguntou:

— E então?

— Então o quê?

— Você não sentiu a tensão no templo? Não notou a mudança na atmosfera?

O rabino balançou a cabeça:

— Para mim pareceu um serviço de sexta-feira como outro qualquer.

— Ora, David, você não tem nenhuma sensibilidade para o clima. Pois eu lhe digo, a congregação está nervosa, abalada. Dizem que o rabino está planejando ir embora no fim do ano, e isso deixa muita gente preocupada, mesmo os que não gostam muito dele. Eles acham que os não-judeus iriam considerar isso uma prova da sua culpa. E isso não ajudaria nada a congregação nos seus contatos com a cidade. Imagine, termos um rabino culpado de assassinato! E se ele ficar talvez seja até pior: eis aqui uma congregação cujo líder é suspeito de um crime grave, e ninguém faz nada.

— Pelo que você está dizendo, ainda bem que não tenho nenhuma sensibilidade para o clima. Do contrário, ficaria o tempo todo preocupado. Escute, Al, não creio, nem por um momento, que o rabino Selig tenha virado deliberadamente o jato da máquina de limpar neve para Kent e forçado o professor a cair pelo declive; mas se ele fez isso sem querer, porque não o viu, então naturalmente não tem culpa nenhuma. Não se pode nem acusá-lo de negligência, pois não havia a menor probabilidade de que qualquer pessoa se aventurasse naquela passagem pública no meio de uma tempestade de neve. Meu conselho seria não se preocupar com o que você acha que os não-judeus estão pensando e...

— Mas também houve telefonemas, David.

— Então o que foi dito é apenas a opinião da pessoa que ligou. Escute, Al, vou falar de novo com Lanigan. Se há alguém que sente como está o clima na cidade, esse alguém é ele.

39

Sábado as condições atmosféricas começaram a voltar ao normal para aquela época do ano. Ao meio-dia, a temperatura chegou a seis graus, o que parecia quase primaveril se comparado às temperaturas abaixo de zero que predominavam fazia mais de uma semana, desde a véspera do Dia de Ação de Graças. A previsão para domingo era de mais uma alta na temperatura. Os montes de neve nas margens das estradas, já sujos de areia e de fuligem dos carros que passavam, estavam começando a derreter, e havia poças d'água por todo lado. Algumas tinham meio palmo de profundidade, e quando os carros passavam, espirravam água suja no pára-brisa dos que vinham na direção oposta.

Domingo, David e Miriam tinham acabado de almoçar quando o telefone tocou.

— David? Aqui é Lanigan. Vi o carro em frente à sua casa. Estão passando o dia aqui?

— E a noite também. Só volto para Boston segunda-feira, para minha aula das onze horas.

— Seu carro foi visto na garagem sexta à tarde, mas já não estava lá à noite, e depois sim. Pensei que você não dirigisse aos sábados.

— Eu queria ir ao templo, e era quase impossível ir a pé, especialmente para Miriam. Há uma velha história sobre um rabino famoso que se viu no meio da estrada, viajando na sua caleça, quando caiu a noite do sábado. Ele então determinou que era sábado em todo lugar, exceto onde seu carro estava; ali ainda era um dia de semana. Assim, resolvi baixar esse mesmo decreto.

— É uma boa saída.

— Escute, chefe, preciso lhe falar.

— Estou preso na delegacia até as cinco. Por que você não vem até aqui?

— Tudo bem, só que Miriam também está aqui e...

— Vamos fazer o seguinte, David. Você vem até aqui para conversarmos; daí vamos até sua casa, pegamos Miriam, e vocês dois vão para a minha casa. Vou ligar para Amy e avisá-la. Vamos tomar um café com rosquinhas e beber alguma coisa.

— Parece ótimo. Daqui a pouco estou aí.

— Está vendo, até limpei a mesa para esperá-lo — disse Lanigan quando o rabino Small entrou na sala.

— Muito decente da sua parte, chefe. Mas não quero interromper o seu trabalho.

Lanigan deu um largo sorriso:

— Não há nada para fazer, mas preciso ficar de plantão um domingo por mês, e é hoje. Liguei para Amy, ela já está nos esperando. E agora diga, o que o está incomodando?

— Essa história do professor Kent, naturalmente. Falei com o rabino Selig sexta-feira à noite. Ele vem recebendo telefonemas, e também Al Bergson e outras pessoas.

— Ora, David, você já viu cartas no jornal escritas por gente maluca. Pois bem, saiba que, para cada carta, há cem telefonemas. Para escrever uma carta a pessoa precisa, pelo menos, saber escrever. Precisa de papel, de selo. E qualquer coisa que você disser está ali, preto no branco, não pode ser desmentido depois. Mas para dar um telefonema a pessoa precisa apenas tirar o fone do gancho, nada mais. Nenhuma pessoa sensata acredita que esse jovem rabino empurrou Kent de propósito declive abaixo. Além disso, Bradford Ames está convencido de que ele já estava morto antes de cair.

— Então é por isso que o sargento Schroeder interrogou Ira Lerner sobre Mordecai Jacobs, o noivo da filha dele.

— Foi agora?

— Sim, e Lerner disse que Schroeder parecia duvidar de tudo o que ele dizia.

— Ora, David, é o jeitão de Schroeder. Se o salário dele tivesse que ser aprovado todos os anos pela Câmara, ele seria mais amigável no trato com os cidadãos, aqueles que votam.

— Você sabia que ele ia interrogar Ira Lerner? Ele falou primeiro com você?

— Não, mas talvez tenha passado por aqui e falado com o sargento assistente.

— Quer dizer que vocês estão completamente fora disso?

— Sim. Ames me pediu que interrogasse um certo Tony Donofrio em Lynn; decerto não queria que esse homem estivesse sujeito a uma entrevista com Schroeder.

O telefone externo tocou e Lanigan disse:

— Deve ser Amy me pedindo que compre alguma coisa no supermercado.

Mas não era; era Bradford Ames.

— Liguei para a sua casa, mas sua esposa disse que você estava de plantão na delegacia.

— Sim, fico aqui um domingo por mês.

— Escute chefe, encontramos o carro de Kent. Está estacionado na rua Blossom, em Lynn.

— Perto da estação ferroviária.

— Certo. E Tony Donofrio e sua esposa moram num apartamento nessa rua. O sargento Schroeder acha que devemos trazê-lo para interrogá-lo; podemos conseguir algo interessante. Agora, você já interrogou Donofrio, portanto gostaria de conversar com você sobre ele. Estou aqui em Barnard's Crossing, no meu escritório, no Point. Daria para você vir até aqui?

— Estou aqui com o rabino Small. Você se lembra dele, não?

— Claro, sem dúvida me lembro do rabino Small. Escute, mande-o vir também.

— Mas ele está aqui com a esposa. E eles vão jantar na minha casa; minha esposa já está nos esperando.

— Sei. Nesse caso, que tal amanhã de manhã? Você vai estar livre, poderia vir a Boston, digamos, às dez horas? Mas não venha ao meu escritório; venha direto à casa de Kent, perto da faculdade. Transformei a casa no meu quartel-general, até resolvermos esse problema.

— Vou dar um jeito.

40

Embora às oito horas já estivessem prontos para sair, o rabino se demorava, resmungando pela casa. Miriam sentiu que ele relutava em dirigir até Boston na hora do trânsito mais intenso. Sugeriu então que tomassem mais um café. Já eram oito e meia quando finalmente partiram.

— Você vai pegar a antiga estrada de Boston, David?

— Não, vou pegar a estrada estadual; deve estar em melhores condições.

E foi essa a última coisa que conversaram. O rabino dirigia tenso, debruçado para a frente, segurando o volante com força. Ao chegarem ao apartamento em Brookline, o rabino estacionou o carro, pegou o bonde até a praça Kenmore e caminhou alguns quarteirões até a faculdade. Notou que ainda não eram dez horas quando entrou na sua sala. Acabava de pendurar o casaco quando bateram na porta.

— Entre — disse ele, surpreso, vendo que era Bradford Ames.

— Achei mesmo que podia encontrá-lo aqui, rabino — disse Ames. — Gostaria que o senhor fosse nos encontrar na casa de Kent.

— Por quê? Pelo que Hugh Lanigan me disse vocês queriam conversar sobre Donofrio. Nunca vi esse homem. Não sei nada sobre ele.

— É verdade, eu queria conversar sobre Donofrio; mas queria também conversar sobre todos os aspectos do caso, sobre tudo o que nós sabemos, e me ocorreu que o senhor conhecia Kent...

— Mal-e-mal.

— Mas nenhum de nós o conhecia, em absoluto. E o senhor conhece bem a faculdade, o clima... por que está rindo?

— É porque fui a Barnard's Crossing, e Al Bergson, o presidente do templo, me pediu que notasse a mudança no serviço religioso da sexta-feira, e quando eu lhe disse que não vi mudança nenhuma, ele falou que não tenho nenhuma sensibilidade para sentir o clima. E agora vem você querendo que eu vá à sua reunião como um especialista no clima da faculdade.

— Sabe como é, as fofocas, os boatos...

— Não há muita confraternização entre os departamentos.

— Sim, mas vocês escutam as conversas na cantina quando vão almoçar.

— Eu trago meu almoço de casa. Mas é verdade que vou de vez em quando à cantina tomar um café. Às vezes vou sozinho, às vezes com Mordecai Jacobs ou Roger Fine, lembra-se dele?, ou então com Sarah McBride — todos do Departamento de Inglês. Às vezes o doutor Cardleigh, o reitor, também vem tomar um café conosco, ele e o seu cachimbo.

— Então, rabino, está vendo? O senhor pelo menos já viu o professor Kent, e vez por outra tomou café com os outros professores do departamento dele. Por que não veste seu casaco e vem comigo até a casa de Kent, ali do outro lado da rua?

— Está bem. Ficarei contente se puder ser útil. Algo me diz que isso pode levar um bom tempo. Vou deixar um bilhete na porta da sala dizendo que não posso dar minha aula hoje.

* * *

Foram recebidos por um policial de uniforme, sentado numa cadeira da cozinha, bem ao lado da porta pela qual entraram. Foram até a saleta, puseram seus casacos em cima do sofá e sentaram-se para esperar Schroeder e Lanigan. Schroeder chegou dois minutos depois dizendo bom-dia e, apontando na direção do rabino:

— O que ele está fazendo aqui?

Ames deu uma risadinha.

— Achei que ele poderia nos ser útil. Ele conheceu Kent e está bem familiarizado com a faculdade. Além disso, você se lembra do quanto o rabino Small foi útil a última vez que nos envolvemos com a faculdade.

Lanigan chegou pouco depois, trazendo uma velha e surrada pasta, que colocou no chão, ao lado da sua cadeira.

— Desculpem o atraso, tive que...

— Tudo bem, chefe — disse Ames. — Vamos começar. Podemos ficar aqui nesta saleta. É o aposento mais confortável da casa e, além da cozinha, o único bem aquecido. Desconfio que Kent passava a maior parte do tempo aqui mesmo. Há algumas roupas dele ali naquele armário, e tenho um palpite de que ele dormia neste sofá de vez em quando. Tenho que perguntar à senhora Bell.

Abriu uma gaveta da escrivaninha e tirou um papel.

— Muito bem, vamos ver o que temos aqui. Quando Kent foi visto pela última vez com vida?

Schroeder folheou seu caderno.

— Estava na faculdade, saindo para vir para casa e terminar de se vestir para a festa.

— Quem o viu?

— Seu amigo Thorvald Miller, que estava na sala do Departamento de Inglês, e também a professora Sarah McBride, que chegou quando ele estava saindo.

— Tudo bem — disse Ames. — Agora, a senhora Bell disse que ligou às quatro e cinco e ninguém atendeu. Tenho a sensação de que quando a senhora Bell diz que ligou às quatro e cinco, foi exatamente às quatro e cinco. Ninguém atendeu, o que significa, presumo, que ele ainda não tinha chegado em casa. Qual foi a vez seguinte em que alguém tentou fazer contato com ele?

— Donofrio tomou o trem em Lynn às três e quarenta — disse Lanigan. — Disse que veio direto para cá e tocou a campainha. Se o bonde para Kenmore chegou logo depois, ainda deviam ser umas quatro e meia, pois o trem que sai de Lynn às três e quarenta chega à Estação Norte às quatro e dois.

— Depois disso Donofrio foi até o Departamento de Inglês e falou com o professor Sugrue — disse Schroeder, consultando suas anotações. — Perguntou se Kent estava dando aula e, ao saber que não, voltou aqui e bateu na porta de novo. Imaginou que Kent pudesse estar ocupado, ou talvez no banheiro, quando tocou a primeira vez. Quando a senhora Bell chegou, às cinco horas, a casa estava vazia. O professor Miller ligou às cinco e quinze, e ela lhe disse que o professor Kent não estava. Ele lhe pediu que desse uma olhada na garagem, e sem dúvida o carro não estava. Sendo assim, imagino que Donofrio seja o homem que nos interessa. Falei com ele depois que encontramos o carro na rua dele, domingo, e ele estava muito nervoso.

Ocorreu ao rabino que qualquer pessoa ficaria nervosa quando interrogada por Schroeder, mas não disse nada. Lanigan, porém, notou:

— Também falei com Donofrio e ele não me pareceu nada nervoso.

Schroeder respondeu:

— Pelo que você nos contou sobre sua conversa com ele, achei que era melhor eu também ir falar com ele quando o carro de Kent apareceu praticamente na sua porta.

Schroeder dava a entender que, depois que o amador abriu a porta, era hora de o profissional entrar em cena.

— Ele não teve boa vontade para falar comigo; disse que já tinha contado tudo a você. Quando observei que o carro foi encontrado na rua dele, ele disse que não sabia nada sobre isso. Meu palpite é que Donofrio estacionou, foi tomar umas e outras com seus coleguinhas e se esqueceu completamente do carro. Ele reconheceu que chegou em casa bem tarde. Ou talvez, quando voltou ali, descobriu que o carro estava coberto de neve e era impossível tirá-lo de lá.

— Parece-me — disse Lanigan — que se eu tivesse um carro "quente", com marcas de um crime, a minha própria rua seria o último lugar onde iria estacioná-lo.

— Sem dúvida — concordou o sargento. — Mas, com a tempestade que tivemos aquela quarta-feira, não era fácil encontrar lugar para estacionar, por isso ele parou na primeira vaga que apareceu. Mas não foi só o carro na rua dele que me fez desconfiar. Veja, demos uma checada no banco. O cofre particular de Kent continha uma apólice de seguro de cinqüenta mil dólares, e a beneficiária era a esposa de Donofrio. Havia também um testamento deixando tudo para a filha de Donofrio. Junto com a conta corrente e a poupança, Kent tinha mais de vinte mil no banco; talvez pudesse ter também outros imóveis. Para Donofrio, uns bons setenta mil dólares seriam um excelente motivo para preferir o professor Kent morto.

— Era só isso que havia no cofre do banco? — perguntou o rabino.

— Havia umas jóias. Ah, e também uma tese de doutorado sobre...

— Um tal de Simeon Suggs, de quem nunca ouvi falar — disse Ames.

— Ah-ah!

Ames virou-se para o rabino:

— E o que significa esse "ah-ah"? Será rabínico ou apenas professoral?

— Nem um nem outro. — O rabino riu: — É só que no primeiro dia que trabalhei aqui tive uma reunião com o reitor, o doutor Cardleigh, que falou como era absurda a exigência de uma tese de doutorado. Aliás, ele próprio é formado em medicina. Dois ou três anos é o tempo que se demora para escrever uma tese de doutorado e, como ela deve ser original, acaba não versando sobre nenhum assunto que valha a pena estudar. Ele mencionou que alguém aqui havia escrito sobre Simeon Suggs, um poeta totalmente desconhecido. Não quis perguntar detalhes, mas cheguei a especular sobre quem teria escrito essa tese. Agora sei que foi o professor Kent.

— Mas, rabino, a tese não era do professor Kent. Era uma fotocópia emitida por uma companhia de microfilmes em Michigan, especializada nesse tipo de coisa. E foi escrita por um tal de... como é, sargento?

O sargento Schroeder, sorrindo com a idéia de derrotar o rabino, folheou suas anotações e anunciou:

— Oscar Horton, Universidade de Nevada, 1953.

— Hum. — O rabino olhou para o teto, ignorando o sorriso no rosto dos outros dois. Daí baixou os olhos e disse: — Estou pronto para fazer uma aposta.

Ames respondeu, sorrindo:

— Tudo bem, rabino, estamos no páreo. Qual é a sua aposta?

— Estou pronto para apostar que é ao professor Miller que o doutor Cardleigh estava se referindo.

— Como assim?

— Creio que o professor Miller copiou a tese desse tal Horton e a apresentou como se fosse sua. Acho também que Kent descobriu isso de alguma forma e usou esse fato para exercer coação sobre Miller.

— Para ele fazer o quê?

— Qualquer coisa que ele lhe pedisse: passar todos os fins de semana em sua casa, em Barnard's Crossing, ser seu motorista, ser seu companheiro constante. Kent era um sujeito chato, ninguém gostava dele. Seus colegas eram muito reservados em relação a ele, e até mesmo receosos, por causa da influência que ele tinha sobre o Conselho Diretor por intermédio da sua mulher, Matilda Clark. Sozinho e sem amigos, Kent forçou Miller a ser seu amigo. Eram chamados de Estranho Casal. Chegou até a conseguir a estabilidade no cargo para Miller, para garantir que este ficasse no Windermere College.

— O senhor está sugerindo que talvez Miller o tenha matado, rabino? — perguntou Ames.

— Acho bem provável. Desconfio que ele planejava deixá-lo aqui mesmo na casa, achando que o corpo só seria encontrado segunda-feira. Mas daí descobriu que a arrumadeira viria às cinco horas. Ele não atendeu ao telefone quando ela ligou; mas ouviu o recado dela na secretária eletrônica dizendo que viria e sabia que ela tinha a chave de casa. Assim, levou o corpo lá para fora e o colocou dentro do carro na garagem.

— De jeito nenhum, David — disse Lanigan. — É uma bela hipótese, mas está errada, porque Miller tomou o trem das cinco e trinta e dois na Estação Norte. Ele não poderia ter ido até Barnard's Crossing e voltado entre as quatro e as cinco e trinta e dois.

— E como você sabe que ele pegou o trem?

— Sei porque esqueceu a pasta no trem das cinco e trinta e dois. Ele ligou para o Departamento de Bagagens da Estação Norte assim que chegou em casa. E eu me atrasei para chegar aqui hoje de manhã porque fui até lá buscá-la. Achei melhor trazê-la para ele e aproveitar a ocasião para lhe perguntar quem poderia ter motivos para matar Kent.

— É esta a pasta? — perguntou Ames, apontando para a pasta no chão.

— É. Veja aqui, tem as iniciais de Miller gravadas.

— Parece uma pasta já bem arrebentada — disse Ames. — Falta uma tira, a fivela está caída e o couro todo arranhado. Parece que levou uns belos sacolejos no porta-malas de um carro.

— Imagino que ela contenha algo muito importante para Miller — disse Lanigan.

— Mas o que há nela, afinal? — perguntou Ames, impaciente. — Não está trancada, está?

— Não. Quer que eu veja?

— Sim, por favor.

Lanigan abriu a pasta e tirou de dentro o jornal *Herald* de Boston com a data de quarta-feira, 23. Remexeu mais um pouco no fundo da pasta e disse:

— Não tem mais nada aqui dentro, só o *Herald*.

— E por que Miller estava tão ansioso? — perguntou Schroeder. — Só por causa de um jornal que ele podia comprar em qualquer banca?

— Para servir de enchimento — disse o rabino. — Se estivesse vazia, vocês perguntariam por que ele estava tão ansioso para ir buscá-la.

— Acho que concordo — disse Ames —, mas, de qualquer forma, é uma prova de que ele estava no trem das cinco e trinta e dois.

— Se essa é a única finalidade da pasta — observou o rabino —, é prova de que ele *não* estava nesse trem.

— Ah, isso é muito lógico! — disse Schroeder, com uma voz carregada de sarcasmo. — O senhor está dizendo que, se eu consigo provar que fiz alguma coisa, então é prova de que não fiz!

— Ou o senhor está sugerindo que ele mandou outra pessoa deixar a pasta no trem para ele? — perguntou Lanigan.

— Possivelmente — disse o rabino —, mas não é muito provável. Por exemplo, será que ele encontrou algum aluno indo para Swampscott ou Salem e lhe pediu que deixasse sua pasta no porta-bagagem do trem? Mas esse aluno com certeza iria comentar o fato, mencionar para algum colega. — O rabino balançou a cabeça: — Não, não é nada provável. Temos que voltar um passo atrás. — Começou a falar numa cantilena típica dos estudiosos do Talmude: — *Se-e* essa pasta prova que ele estava no trem das cinco e trinta e dois, *entã-ão*, o que é que isso prova?

Ames lançou um olhar para Lanigan, com os olhos brilhando, e perguntou:

— O rabino vai nos exibir aquele raciocínio talmúdico que vocês chamam de... pulpul ou algo assim?

— Chama-se *pil-pul*, que em hebraico significa "pimenta". Significa fazer distinções finas, muito minuciosas. Os rabinos antigos, que desenvolveram esse raciocínio, estavam empenhados em descobrir o verdadeiro sentido de cada um dos mandamentos de Deus. Eles tinham todo o tempo do mundo, e não importava que um argumento fosse rocambolesco, contanto que contribuísse para a compreensão geral. Agora, no caso presente, a pasta prova que ele estava no trem das cinco e trinta e dois. Mas isso só é importante porque implica que ele estava na Estação Norte, em Boston, às cinco e meia, para poder tomar o trem dois minutos depois. E isso significaria que ele não poderia ter deixado o corpo de Kent em Barnard's Crossing e voltado para Boston a tempo de pegar o trem das cinco e trinta e dois.

"*Ma-as...*", e de novo a voz do rabino assumiu a cantilena típica dos talmudistas. "O trem pára no caminho. E uma das estações é Lynn. Chega aí uns vinte minutos depois, e a estação de Lynn fica a apenas dez minutos de Barnard's Crossing ou Swampscott. Ele teria tempo de sobra para ir até Lynn depois de deixar o corpo de Kent atrás do outdoor na estrada. Meu palpite é que ele foi primeiro até a estação de Swampscott, onde seu carro estava estacionado, tirou a pasta do porta-malas, foi de carro até Lynn com o carro de Kent, estacionou na rua Blossom e foi a pé até a estação de Lynn. Daí comprou um jornal, enfiou-o na pasta e tomou o trem das cinco e trinta e dois."

— Quando o senhor estava planejando devolver a pasta para Miller, chefe? — perguntou Ames.

— Ah, hoje mesmo, à noite.

— Certo. Vou procurar esse doutor Cardleigh, e se o rabino tiver razão a respeito da tese de doutorado, gostaria de ir com você quando for procurar Miller.

— Claro, vá até a delegacia e de lá nós vamos juntos.

Ames virou-se para o rabino:

— E quanto o senhor ia apostar, rabino?

— Ainda não tinha pensado nisso. Que tal um dólar?

Ames deu uma risadinha.

— Pois que seja um dólar. Rabino, negócio fechado.

41

Foi o próprio Thorvald Miller, todo vestido, quem abriu a porta para eles.

— Está se sentindo melhor? — perguntou Lanigan.

— A febre baixou e resolvi sair da cama.

— E sua mãe?

— Ah, está no Arizona visitando a irmã dela.

— Este é Bradford Ames. Ele é o procurador assistente do condado de Suffolk e trabalha aqui no Point. Estávamos de visita, e ele resolveu vir junto quando vim lhe devolver sua pasta.

— Ah, o senhor a trouxe? Que bom...

— Sim, aqui está. Me diga, o que havia naquele *Herald* para deixar você tão ansioso para recuperar esta maleta na estação de trem...

— Vocês a abriram?

— Sim. E não havia nela mais nada além do *Herald* de quarta-feira.

— Bem, há um editorial...

— Você comprou esse jornal em Lynn? — perguntou Lanigan.

— Depois que você estacionou na rua Blossom, perto da estação? — sugeriu Ames.

— Alguém disse que me viu? Foi por acaso o dono da banca de jornal?

— Não, mas não seria possível voltar a Boston a tempo de tomar o trem das cinco e trinta e dois — disse Lanigan.

De repente, Miller relaxou. Chegou até a sorrir.

— Nesse caso, vocês já sabem?

— Sim, já sabemos — disse Lanigan.

— Por que você matou Kent? — perguntou Ames. — Foi por causa da tese?

— E de que maneira você fez isso? — perguntou Lanigan.

Miller riu, e Ames percebeu uma nota de histeria naquela risada.

— De que maneira? Ora, apertei bem o nó da gravata-borboleta dele. Isso me pareceu bem apropriado, porque foi assim que ele primeiro se aproximou de mim: me pedindo que lhe desse um nó na sua gravata. Daí ele ficou tão grato que insistiu que eu fosse à casa dele tomar um drinque. Foi aí que me mostrou a cópia da tese de Horton. Quanto ao motivo, é porque ele estava me chantageando. Não, não por dinheiro, o que eu possuo nem vale a pena mencionar. Mas pela companhia e pelos serviços. Eu era obrigado a passar praticamente todas as tardes com ele. E quando ele ia a algum lugar chique à noite, eu tinha que ajudá-lo a se vestir e até me ajoelhar para lhe calçar os sapatos. Também vivia me mandando dirigir o carro dele. Quer dizer, para ele eu era motorista, mordomo e valete. Ele conseguiu minha estabilidade para garantir que eu não seria mandado embora nem me mudaria para outra cidade. Recebi uma oferta de um emprego no Arizona. É apenas uma faculdade de licenciatura curta, na verdade uma escola técnica; mas quando eu lhe disse que queria aceitar porque o clima do Arizona seria bom para a asma da minha mãe, ele disse que com certeza eles pediriam referências do Windermere College e ele lhes escreveria sobre a tese. Daí percebi que eu estava praticamente preso aqui até ele morrer. E isso podia levar muito tempo, portanto eu tinha que tomar uma providência.

— E planejou fazer isso na véspera do feriado, para que ele só fosse encontrado segunda-feira, depois de quatro ou cinco dias — sugeriu Ames.

— Isso mesmo. Eu sabia que tinha que tirá-lo de lá. Vesti o sobretudo nele e ia lhe calçar as galochas também, mas nesse momento alguém bateu na porta, e se eu fosse buscar as galochas no hall poderia ser visto. A pessoa que bateu na porta esperou, depois bateu de novo muitas vezes. Assim, saí levando o corpo pela porta dos fundos, como quem vai carregando um bêbado. O carro dele tem dois cintos de segurança, um na cintura e um diagonal, que abaixam automaticamente quando se fecha a porta, por isso eu estava seguro de que ele não ia tombar para a frente nem escorregar no assento se eu desse uma brecada.

— Isso explica a descoloração nas coxas e nádegas — disse Ames, num aparte para Lanigan.

— Minha idéia era deixá-lo do lado da estrada, em algum lugar com mato e arbustos, mas quando cheguei à estrada estadual vi que de ambos os lados havia montes de neve de um metro de altura, e estavam passando muitos carros, apesar da tempestade. Por isso resolvi pegar a antiga estrada de Boston quando chegasse a Barnard's Crossing e deixá-lo atrás daquele outdoor. Juro que não tive intenção de envolver o novo rabino.

— E o que você ia fazer com o carro? — perguntou Lanigan.

— Percebi que não poderia deixá-lo lá, senão todos iam perguntar por que ele não veio pela Evans Road, já que estava vindo para a minha casa. O que me ocorreu foi ir de carro até a estação de Swampscott e trocar o carro dele pelo meu. Mas também não era boa idéia, pois a polícia podia checar com os motoristas de táxi, que são poucos, e, além disso, será que um taxista iria deixá-lo lá em frente ao cartaz em vez de trazê-lo até aqui? Ele com certeza não conseguiria vir a pé da estação até minha casa.

"Mas, quando cheguei à estação, ainda não eram cinco e meia. Isso significava que eu poderia dirigir até Lynn, estacionar lá perto da estação e tomar o trem das cinco e trinta e dois, que só chega às seis. Daí achei melhor deixar alguma coisa no trem, para provar que o tinha tomado. Eu tinha uma pilha de velharias no porta-malas do carro, tudo dentro de um saco grande que eu vinha planejando dar para o Exército da Salvação na primeira oportunidade. Mas lá só havia sapatos, calças, um suéter... nada que se pudesse deixar num trem. Daí vi aquela velha pasta ensebada. Ninguém faria caso de uma pasta velha daquelas, assim resolvi enchê-la. Com quê? Eu não tinha nada no carro, nem jornais, nem revistas; então comprei um jornal e enfiei lá dentro."

Miller deu um largo sorriso.

— E se alguém quisesse roubá-la, achando que poderia ter alguma coisa de valor dentro, quando desci do trem em Swampscott falei com um sujeito que estava estacionado ao lado do meu carro, e lhe disse que tinha deixado minha pasta no trem. Não o conhecia, mas já o vi por aí. Decorei o número da placa do carro dele para localizá-lo se preciso: é ZER-093. É um número fácil de lembrar, porque forma "zero".

— Você percebe que está confessando um assassinato? — disse Ames em tom grave.

— Assassinato, não — disse Miller —, homicídio justificado. Nenhum júri vai me condenar quando ficar sabendo como ele me tratava, e especialmente à minha mãe.

— Sim, do jeito que vêm sendo os julgamentos por assassinato aqui neste estado, você até que tem uma boa chance

— disse Ames. — Mas pode ser considerado culpado de assassinato de segundo ou terceiro grau, e vai ter que cumprir pena.

— Tudo bem, eu cumpro a pena, mas pelo menos quando sair estarei livre.

— Escute, a sua mãe não está, e você não deveria ficar sozinho, assim doente.

— Já estou bom. Foi uma gripe de vinte e quatro horas.

— Pode haver uma recaída. Sugiro que você venha até a delegacia e fique por lá um pouco. Sempre há alguém por ali.

— Vocês estão me prendendo?

— Vamos dizer que estamos apenas pegando você em custódia, para a sua proteção. Portanto, faça uma malinha com o que você vai precisar por dois ou três dias.

— Tudo bem.

— Por que não o prendemos de uma vez? — perguntou Lanigan quando Miller saiu da sala.

— Porque não lemos para ele os seus direitos, e um advogado esperto pode tirar vantagem disso. Lá na delegacia vamos ler os direitos para ele e pedir que faça uma confissão para a estenógrafa. Depois ela datilografa e ele assina.

42

O rabino tinha acabado de pegar um café e sentado a uma mesa da cantina quando o reitor Cardleigh apareceu, tirando baforadas do cachimbo, e com uma xícara de café na mão. Sentou-se em frente ao rabino.

— Eu não li a tese de Miller inteira, de maneira nenhuma. Li um ou dois capítulos porque fiquei curioso para saber como era possível alguém gastar dois ou três anos da vida em cima de uma bobagem dessas. Temos essa tese aqui no nosso arquivo, se lhe interessar. Sabe, se eu não fosse um reitor "empenhado em cumprir zelosamente todos os deveres relativos ao cargo", dizem os diplomas, ficaria até tentado a aplaudir Miller pelo bom senso de copiar sua tese em vez de desperdiçar seu tempo com a pesquisa e a redação daquela coisa.

— Era tão ruim assim?

— Esse tal de Suggs escreveu algumas poesias, apenas enchimento para jornais e revistas. Trabalhava para o sogro, que tinha uma impressora. Creia, rabino, essa tese não vale as duzentas e oitenta folhas em que foi escrita.

— Mas ele não foi contratado com base nessa tese?

O dr. Cardleigh riu:

— Ele foi contratado porque precisávamos de um professor de inglês. Na época, nossas tolas regras exigiam um diploma de doutor, e as regras ainda mais tolas do doutorado exigem uma tese original, que ninguém jamais vai ler.

O reitor tirou mais umas baforadas do cachimbo, viu que estava apagado e acendeu outro fósforo.

— Um caso interessante de um falsário se impondo sobre outro.

O reitor tomou um gole de café e se recostou na cadeira.

— Tim Bishop era um vendedor de livros escolares que costumava vir me visitar sempre que estava aqui na área, apesar de eu nunca ter trocado o livro de literatura grega que usava. Um dia, quando eu já era reitor, ele entrou no meu escritório e disse: "Fiquei sabendo que Mike Canty está lecionando aqui". Respondi que não tínhamos nenhum Mike Canty no corpo docente. E ele respondeu: "Ora, passei pelo corredor agora mesmo e acabo de vê-lo na sala 103".

"Daí olhei no meu quadro e disse que era o professor Malcolm Kent. Ele então respondeu que nesse caso ele deveria ter trocado de nome, pois tinha certeza que se tratava de Mike Canty, que trabalhara na Escola Internacional de Correspondência de Saint Louis, quando ele também trabalhava lá. E segundo Bishop, esse Kent, ou Canty, foi um mero funcionário dessa escola e jamais cursou uma faculdade. Quando a escola abriu uma filial em Londres, ele foi para lá. E, calculando a data em que a filial de Londres fechou e a data em que ele começou a lecionar aqui, vê-se que seria impossível ele ter cursado uma faculdade, e muito menos ter conseguido o diploma de mestrado.

"Mencionei isso para um dos diretores, de quem sou amigo, e ele ficou chocado, mas teve medo que a história vazasse e arruinasse a reputação do Windermere College. Além disso, qualquer aluno que tivesse sido reprovado por Kent poderia até processar a faculdade. Assim sendo, fiquei quieto a respeito desse caso. Afinal, eu não tinha provas; apenas a palavra de Tim Bishop.

"Quando tive meu ano sabático, fui para a Inglaterra com minha mulher e aproveitei para checar. Bishop tinha razão: não havia nenhum Kent nem Canty em lugar nenhum; mas eu já não podia fazer mais nada, pois Kent então estava casado com Matilda Clark. Achei que deveria pelo menos contar ao presidente do conselho, Macomber, mas decidi que era melhor não fazê-lo. Ele era um sujeito muito rígido, e com certeza iria tomar providências e entrar em conflito com o resto do conselho. E se os diretores tivessem que escolher entre um presidente que poderia ser facilmente substituído e um fundo de vários milhões de dólares, nem há dúvida do que teriam escolhido. Enfim, se eu contasse a Macomber, poderia muito bem fazê-lo perder o emprego."

O reitor bebeu mais um gole de café.

— Também se pode dizer que, quando aprovei o catálogo que dizia "Malcolm Kent, mestre pela Universidade de Liverpool", eu mesmo fui um impostor. — Deu uma risadinha. — Acho que um pouquinho de enganação é inevitável em qualquer instituição. Mas agora tudo isso já acabou. Mais um cafezinho, rabino?

GLOSSÁRIO

BAR MITZVÁ Cerimônia que marca a maioridade religiosa do indivíduo judeu de sexo masculino, aos treze anos de idade, tornando-o responsável perante Deus e facultando-lhe a participação nos cultos na qualidade de homem adulto.

BAT MITZVÁ Equivalente feminino do Bar Mitzvá, comemorado pelos judeus reformistas quando a menina completa doze anos.

BÊIGUELES Termo iídiche que significa rosquinhas.

BIMÁ Parte mais elevada numa sinagoga, onde ficam o rabino, os notáveis da congregação e a Arca que contém a Torá.

COANITA Descendente da tribo Cohen, uma das doze tribos originais do povo judeu. Os Cohen e os Levi eram sacerdotes.

DOIS CONJUNTOS DE PRATOS São usados nas casas judias ortodoxas para separar por completo os alimentos derivados de carne dos derivados de leite (ver *Kasher*).

GRANDES FESTAS Período mais sagrado do calendário judaico, compreende a comemoração do ano-novo (*Rosh Hashaná*) e o Dia do Perdão (*Yom Kippur*).

HADASSAH Entidade sionista e filantrópica americana.

HAVDALÁ Bênção final sobre o vinho no fim de uma refeição festiva.

KASHER (adequado) Termo hebraico. Código de leis referente aos preceitos alimentares, estabelecendo restrições principalmente à carne de certos animais, à ingestão de sangue e à mistura da carne com o leite e seus derivados.

KIDDUSH Termo hebraico. Bênção do vinho realizada após o serviço de *Shabat.*

MINIAN Quórum de dez homens adultos, maiores de treze anos, necessário para se oficiar a maioria das cerimônias religiosas judaicas.

REBBITZIN Termo iídiche que designa a esposa do rabino.

ROSH HASHANÁ (Cabeça do Ano) Festividade que marca o ano-novo hebraico, a qual normalmente ocorre entre setembro e outubro.

SHABAT Dia do descanso, em que qualquer atividade é proibida por injunção bíblica. Começa na sexta-feira ao entardecer e se prolonga por todo o sábado.

SHABAT SHALOM Em hebraico, "sábado de paz". O cumprimento tradicional do *Shabat*.

SHIMON ESRAI Oração pronunciada pelos judeus religiosos três vezes ao dia, com o rosto voltado para o Oriente.

TALMUDE (em hebraico, "aprendizado, instrução") O livro da Lei judaica, consiste na *Mishná* e na *Guemará*, ou comentários da *Mishná*.

TORÁ (Pentateuco) Os cinco primeiros livros da Bíblia. É o guia espiritual de cada judeu.

YOM KIPPUR O Dia do Perdão segundo a tradição judaica, celebrado dez dias após o ano-novo, dedicado a um jejum absoluto e à entrega do fiel à oração e ao auto-exame de seus atos praticados durante o ano.

ESTA OBRA FOI COMPOSTA PELA HELVÉTICA EDITORIAL EM BASKERVILLE E IMPRESSA PELA GEOGRÁFICA EM OFF-SET SOBRE PAPEL PRINT-MAX DA VOTORANTIM PARA A EDITORA SCHWARCZ EM SETEMBRO DE 1998.